edition suhrkamp 2536

Petro Pjatotschkin geht noch zur Schule, als er sein phänomenales Gedächtnis entdeckt. Ein Blick ins Buch genügt, um den Unterrichtsstoff
abzuspeichern. Seine skurrile Begabung macht ihn zum Außenseiter
und Grübler, der sich in wissenschaftliche Werke über Zeit und Bewußtsein vertieft. Er macht die unheimliche Erfahrung, daß er sich an Dinge
erinnert, die er nicht selbst erlebt hat. Im »Offenen Café«, dem russischen Buchladen in Lemberg, lernt Petro eine junge Künstlerin aus
Montreal kennen, die sich der abstrakten Malerei verschrieben hat. Ihre
Bilder mit Titeln wie »Misted Mirror« oder »Intent!« erscheinen ihm als
Symbole seiner »Gedächtniskunst«, er meint darin ihre Fähigkeit zu erkennen, wie er Parallelwelten zu sehen. Irgendwo zwischen dem Dorf,
in dem seine Großmutter stirbt, und Lemberg, wo er sich verliebt, gerät
sein Leben langsam aus der Bahn.
Ljubko Deresch jagt seinen Helden durch die Parallelwelten und fragt,
inspiriert von Gagarin, Malewitsch und Castañeda, nach den Grenzen
von Raum und Zeit.

Ljubko Deresch, 1984 geboren, studierte Wirtschaftswissenschaften in
Lemberg. In der edition suhrkamp erschienen seine Romane *Kult* (2005)
und *Die Anbetung der Eidechse oder Wie man Engel vernichtet* (2006).

Ljubko Deresch
Intent!

oder Die Spiegel des Todes

Roman

Aus dem Ukrainischen von
Maria Weissenböck

Suhrkamp

Die Originalausgabe erschien 2006
unter dem Titel *Namir!* im Verlag »Duliby«, Kiew.

Die Übersetzung wurde gefördert vom
Literarischen Colloquium Berlin mit Mitteln des
Auswärtigen Amtes und der Senatsverwaltung
für Wissenschaft und Kultur, Berlin.

Abbildung auf Seite 8: Archiv Bewegung *Kocmoc*/
Gruppe Gagarin

edition suhrkamp 2536
Erste Auflage 2008
© Ljubko Deresch 2006
© der deutschen Ausgabe
Suhrkamp Verlag Frankfurt am Main 2008
Deutsche Erstausgabe
Alle Rechte vorbehalten, insbesondere das
des öffentlichen Vortrags sowie der
Übertragung durch Rundfunk und Fernsehen,
auch einzelner Teile.
Kein Teil des Werkes darf in irgendeiner Form
(durch Fotografie, Mikrofilm oder andere Verfahren)
ohne schriftliche Genehmigung des Verlages
reproduziert oder unter Verwendung elektronischer
Systeme verarbeitet, vervielfältigt oder
verbreitet werden.
Satz: Jung Crossmedia Publishing, Lahnau
Druck: Druckhaus Nomos, Sinzheim
Umschlag gestaltet nach einem Konzept
von Willy Fleckhaus: Rolf Staudt
Printed in Germany
ISBN 978-3-518-12536-6

1 2 3 4 5 6 − 13 12 11 10 09 08

Intent!

oder Die Spiegel des Todes

»… leben heißt sterben. Leben heißt am Leben bleiben…«

Liebe Leserinnen und Leser!

Das Buch, das ihr jetzt in Händen haltet, erzählt die Geschichte des jungen Petro Pjatotschkin aus Midni Buky, eines Freundes von Fedja Kruhowyj und dem schiefen Sery (den beiden »guten« Bekannten von Dswinka und dem Glatten Hippie aus *Die Anbetung der Eidechse*). Ein paar Jahre aus dem Leben eines braven und – viel wichtiger – vollkommen normalen Teenagers. Normal, bis er plötzlich entdeckt, daß er eine außergewöhnliche Gabe besitzt: ein phänomenales Gedächtnis.

Wie ist es, wenn alte Freunde dich nicht mehr verstehen und neue dich nicht akzeptieren?
Wie ist es, wenn du plötzlich bemerkst, daß du dich an Begebenheiten erinnerst, die du nie erlebt hast?
Wie ist es, Leute zu lieben, die du nie getroffen hast?
Wie ist es, Tag für Tag zu beobachten, wie dir deine kleine, heimelige Welt zwischen den Fingern zerrinnt UND SICH DIE FINSTERNIS DES KOSMOS AUFTUT?

LEBEN HEISST STERBEN. LEBEN HEISST AM LEBEN BLEIBEN...

Dieses Buch lassen wir gemeinsam entstehen. Darum lade ich euch, liebe Leserinnen und Leser, zur aktiven Mitgestaltung ein, zu einem gemeinsamen Traum, in den sich diese Erzählung verwandeln kann.

Ich habe meinen Teil getan: Mein neuer Roman *Intent!* liegt vor euch.

Eure Aufgabe ist einfach: Sucht euch ein ruhiges Plätzchen, schaltet das Handy ab, legt gute Musik ein. Wer will, kann Tee oder Kaffee zu seinen Keksen trinken. Schafft eine passende Atmosphäre, damit unsere gemeinsame Zeit so angenehm wie möglich wird.

Lest die Sinnsprüche. Vergeßt alle Sorgen, erlaubt euch, tief in den Roman einzutauchen... Laßt euch von der Atmosphäre der Geschichte und des heutigen Abends erfüllen. Laßt euch darauf ein. Hört auf euer Herz.

Versucht, das Buch in einem Zug zu lesen, laßt euch nicht ablenken. Dann kann euch die Atmosphäre der Worte weit forttragen...

›Wir sehen Sterne am Himmel‹, dachte ich. ›Und was sehen die Sterne?‹

Angenehmen Flug.
Ljubko Deresch

Der Tod ist ein Pfeil, auf dich abgeschossen,
und das Leben der Augenblick, in dem er
auf dich zufliegt

Al-Husri

Wir standen auf und gingen aus dem Zimmer,
wie, das weiß ich nicht,
Ich weiß nur, daß wir gehen müssen
bis hin zum reinen Stern

Boris Grebenschtschikow

Erstes Kapitel

Der Junge mit dem phänomenalen Gedächtnis

1.

Ich mag keine Bücher, in denen auf allseits bekannte Witze angespielt wird. Ich mag sie deswegen nicht, weil ich die Pointe meist nicht kenne und so die ganze Würze verloren geht. Deshalb erzähle ich den Witz lieber ganz. Also: eine Zirkusvorstellung. Der Conférencier kündigt die nächste Nummer an:

»Jetzt leert ein Junge mit phänomenalem Gedächtnis vor Ihren Augen fünf Krüge Bier!«

Der Junge auf der Bühne leert fünf Krüge Bier. Tosender Applaus.

»Und jetzt«, fährt der Conférencier fort, »pißt der Junge mit dem phänomenalen Gedächtnis alle Zuschauer in den ersten drei Reihen an. Versuchen Sie erst gar nicht wegzulaufen! Ich sagte doch: ein Junge mit phänomenalem Gedächtnis!«

Nun: der Junge mit dem phänomenalen Gedächtnis – das bin ich.

2.

Alles begann, als ich elf war. Ich kletterte auf einen Baum und sah etwas, das mein Gedächtnis für immer veränderte, es von einer seichten Pfütze in einen stürmischen Ozean verwandelte.

Ihr seid bestimmt neugierig, was es war. Aber ich weiß es nicht mehr. Etwas Fließendes, Gespanntes, Paradoxes... Ehrlich, ich kann es nicht sagen.

Ich kletterte auf eine staubige Linde, einen alten, ausladenden Baum. Es dämmerte, und ich mußte eigentlich schon nach Hause, da bekam ich plötzlich Lust, noch einen »Gipfel« zu bezwingen. Meine gesamte Kindheit war ich Baumalpinist gewesen. Nichts schöner, als auf einen Baum zu klettern und zu erforschen, was von da oben zu sehen ist.

Die Linde war die höchste in unserem Viertel. Außerhalb der Stadt wuchsen noch höhere Bäume – Buchen und zwei riesige Eichen. Im Wald sowieso, aber dort gibt es ja nur Föhren. Habt ihr eine Ahnung, was man von Föhren für Hände bekommt?

Die Sonne war, wie gesagt, dabei, hinter dem Horizont zu verschwinden, als ich Lust bekam, noch höher zu klettern und den Sonnenuntergang zu beobachten. Und oben sah ich dann etwas überaus Interessantes.

Nur weiß ich nicht mehr, was. Das nächste, woran ich mich erinnere, bin ich selbst – in nach Rauch stinkenden Jeans mit einem Flicken am linken Knie (auf dem Flicken Donald Duck). Ich taumele den Weg entlang, vorbei an der Pumpstation zu unserem Haus.

3.

Ich ging in Midni Buky zur Schule, damals gab es nur noch eine. Jeder in Midni Buky weiß: Bis 1992 gab es zwei Schulen in der Stadt – Schule Nr. 1 und Schule Nr. 2. Dann aber begann eine unbegreifliche Abwanderung, die Stadt leerte sich, und die zwei Schulen wurden zusammengelegt. Auch wir wollten weg, überlegten, unser Haus gegen eine Wohnung in Ternopil zu tauschen, ganz in der Nähe von Oma Wira, Mamas Mutter. Großmutter war schon alt, und Mamas Schwestern fuhren abwechselnd zu ihr, um ihr zu helfen. Aber irgendwie zog sich die Sache mit dem Umzug hin. Und heute denke ich, daß die Idee überhaupt nie ernsthaft verfolgt wurde.

Das Gebäude von Schule Nr. 1 (es war baufällig) wurde zu einem Kesselhaus umgebaut, mein Vater arbeitete dort als Nachtwächter. Der einstige Turnsaal, ein separates Gebäude, sollte ein Textillager werden. Die Ironie der Geschichte: Das Lager füllte sich nur mit dem Rauch von Papas »Prima«.

Wir hatten damals nicht viel Geld. Die ganze Stadt machte einen verlassenen und beunruhigenden Eindruck. 1992, als ich in die sechste Klasse ging, gab es kaum noch Kinder in der Stadt. Praktisch alle Schüler aus Schule Nr. 1 wurden in A-Klassen gesteckt und die aus Schule Nr. 2 in B-Klassen.

Ich war in einer A.

4.

Draußen war Mai, und ich konnte den Ferienbeginn kaum erwarten. Die einzige Kacke – ich hatte vor den Ferien noch eine Prüfung, die erste große in meinem Leben. Wir mußten in Ukrainisch kein Diktat schreiben wie die Sechstkläßler früher, sondern bekamen einen Fragenkatalog.

Die humanistischen Fächer lagen mir nicht. Die naturwissenschaftlichen übrigens auch nicht. Ich lernte überhaupt nicht gern, hatte nie das Bedürfnis, mich in einen Stoff zu vertiefen. Ich paukte nur das Allernötigste. Darum war die Schule für mich immer ermüdend und synthetisch. Viel lieber hatte ich Bewegung, jegliche Art von Bewegung – Bewegung als Versenkung oder so. Sex ist auch Versenkung. Eine sehr unterhaltsame. Sex ist die dynamische Analogie zum Lachen. Das ist meine bescheidene Meinung.

Es läßt sich kaum der Reihe nach erzählen. Zu viele Details, und oft fehlt mir der Überblick. Manchmal stelle ich mir vor, ich wäre ein Insekt – das Gedächtnis erinnert an das Auge eines Schmetterlings. Ein unendlich detailliertes Mosaik.

Die Prüfung war am Morgen. Ich hatte natürlich nichts gelernt – und richtig so, ist doch alles überflüssig. Du paukst die Fragen, gehst nach dem Unterricht zur Konsultation, führst ein vertrauliches Gespräch mit der Klassenlehrerin – und all das, um dir zehn Minuten Peinlichkeit vor dem Prüfer zu ersparen.
Ich war in der Schule schon lange als Grobian und Rüpel verschrien, als jemand, den man absolut nicht ernstnehmen kann. Nur, weil ich es verstand, ein Publikum zu unterhalten. Manchmal verblüfften mich meine Einfälle sogar selbst. Ihre Raffinesse und ihr edler Idiotismus waren beeindruckend. Vielleicht machten so viele bei meinen Streichen mit, weil sie etwas Aristokratisches hatten.
Ein Beispiel für meine leuchtende Idiotie, mit der ich unsere dunkle, kalte Welt erhellte, war der Vorfall mit den Regenschirmen. Eines regnerischen Morgens kamen alle mit Schirmen in die Schule. Ich sah, daß sich im hinteren, freien Teil der Klasse eine ganze Armada aufgespannter Regenschirme versammelt hatte. Zum Trocknen. Ich wechselte

ein paar Worte mit den Jungen und äußerte ganz beiläufig (auf verschiedene Weise den hypothetischen Charakter des Vorschlages betonend) die Idee, die ganze Klasse könnte sich unter den Schirmen verstecken. Unsere Klassenlehrerin kommt rein, und wir sind nicht da, kapiert, Jungs? Wow, sagten sie, dann mal los!

Zurück blieben sieben vom Regime gelähmte Lernmaschinen – völlig fertig mit den Nerven starrten sie nach vorne und saßen still, als wäre der Schulinspektor in der Klasse. Anscheinend weigerte sich ihr Verstand aufzunehmen, was die Augen sahen: Zwei Drittel der Klasse waren unter den Regenschirmen verschwunden. Die Lernmaschinen waren darauf getrimmt, sich von jeglichem Blödsinn fernzuhalten, mehr als ein einfaches Abblocken hatte ihnen die Schule aber nicht beibringen können.

Ich kann mich an ein traumartiges Gefühl erinnern, an die zähe Unwirklichkeit der Situation. Vierzehn Kinder hatten sich überzeugen lassen, unter die Regenschirme zu kriechen. Einfach so.

Dann kam unsere Klassenlehrerin, wir hatten Geo bei ihr. Sie war die giftigste von allen, wofür sie seit Jahren mit dem Spitznamen »Schlange« bezahlen mußte. Zusammen mit einer ihrer Lieblingsschülerinnen ging sie theatralisch, auf Zehenspitzen, nach hinten und klopfte sacht auf einen der Schirme. Ich konnte alles durch einen Spalt sehen: Die »Schlange« kochte vor Wut, und das unpassende Schauspiel ließ die vulkanische Aktivität in ihrem Innern noch offensichtlicher werden. Dann befahl sie uns mit furchteinflößender Stimme hervorzukommen.

Es folgten lange Nachforschungen, alte Vergehen wurden wieder aufgerollt, alles aufgerechnet, und um ein Haar wäre die Disziplinarkonferenz einberufen worden.

Das Lustigste daran ist, daß ich von ihrem Zorn gar nichts abbekam. Denn im Unterschied zu meinen Klassenkameraden, die aus Angst vor der Schlange und ihrem Satansschrei mit erhobenen Händen hervorkrochen, blieb ich unter den Regenschirmen!

Als die Klassenlehrerin fragte, wer »das alles« ausgeheckt habe, wurde ich verpetzt. Von den Mädchen, klar. Doch bei der Frage, wo er, wo dieser ... Pjatotschkin sei, tat niemand einen Mucks. Die Klassenlehrerin keifte noch lauter, und eines der Mädchen – Maritschka? – sagte, daß ich heute fehle. Und er, Pjatotschkin, saß unter seinem Schirm wie ein nasses Fröschlein und lachte sich ins Fäustchen.

Nach dem Unterricht schlich ich unbemerkt am Lehrerzimmer vorbei und lief hinaus in den Regen. Ich ging in den Wald und verbrachte dort eine extrem nette Zeit. Danach schwänzte ich noch drei Tage und studierte die Topographie der Wälder von Wowtschuchiw. Dann war Wochenende, und ab Montag hatten wir eine Vertretung, denn die Schlange war krank.

Glück muß man haben.

Aber, wie ihr sicher bemerkt habt, der Witz liegt woanders. Wer hat das alles ausgeheckt? Pjatotschkin. Und wo ist er? Er ist heute nicht da!

So skurriles Zeug geschieht pausenlos, pau-sen-los.

5.

Ich hatte keinen Bock, mich auf die Prüfung vorzubereiten. Am Abend schaute ich den Fragenkatalog durch. Aber nach dem ungewöhnlichen Sonnenuntergang war ich ziemlich daneben (habe ich ihn überhaupt gesehen?). Irgend etwas war geschehen, aber was genau, konnte ich nicht sagen.

Mit einem undefinierbaren Gefühl im Bauch ging ich schlafen. Wie immer träumte ich viel, von Flügen und Verfolgungsjagden mit coolen Spezialeffekten. Ich vergaß keinen Traum, alles hinterließ einen maximalen Eindruck. Sogar im Traum erinnerte ich mich daran, daß ich schlafen gegangen war. Und immer, wenn die Traummaterie besonders kraß wurde, rief ich mir ins Gedächtnis, daß es sich nur um einen Traum handelte. Außerdem machte ich mich im Schlaf über meine Eltern lustig: Da schlafen sie im Nebenzimmer und haben keine Ahnung, was für Abenteuer ihr Kind gerade erlebt. Seltsam, so etwas passierte mir zum erstenmal.

Ich wachte vor sieben auf, auch das war erstaunlich. Ich hatte mich anscheinend so gut ausgeschlafen, daß die Träume keinen Platz mehr fanden und mich einfach ausspuckten.

Papa, Mama, meine Schwester und mein Bruder schnarchten noch. Meine Schwester und Papa am lautesten. Ich strich durchs leere Haus, ging sogar hinaus. Morgens ist es kalt in den Bergen, aber ich liebe die Kälte. Mit nacktem Oberkörper ging ich ums Haus, versuchte, im Wald eine Erklärung für meinen ungewöhnlichen Gefühlszustand zu finden: war es Freude, oder waren es Tränen? – mir schwirrte der Kopf. Aber der Wald erklärte nichts, und vom Tau wurden bloß meine Sneakers naß. Die Sonne erwärmte die kalte Luft, es würde heiß werden heute.

Dann lehnte sich Nelja, meine ältere Schwester, aus dem Fenster und rief mich zum Frühstück.

6.

Erst bei der Schule wurde mir bewußt, daß ich zu meiner ersten Prüfung ging und nicht die Bohne wußte. Ich bekam Angst, mein Bauch verkrampfte sich und ich mußte »groß«. Was, wenn ich mich vors Fenster des Direktors hocke, dachte ich. Augenblicklich kehrte meine Verwegenheit zurück und ich erinnerte mich an die Relativität aller Direktoren und Prüfungen dieser Welt.

Ich ging ins Klassenzimmer. Alle hatten sich herausgeputzt, dufteten und waren nervös. Auch ich war nervös, und in meinen mit Löwenzahnschirmchen übersäten nassen Sneakers (Mama hatte mir doch verboten, durch die Wiese zu laufen) stellte ich eine Bedrohung für die feierliche Frische meiner Klassenkameraden dar. Mama hatte Pfingstrosen gepflückt, die ich der Klassenlehrerin schenken sollte. Meine Pfingstrosen hatten kein Zellophan. Zum Glück hatte Mama nicht auf Nelja gehört, die nicht ohne Bosheit geraten hatte, die Blumen in Zeitungspapier zu wickeln. Kinder, die kein Blumenbeet vor dem Haus hatten, kauften ihren Blumenstrauß auf dem Markt. Aus irgendeinem Grund dachten sie, Blumen in Zellophan seien prestigeträchtiger als Blumen in Zeitungspapier.

Ohne unnötiges Gerede legte ich der Lehrerin die Pfingstrosen hin und setzte mich in die erste Reihe. Ich war pragmatisch ohne Ende. Lieber wollte ich gleich gestehen, daß ich nicht vorbereitet war, als den ganzen Vormittag für die blöde Prüfung zu verschwenden. Sie fragt mich: »Was weißt du eigentlich, Petro?« Ich darauf: »Frage Nummer siebzehn, die über Synonyme und Antonyme.« – »Ist das alles?« fragt sie nicht ohne Schadenfreude. Ich sage, daß es mir schrecklich leid tue, aber das sei wirklich alles, womit ich dienen könne. Und ich, der Untalentierte, bekomme eine Vier und renne beflügelt nach Hause, schlage mir den Bauch mit Erdbeerquark voll und laufe zu den Felsen.

Oder vielleicht kommt es so: Ich ziehe die siebzehnte Frage und bete alles runter, in- und auswendig, wie man es uns beigebracht hat.

Oder es kommt ganz anders: Ich ziehe Frage Nummer vier oder zweiundzwanzig (die schlimmste) und brülle los: »Das kann nicht sein! Ich wollte Nummer siebzehn!« Unserer Klassenlehrerin platzt der Kragen, sie sagt, was erlaubst du dir eigentlich, und ich stampfe mit den Füßen und tobe: »Nummer siebzehn! NUMMER SIEBZEHN, hab ich gesagt!«

Interessante Varianten, besonders die letzte. Aber sie gelingt höchstens dann, wenn unsere Klassenlehrerin hinausgeht und nur Ljudmyla Mykolajiwna, die bei der Prüfung hilft, in der Klasse bleibt. Sie war ein schwacher Mensch, ohne Rückgrat – nicht wie unsere Klassenlehrerin. Außerdem unterrichtete Ljudmyla Mykolajiwna unsere Klasse nicht, sie kannte mich nur vom Hörensagen. Sie hätte ich hereinlegen können.

Aber bei unserer Klassenlehrerin zog das nicht. Ich war schon zwei Jahre mit ihr im Clinch, seit der Geschichte mit den Regenschirmen.

Alle, die nicht zu den ersten fünf Prüflingen gehörten, verließen die Klasse. Fünf Mutige – darunter ich – zogen der Reihe nach eine Frage. Ich bekam Frage Nummer elf: Wechselpräpositionen und die Wortart Nomen. Auch die verbleibende Vorbereitungszeit konnte mich da nicht retten. Von Nomen hatte ich eine sehr vage Vorstellung. Ich assoziierte sie mit zottigen Tieren ohne Vorne und Hinten, die ab und zu seufzten. Pekinesen oder so.

Ohne Zögern setzte ich mich den Lehrerinnen gegenüber und schaute ihnen in die Augen, wie der Psychoonkel aus dem Fernsehen.

»Welche Frage, Pjatotschkin?«

»Elf.«

Eine unbehagliche Pause entstand, so als bahnte sich zwischen uns etwas an.

»Die Präpositionen an, auf, in, neben, vor, hinter, über, unter verlangen den Dativ, wenn...«, sagte ich und biß mir auf die Zunge: Wer spielt schon seine Trümpfe am Anfang aus?

»Mhm... Und weiter?«

Wieder eine göttliche Pause, wie wenn du in dein Zimmer gehst, um unter der Matratze das Pornoheft *Pan i Pani* hervorzuholen, aber dort betet gerade Großmutter, weil über deinem Bett die schönste Ikone im ganzen Haus hängt.

»Die Präpositionen an, auf, in, neben, vor, hinter, über, unter verlangen den Dativ, wenn...«, verkündete ich noch einmal. Was jetzt? Ihnen an den Kopf knallen: ›Dem Klugen genügt das‹ und hinausrennen?

Doch da geschah es. Ich sah die Antwort vor mir. Sah sie so deutlich, daß ich auf meinem Stuhl zusammenzuckte. Es war die Seite aus meinem Antwortheft. Ich mußte mich sogar versichern, ob ich nicht doch vielleicht gerade ins Heft schaute. Aber nein, das Heft lag zugeschlagen auf meinem Schoß, und ich sah die Antwort wie auf einem Bildschirm vor mir.

Ich legte los.

Schlange begann zu schwitzen. Ljudmyla Mykolajiwna sank in ihren Stuhl. Wäre der Direktor hier gewesen, er hätte losgeheult, kein Witz. Er weinte immer, besonders wenn es feierlich wurde: »Ich, Schukowskyj Arkadi Wolo-dymyrowytsch (Pause), Direktor der mittleren Schule in Midni Buky (seine Schultern zittern), Ehrenmitglied der Taras-Schewtschenko-Gesellschaft« (weint).

Die Antwort hatte tatsächlich feierlichen Charakter. Sie war ausführlich und seidenweich, wie der Weg von den Warägern zu den Griechen, oder wo die sonst hingefahren sind. Alle Anwesenden schlugen beeindruckt die Augen nieder. Dank meiner raffinierten Darlegung gab es nicht einmal Zwischenfragen. ICH BEKAM EINE EINS!

»Es geht doch, wenn du nur willst«, sagte die Schlange und stellte ihre Autorität wieder her. Kalligraphisch trug sie die Note ein, der Glanz dieser Wunder-Eins tauchte das Vie-ren-Dickicht in sanftes Barockmatt.

Ich stürmte nach Hause. Und schlug mir den Bauch voll.

In der sechsten Klasse muß man nach der Prüfung ein sie-bentägiges Praktikum auf dem Schulgrundstück absol-vieren – Strafarbeit in Form von Jäten, Umgraben und Auf-räumen. Aber der Schulwart hatte gesagt: Wer schöne Stöcke für die Bohnen mitbringt, dem wird das Praktikum erlassen. Ich meldete mich natürlich als erster, jetzt woll-te ich in die Berge gehen, weit, bis zu den Felsen. Auf dem Rückweg würde ich Stöcke für den Schulwart abschla-gen.

Ich packte meine Tasche, nahm die Axt und ging los. Fami-lie und Freunden hinterließ ich eine Nachricht:

HAB EINE EINS BEKOMMEN!
KOMME MORGEN!

PETRO

8.

Damals wurde mir klar, daß eine neue Kraft in mein Leben
getreten war.

Wie auf einem Luftgleiter flog ich zu den Felsen hinauf.
»Im Sommer gibt es eine Million Energien.« Ich hatte diese
Worte bei einem Bekannten gehört (er ist Boxer, trainiert
viel und weiß, wovon er redet) und konnte mich jetzt selbst
davon überzeugen. Auf den kühlen, aus der moosigen
Erde ragenden Felsen versuchte ich, das Wunder zu begreifen.

Der Versuch mißlang. Meine Verwunderung wurde noch
größer, als ich bemerkte, daß ich auch alle anderen Prü-
fungsfragen beantworten konnte. Die Antwort erschien
vor meinen Augen, klar und einfach. So einfach, wie mit
Flügeln zu schlagen ... als wären in meinem Innern Flügel
gewachsen, und ich bewegte sie probehalber.

Drei Stunden saß ich da und prüfte mein Gedächtnis an
verschiedenen Details: welche Farbe haben die Streifen von
Neljas Kittelschürze, wieviele Borsten hat meine Zahnbür-
ste, welches Muster die Strohmatte auf dem Treppenabsatz
zwischen Erdgeschoß und erstem Stock, wieviele Stufen
sind zwischen dem erstem Stock und dem Dachboden
u. s. w. Ich konnte sogar die Reihenfolge, in der ich diverse
Dinge aus meinem Gedächtnis abgerufen hatte, mit Leichtigkeit wiederherstellen. Es war einfach wie das Drehen des
Magischen Würfels: eine Fläche hier hin – und du hast ein

Feld, eine da hin – und du hast ein anderes. Weißt du nicht weiter, genügt es, den Würfel hin und her zu drehen, und vielleicht taucht das, was du brauchst, irgendwo auf. Flinke Hände, keine Zaubertricks.

All das war höllisch interessant, aber zerstreut wie ich war mit meinen elf Jahren, machte ich mir darüber keine weiteren Gedanken.

Zweites Kapitel

Wozu braucht der Kerl ein phänomenales Gedächtnis. Fremd auf fremder Erde

1.

Als ich in die nächste Klasse kam, in die siebte, war ich bereits einer der eifrigsten Schüler. Eifrig in dem Sinn, daß Lernkontrollen, in denen ich versagte, aus meinem Leben verschwunden waren.

Um eine Seite Text zu lernen, mußte ich mit dem Blick ein einziges Mal diagonal darübergehen, und er war »abfotografiert«. Ich lernte den Stoff in der Pause (wie übrigens die meisten meiner Klassenkameraden auch). Dafür brauchte ich drei, maximal fünf Minuten. Ich konnte ein superlanges Gedicht aus dem Gedächtnis aufsagen, ohne es wirklich gelesen zu haben.

Ich konnte mitten in der Nacht die Fläche von, sagen wir, Madagaskar nennen: $590\,000$ km².

Ich kannte die Formulierung und Herleitung aller Theoreme aus dem Lehrplan.

Ich konnte jederzeit die ersten sechs Potenzen der Zahlen von eins bis hundert aufsagen – ein Klacks!

Um irgendwelche Einfaltspinsel zu beeindrucken, sagte ich den ganzen Tag beliebige Ziffern auf und machte ihnen weis, es sei die Zahl Pi.

Man fragt sich, was sich ein Mensch noch wünschen kann, der etwas derart Geniales wie ein phänomenales Gedächtnis besitzt. Zugegeben, ich hatte diesbezüglich noch keine Idee. Dafür habe ich den dunklen Verdacht, ein Phantast mit einem solchen Gedächtnis würde Wunder vollbringen, daß von überall nur noch »oh« und »ah« zu hören wäre. Ich dagegen hatte nichts als Unfug im Kopf.

Wenn ich im Maßstab eins zu tausend auf mein Leben blicke, war das Auftauchen des Gedächtnisses ein tiefer Einschnitt. Es war eine starke Erfahrung, eine kindliche, verzaubernde Erfahrung, die mich ein halbes Jahr lang völlig in Anspruch nahm. Für mich ist das lange. So lange hätte ich wahrscheinlich gebraucht, um mich an ein vollwertiges Sexualleben zu gewöhnen.

Aber nein, mich an das phantastische Gedächtnis zu gewöhnen dauerte eindeutig länger. Als ich endlich Sex hatte, flashte mich das nur etwas länger als einen Monat. Dann wurde es... Routine, oder was? Ein angenehmes, neues Thema für Taten und Gedanken. Hier schiebst du ihn rein, dort rammst du ihn rein, ha-ha, und fertig gepoppt. Lustig, na klar... aber normal.

Hiermit ist es aber vollkommen anders. Feierlich. Sogar irgendwie geheimnisvoll, wie ein noch nicht angerührter Sack mit Geschenken.

2.

Beim Menschen gibt es so einen Zustand. Wenn dir etwas auf der Zunge liegt, du es aber nicht ins Gedächtnis rufen kannst. Es kommt dir vor, als hättest du es jeden Moment... Aber noch steht zwischen dem Menschen und seiner Erinnerung das sonderbare Gefühl einer beginnenden Ohnmacht.

Um mich an etwas Wichtiges zu erinnern, muß ich dieses Kribbeln in mir hervorrufen. Mein ganzer Körper wird davon erfaßt, von Kopf bis Fuß. Manchmal kaum spürbar, dann wieder unangenehm, ja sogar schmerzhaft. Irgendwie drängt sich die Parallele zu eingeschlafenen Gliedern auf. Wißt ihr, wie das Bein kribbelt, wenn man lange darauf sitzt? Manchmal wird es so taub, daß man sich mit einer Nadel pieksen könnte – man würde nichts spüren. Wenn die Taubheit verschwindet, entsteht ein äußerst unangenehmes Gefühl.

Das ist natürlich eine Metapher. Wenn ich mich an mein Gedächtnis wende, ist es, als würde ich ein Signal an mein eingeschlafenes Bein senden: »Befehl ausführen!« Von der Stärke des Impulses hängt der Erfolg des Erinnerns ab. Ausschlaggebend ist der Tonfall, ein Befehlston, der einfach befolgt werden muß. Schwingt in meinem Befehl nur ein Körnchen Zögern oder Unsicherheit mit, ist es aus – das Kommando greift nicht.

Manchmal vergesse ich, daß jeder Vergleich bloß ein Vergleich ist. Dann beginne ich zu phantasieren: Was ist, wenn es das unsichtbare Gedächtnisorgan tatsächlich gibt? Und es im Laufe der Evolution nur seine Bedeutung verloren hat wie der Blinddarm?

Wieso nur ein Organ – das menschliche Gedächtnis taugt zu einem ganzen System. Es gibt das Verdauungssystem, es gibt das Herz-Kreislauf-System, wie wäre es also mit einem Gedächtnissystem – mit Zentrum und Peripherie, mit Verbindungskanälen, Zyklen und Zirkulationen. Doch in diesem System zirkulieren nicht Blut und Lymphe, sondern ...?

Na ja, ich denke, ihr habt es erraten.

3.

Ich wußte nicht so recht, was ich mit diesem Gedächtnissystem sollte. Genauer gesagt, was für bedeutsames Zeug ich dort abspeichern könnte, um mich in Zukunft nicht anstrengen zu müssen.

Nicht übel, wie mich mein Gedächtnis vom Lernen erlöste. Hätte ich im Unterricht nicht anwesend sein müssen, hätte ich überhaupt nichts zu tun gehabt. Ich lernte nicht – wozu auch. Ich sah mir den Stoff kurz an und gab ihn wieder, nichts weiter. Bücher las ich nicht – zu uninteressant. Mir kam die Idee, daß es nicht schlecht wäre, Sprachen zu lernen, viele Sprachen. Vielleicht sogar alle Sprachen der Welt... Mit meinem Gedächtnis und ein bißchen Anstrengung könnte ich an die siebzehn, zwanzig, dreißig, vierzig Sprachen lernen. Aber ich war zu faul, Lehrbücher zu suchen und durchzublättern. Obwohl es doch ein Klacks ist, ein absoluter Klacks.

Oft dachte ich vor dem Einschlafen daran, wie unverhofft sich alles zum Besten gewendet hatte. In der Schule war nichts zu tun. Zu Hause zwang mich auch niemand zu Untaten. Ich werde erwachsen, gehe zum Militär. Und dann zum Zirkus. Jemand wie ich hat nur eine Perspektive – als Clown.

Aber ich werde natürlich kein gewöhnlicher Clown, sondern einer mit Geheimnis. Ein Mneme-Clown. Mnemoniker-Komiker.

Oder besser eine ernste Rolle. Ich betrete die Arena in einem Sakko mit Lederbesätzen an den Ellenbogen, mit Brille – als wäre ich super intelligent. Wie in dem Witz kündigt der Conférencier die nächste Nummer an: »Und

jetzt – der Mann mit dem phänomenalen Gedächtnis!« So
was soll es schon gegeben haben. Irgendwelche Freaks, die
sich Zahlenreihen merken konnten. Nichts Besonderes,
ehrlich.

Ich habe mir sogar eine Nummer ausgedacht. Ich betrete
die Bühne in einem Markensakko, meine Assistentin in
Trikot schiebt einen Schrank mit Büchern. Einer der Zuschauer wird gebeten, in einem beliebigen Buch eine beliebige Seite auszuwählen, die ich dann aus dem Gedächtnis
zitieren muß. Ich nehme das Buch, drehe es um, und schon
geht's los. Das wäre bestimmt ein Hit.

Obwohl ich gern redete, verschwieg ich bestimmte Dinge
aus Prinzip. Vielleicht erzählte ich deshalb niemandem von
meiner Fähigkeit, jedenfalls nicht ernsthaft. Die Sonne
bringt es an den Tag: Zu Hause wußte man, daß ich ein
scharfes Gedächtnis habe, mehr nicht. Nur Papa brummte
ständig, ich solle mehr lesen, in mir stecke Talent. ›He, he‹,
dachte ich, ›was wißt ihr schon von Talent!‹

Um mich vor solchen Angriffen zu schützen, schwang ich
keine unnötigen Reden über »mein Talent«. Käme heraus,
daß ich den gesamten Jahresstoff mit Leichtigkeit in ein
paar Tagen lernen könnte, gäbe es Saures. Allein der Gedanke daran war schrecklich. Sie würden mich sofort auf
die Uni schicken.

Dann besser gleich zum Militär. Und danach zum Zirkus.

Mein ganzes Leben stand mir vor Augen. Mir schien, als
wäre alles, was überhaupt passieren konnte, längst passiert.

4.

Als ich das endgültig kapiert hatte, machte sich Langeweile breit. Ich schlug nur noch die Zeit tot. Durch die Stadt streifen. Kicken, Karten spielen mit Freunden, Völkerball. Eigentlich nicht schlecht... Im Grunde wie immer, und trotzdem fehlt dir was. Die Aufregung fehlt, der Streß fehlt, der Druck. Siebte Klasse, achte Klasse – das ganze Jahr Ferien. Alle büffeln, zittern vor den Klassenarbeiten, und mir ist alles schnuppe. Neunte Klasse – das ganze Jahr Ferien. Zehnte Klasse – shit, wieder das ganze Jahr Ferien. Und bei den Prüfungen – auch Ferien. Sieben Sonntage die Woche. Herrlich. Sich zu beschweren wäre eine Sünde.

Aber trotzdem. Ich sehnte mich nach etwas – nach etwas Fernem, Unerreichbarem. Was könnte das sein?

5.

Ich wollte eine Braut.
Ohne es zu merken, wurde ich ziemlich grob im Ausdruck. Aber wie soll man diese (gelöscht – *A. d. Red.*) sonst nennen, die nicht einmal wissen, wieviel zwei mal zwei hoch zehn ist?
Wenn sich die sanfte Hälfte der Menschheit auch nicht mit intellektueller Brillanz hervortat, so hatte sie doch etwas, das mich unglaublich anzog. Es war ihr Geruch, der mich in den Tagen der Langeweile erregte.
So begann es, das mit den Mädchen.
Da gab's eine Nadja, meine Erste. Dann gab's Halka, sieben Jahre älter als ich. Marjaschka, ein liebes Mädel, schade, daß

es so blöd lief mit uns. Und natürlich Olja Wyschenka, die werde ich nie vergessen.

Ich begann, hin und wieder zu rauchen. Das machte mich cooler. Er ist nicht nur der Klassenbeste, steuert auf die goldene Medaille zu, sondern raucht auch noch in den Pausen. Außerdem hat er (wenn die Gerüchte stimmen) schon probiert, wovon alle Jungs so heiß träumen. Cool, megacool.

6.

Man mißt einen Menschen häufig daran, mit welchen Leuten er sich umgibt. Gleich und gleich gesellt sich gern, angeblich.

Unwillkürlich wurde mir klar, daß sich lauter Schwachköpfe um mich scharten. Um genau zu sein, sie waren meine besten Freunde. Meine Clique. Manche nannten uns so, eine Clique.

Wenn wir Schule schwänzten, trieben wir uns oft bei den Bauruinen herum. Hinter der Schule gab es haufenweise davon, alle waren Ende der Achtziger gebaut worden, noch vor der Unabhängigkeit. Jetzt hatten ihre Eigentümer kein Geld mehr, um weiterzubauen. Ohne Dach weichten die Ziegel im Regen auf, der Zement ging kaputt, und die Häuser überwuchsen mit Melde. Es waren Einfamilienhäuser, einstöckig, fast alle gleich angelegt.

Als Kind liebte ich solche Landschaften. Mit Unkraut überwucherte Schuttberge. Berge von Sand, der von den Nachbarn nach und nach weggekarrt wurde. Rostige Eimer, von Beton hypnotisiert. Kubikmeter von Ziegeln, die mit Dachpappe bedeckt waren und langsam verkamen, ohne daß jemand davon Notiz nahm. Stahlbetonplatten, übereinandergestapelt, dazwischen Bretter, alles rostete und zerbröselte. Man hatte den Eindruck, daß die Eigentümer dieses Bauschatzes einfach so verschwunden waren.

An der Peripherie von Midni Buky (in Richtung der Schrebergärten jenseits des Flusses) standen ganze Viertel solcher verlassener Bauleichen. Die älteren Leute schauten dort nur vorbei, um eine Schubkarre Sand zu »leihen«. Sonst herrschte absolute Einsamkeit, nur der Wind pfiff durch die leeren Gemäuer. Für uns gab es keinen besseren Ort zum Schuleschwänzen als diese Gebäude, wo wir versuchten, ohne Leiter in den ersten Stock oder auf den Dachboden zu klettern. Oft spielten wir »Spezialeinheit« – über zwei hochkant aufgestellte Ziegel legten wir schmale Schieferplatten. Wer die meisten auf einmal mit der Handkante zerschlägt, ist die coolste »Spezialkraft«. Fedja Kruhowyj zum Beispiel konnte die Schieferplatten sogar mit dem Kopf zerschlagen.

Dort, auf den Baustellen, rauchten wir und soffen Wein. Ein öder Zeitvertreib, den hatte man schnell satt. Ich hätte sogar Kleber geschnüffelt, damit endlich etwas passiert. Aber es wäre mir dem Verkäufer gegenüber peinlich gewesen. In Midni Buky weiß jeder, wozu ein Teenager »Alleskleber« braucht.

Okay, einmal habe ich doch mit den Jungs geschnüffelt, ich geb's zu. Aber laßt besser die Finger davon.

Dieses sinnlose Herumhängen zog sich ziemlich lange hin, und ich freundete mich schon mit dem Gedanken an, der Anführer von Schwachköpfen zu sein. Das imponierte mir. Hatte seinen Pep, keine Frage.

Als wir einmal auf einer weit entfernten Baustelle Schule schwänzten, begannen wir »darüber« zu sprechen. Unsere Gespräche drehten sich immer irgendwie um Sex. Entweder wir redeten »darüber«, oder wir verwendeten Worte, die darauf anspielten: »Darauf geb ich keinen Fick!«, »Ich bin immer der gefickte!«, »Fick dich doch ins Knie!« u. s. w. Dann malten wir mit Zigarettenstummeln »Ärsche«, »Schwänze« und andere eigentlich total banale Dinge auf die Schlackesteine.

Habt ihr euch nie gefragt, von wem die Schweinereien sind, die man hier an den Mauern sieht? Von Typen wie uns.

Mir persönlich gefiel dieses Rabaukentum sehr. Ich hatte das Gefühl, daß ich nicht nur einfach ein Symbol zeichnete, ein Organ oder einen Akt. Ich malte ganze Szenen. Wie ein Steinzeitkünstler. Irgendwo dort, in Midni Buky, gibt es sie noch immer. Ich bin sicher, daß weder Handwerker noch Besitzer jemals zu den Häusern zurückkehren werden. Und niemand wird meine Wandbilder übermalen, hurra.

An diesem Tag war ich mit dem schiefen Sery, mit Fedja, Witka, Slon und zwei Gipsköpfen aus der B-Klasse unterwegs. Es war Mai, wir trugen kurzärmlige Hemden. Wenn es wirklich heiß wurde, krochen wir in einen Keller. Unten auf dem Lehmboden standen stapelweise Ziegel, die uns als Sitzgelegenheiten dienten (ich zum Beispiel hatte einen richtigen »Thron«). Wer keine Ziegel ergatterte und zu faul war, welche von draußen zu holen, kauerte sich einfach hin. Wie Sery.

Ich brachte die Sache ins Rollen, gab damit an, daß mich bei der letzten Disko eine Kleine rangelassen hätte.

»Nadja?« fragten sie. Alle wußten von unserer romantischen Beziehung, weshalb sie mich schon »Romantiker« nannten.

»Nadja«, bestätigte ich.

Niemand aus der Gruppe konnte mit etwas Ähnlichem prahlen, und damit wäre das Gespräch beendet gewesen. Der schiefe Sery jedoch blinzelte hinterlistig und begann, uns eine Geschichte von seinem Bruder zu erzählen. Sein Bruderherz war so alt wie wir und ging in Lemberg aufs Polytechnikum. Gemeinsam mit einem anderen Hohlkopf hatte er »irgendein Flittchen« begrapscht.

Slon, er saß auf den Ziegeln gegenüber, wollte ganz genau wissen, wie das war.

Sery meinte, daß sie sie or-dent-lich begrapscht hätten. Die haben ihr nicht nur den BH durchs T-Shirt aufgemacht, fuck, sondern ernst gemacht und ihr den Slip runtergerissen und der Reihe nach auf ihrem Bauch abgespritzt.

»Und das Flittchen?« fragte einer aus der B-Klasse, ein Zigeunertyp.

Sery sagte, daß sich das Flittchen zuerst wehrte, aber als der Bruder sein bestes Stück hervorholte, wurde das Luder ganz feucht und begann sogar zu stöhnen. So sehr wollte sie, daß er ihn reinschob. Leidenschaftlich, als wäre er selbst dabei gewesen, berichtete Sery, wie die Tussi »einen Blowjob machte«, »es anal wollte«, und wie sie ihr »in die Fresse rotzten«. Während des Erzählens bebte Sery regelrecht; er ist überhaupt so fahrig, nervös, unangenehm – und dann noch dieses Thema, ekelhaft. »So war das«, faßte er zusammen. »Und die Jungs sind so alt wie wir!« fügte er hinzu und schob etwas in seiner Hose zurecht.

Sofort begannen alle über die echt abgefahrenen Jungs zu sprechen, dann über die Tussi, die durch ihr Verhalten bestätigt hatte, daß all ihre Artgenossinnen feuchtmuschig und fickgeil seien.

Am Schluß vertieften sie sich (hypothetisch) in den Gedanken, Ähnliches aus eigenen Kräften, he-he, zu machen. Sind wir etwa keine richtigen Männer? Morgen zum Beispiel, he-he, einer Möse auflauern, die während der Stunde aufs Klo geht, und einen Quickie hinlegen, rein-raus, he-he, schon erledigt. Zwei halten sie an den Armen, zwei an den Beinen, und einer gibt sich's. Sery zählte nach und meinte, daß wir dafür sogar mehr Leute seien als notwendig.

Slon war so begeistert, daß er in seinem Baß grölte: »Jungs, wieso nicht heute? Jetzt gleich in die Schule gehen, einer dummen Gans auflauern. Zwei an den Armen, zwei an den Beinen, einer gibt sich's. Und dann schnallt die Tussi selbst, wie geil das ist und läßt uns jeden Tag ran, wer weiß?«

»Dann los!« Fedja, der aufmerksam zugehört hatte, gab das Zeichen zum Aufbruch (ich mochte ihn nicht – immer wollte er dort den Ton angeben, wo längst ich das Sagen hatte).

So eine ausdrückliche Aufforderung hatten die Jungs nicht erwartet, sie warfen einander Blicke zu. Fedja wiederholte: »Auf zu den Flittchen! Wer ist dabei?«

Slon stand auf, Sery stand auf, Witka weiß es noch nicht oder so. Ich sah, wie sich die zwei Schisser aus der B-Klasse duckten. Sie hatten verstanden, daß die anderen die Sache durchziehen wollten – einfach losziehen und ein kleines Ding bumsen – und niemand hatte das Gefühl, daß daran etwas nicht richtig sei. Die Schisser murmelten undeutlich vor sich hin, anscheinend fühlten sie sich langsam unwohl.

»Und du?« wandte sich Fedja an mich.

»Was ist mit mir?« fragte ich etwas dümmlich zurück. Ich kapierte nicht, was sie von mir wollten.

Doch da erinnerte ich mich wieder, wer ich war. Faßte mich langsam.
»Was jetzt... im Ernst?« hörte ich mich sagen. »Ihr wollt jetzt im Ernst eine poppen gehen?!«
Die Jungs standen über mir, ich saß noch immer auf meinem »Thron«. Die, die auf Serys Vorschlag hin aufgestanden waren, schauten mich belustigt an. Besonders Fedja.
»Leute, der fürchtet sich. Und das mit Nadja war nur Beschiß, klare Sache.«
Ich sah sie an, raffte nichts. Sogar das mit Nadja ging an mir vorbei, sonst hätte ich ihnen sicher eins in die Fresse gegeben.
Gehen die wirklich... oder verarschen die sich nur gegenseitig?
Die Jungs grinsten und wechselten Blicke, einer nach dem anderen kletterten sie durch das Fenster ins Licht. Jeder von ihnen glaubte, mir einen abfälligen Blick zuwerfen zu müssen.
Abwechselnd heiß und kalt überkam mich das Bewußtsein, wo ich mich befand. In einem Club der Degenerierten, der echt Gestörten – ja, mit allen klinischen Symptomen: hängende Lippen, niedrige Stirn, charakteristischer Gesichtsausdruck. In dem Moment erreichte mich die wahre Bedeutung ihrer Worte: Sie würden jetzt in die Schule gehen, um junges Gemüse zu poppen. Die erschütternde Diskrepanz zwischen dem, was ich in diesen Menschen gewohnt war zu sehen, und dem, was sie tatsächlich waren, überkam mich wie Schüttelfrost.
Zum erstenmal fragte ich mich: »Was zum Teufel mache ich

hier? Was habe ich unter diesen Kretins zu suchen?« Und vor allem: »Wie bin ich hierhergekommen?«

Ich weiß nicht wieso, aber in diesem Moment war ich bitter enttäuscht. War enttäuscht, weil kein Wunder geschah.
Ich verstand: Das ist er – der Moment, in dem man sich entscheiden muß. Ich brauchte Luft. Kletterte aus dem Keller an die Sonne und spürte, wie die vorher so starke Bindung zwischen meinen Kumpels und mir schwächer wurde. Gleichzeitig überkam mich Bitterkeit.
Man könnte sagen, daß ich den Schmerz schmeckte – aber genau überlegt, von welchem Schmerz rede ich da?

Die Burschen schlenderten lässig in Richtung Schule, von den Rohbauten sind es zehn Minuten. Dort war die dritte Stunde im Gang. Vorne gingen Fedja, Sery und Slon. Dahinter schlurfte, in Gedanken versunken, Witka. Die zwei Jungs aus der Parallelklasse waren die letzten, sie diskutierten heftig (und irgendwie hektisch). Sery drehte sich um und fragte, ob ich mitkäme. Fedja warf mir einen unfreundlichen Blick zu. Ich schüttelte verneinend den Kopf und spazierte in die andere Richtung, an den Schrebergärten vorbei in den Wald. Ich wollte zu den Felsen gehen, allein sein. Ich fühlte mich ausgepumpt.
Es war Anfang Mai. Ich erinnere mich an das fürchterliche Zirpen der Grillen.

7.

Am nächsten Morgen traf ich als erstes Witka, vor der Schule. Er hatte nicht mitgemacht, genauso wie die zwei B-Kläßler.

Dann traf ich Slon, auch er war in letzter Minute abge-
sprungen. Dafür erzählte er mir, Sery und Fedja hätten tatsächlich einer Kleinen, ein Jahr Jüngeren, aufgelauert, sie
ins Klo gezerrt und begrapscht. Na ja, den Slip runtergerissen, wie sich's gehört. Aber so ein angepißter Ochse kam
ins Klo. Anscheinend dieser verdammte Hippie Kurotschka. Er wohnt nicht weit von Slon, in derselben Straße.
Stellt euch vor, was dieser Sohn einer Lehrerin gemacht hat:
Er hat beiden ordentlich in die Eier getreten und dann noch
in die Fresse. Als ich das hörte, mußte ich grinsen. Fedja
mit den Tretern eins in die Fratze zu geben, war wenigstens
originell. Der Typ hat Humor.*
Genau in diesem Moment ging Kurotschka an uns vorbei –
wir saßen auf dem Fensterbrett beim Physiksaal. Er tat so,
als würde er uns nicht bemerken. In zerfetzten Jeans, lang-
haarig wie eine Tussi. Ein normaler Kerl, aber wie der rum-
läuft.
Slon verfolgte Kurotschka mit trübem Blick. Slon war ge-
nerell ein Spätzünder, sich mit ihm zu unterhalten war genial unkompliziert. Er hatte bei mir immer einen Vertrau-
ensvorschuß.
»Schade um den Burschen. Den bringen sie heute um«,
prophezeite Slon.
»Im Ernst?«
Er seufzte.
»Du kennst doch Fedja. Ich werde ihn bitten, wenigstens
seinen Kopf zu verschonen. Immerhin ist er mein Nachbar.«

---

* Die Ereignisse, die sich mit dem Witzbold Kurotschka (eigentlich Glat-
ter Hippie) und seinen Freunden zutrugen, kann man in meinem Roman
Die Anbetung der Eidechse oder Wie man Engel vernichtet nachlesen.

8.

An diesem Tag lief ich Kurotschka noch einmal über den Weg, in der Mensa. Ich war den ganzen Tag allein durch die Schule gezogen, hatte Bekannte gemieden. Eigenartige Gedanken krochen durch meinen Kopf. Mir war schwer ums Herz.

Als Kurotschka mich bemerkte, wurde er nervös. Vielleicht erinnerte er sich daran, daß Fedja und ich in einer Clique waren. Kein Wunder, schließlich war ich ständig mit den größten Kretins der Schule zu sehen. Das nennt man assoziatives Denken.

In der Mensa war richtig viel los. Ich stellte mich in die Schlange und beobachtete, wie Kurotschka zwei Gläser Kompott und ein paar süße Brötchen zu einem Tisch in der Sonne trug. Dort saß eine oberhippe Schnecke. Den schwarzen Ringen unter den Augen nach zu urteilen, war sie das Opfer des gestrigen Terrors. Auch sie erkannte mich. Ihr Blick blieb an mir hängen.

Am Buffet nahm ich einen Teller »Dnister«-Salat und ein Glas Birkensaft. Ich suchte nach einem freien Platz und stellte verzweifelt fest, daß der einzige genau neben ihnen war. Ich setzte mich, drehte ihnen meine Seite zu, daß mir die Sonne in die Augen schien. Herrliche, schöne Maisonne, wie sehr ich dich liebe.

Kurotschka wollte schon abhauen, aber die Kleine hielt ihn zurück. Sie saßen da und kauten an ihren süßen Brötchen, ich aß langsam meinen Salat. Ich spürte ihre Blicke.

Ich wollte sie irgendwie aufmuntern. Ihnen was Beruhigendes sagen. Aber womit kann man in einer solchen Situation schon beruhigen: Der Bursche wird nach der Schule verprügelt. Und die Nachricht, daß Slon Fedja bitten wird, seinen Kopf zu verschonen, kann ihn kaum trösten.

Endlich gelang es mir, einen Gedanken zu formulieren. Gleich drehe ich mich zu ihnen und sage: »Entschuldige, Partner.« Nein, nicht »Partner«... »Kumpel!« Genau, Kumpel.

»Entschuldige, Kumpel. Ich hab gehört, daß ihr gestern Probleme hattet. Heute...« Was weiter? »Heute kriegt ihr noch größere?« Nein, das geht nicht. Wie kann ich ihnen klarmachen, daß ich auf ihrer Seite bin?

Ich drehte mich zu ihnen. Schöne, warme Frühlingssonne fiel auf meine Wange.

»Entschuldige, Kumpel...«, sage ich und vergesse alles, was ich mir überlegt hatte.

»Nenn mich nicht Kumpel«, unterbrach mich Kurotschka. Leise, aber bestimmt. Beide standen auf und gingen in den dunklen Korridor hinaus.

Noch ein paar Minuten saß ich über meinem Glas Birkensaft und dem leeren Teller. Die Sonne, die angenehme Sonne wärmte mich. »Nenn mich nicht Kumpel.« Das tut weh, oder?

So sollte es also sein. Es gibt Augenblicke, in denen man Entscheidungen treffen muß. Es gibt Augenblicke, in denen man zu diesen Entscheidungen stehen muß. Fedja und Sery haben eine Entscheidung getroffen und standen zu ihrem großmäuligen Gerede. Kurotschka hat auch eine Entscheidung getroffen und wird jetzt die Folgen zu spüren bekommen. Die Kleine hat ebenfalls was abbekommen. Erfahrung zum Beispiel. Vielleicht wird sie auch einmal eine Entscheidung treffen müssen. Und dazu stehen, natürlich.

Ich fühlte mich verloren. In die Gestörtenclique konnte ich

nicht zurück. Hatte aber auch nicht die Möglichkeit, Kurotschka und der Kleinen im Kampf beizustehen. Sich einzumischen heißt, eine Entscheidung zu treffen, zu der man stehen muß.

Das sind ihre Kriege, ihre Schlachten.

Ich fühle mich fremd, verloren.

Ich wärme mein Gesicht in den sanften Strahlen. Ich liebe die Sonne im Mai.

9.

Was die Geschichte mit Kurotschka betrifft, kam es so. Der Kerl wurde verprügelt, schlimm verprügelt. Man fand ihn hinter der Schule. Zeugen berichteten, daß er einer eingelegten Pflaume glich. Kruhovyj ist ein Psycho. Sery auch, wie die Faust aufs Auge. Der kleinste Anlaß genügt.

Und zwei, drei Monate später verschwand Fedja. Die Jungs sagten, daß er schon lange nach Moldawien abhauen wollte, sich vor dem Militär drücken oder so. Komisch nur, daß er es so unerwartet machte, während der Abiturientenfeier. Aber ich will keine Vermutungen anstellen.

Es gibt eine Entscheidung, und die Verantwortung dafür.

Ich wollte mit niemandem reden. Nach dieser Episode wurde ich zum Einzelgänger, und wenn ich unter Leute kam, führte ich mich unmöglich auf, Gott bewahre. Ich war unverschämt, pöbelte herum. Im nachhinein wunderte ich mich regelmäßig selbst über mein Verhalten. Ich konnte nicht vergessen, wie Kurotschka mich angefahren hatte: »Nenn mich nicht Kumpel.« Als hätte ich was von ihm gewollt.

Es war ein eigenartiger Sommer. Heiß und trocken, aber kalt auf der Beziehungsebene. Und er war laut, man saß zusammen, feierte – nur mich lud aus irgendeinem Grund niemand ein. Ehrlich, ich verstand überhaupt nicht mehr, was los war. Warum veränderten sich die Menschen und die Welt bis zur Unkenntlichkeit? Ich verlor vollends das Vertrauen in das, was mit mir geschah, und erblickte die Hand der unsichtbaren KRAFT, die jede Situation so wendete, daß ich allein zurückblieb. Schuld daran war meine direkte Art, meine Dummheit und meine ungebremste Gereiztheit.

Von Nadja trennte ich mich nach zwei Wochen. Wir paßten nicht zusammen.

Nach ihr kam Halka, sie war nicht so hübsch wie Nadja, aber sieben Jahre älter und viel leichter rumzukriegen. Wir stritten und trennten uns. Halka jagte mir einen Schrecken ein, weil sie ein Kind von mir wollte. Dann wollte sie mich für dumm verkaufen, erzählte, sie sei schwanger. Ihr vierzigjähriger Verehrer deckte die Lüge in einem ernsten Gespräch unter Männern auf, er erzählte mir, daß Halka in Wahrheit unfruchtbar sei – Probleme mit den Eierstöcken. Ein Fluch, angeblich. Der Verehrer warnte mich schroff, aber überraschenderweise rechtzeitig, nicht mehr in Halkas Nähe zu kommen, sonst würde er mir den Arsch in Einzelteile zerlegen.

Neben den anderen hatte ich noch eine schwärmerische »Beziehung« zu meiner Klassenkameradin Olja Wyschenka, meinem romantischen Ideal. Sie anzusehen und zu denken, daß man diese Schönheit bumsen könnte, wäre eine Sünde gewesen. Einmal versuchte ich auf unglückliche Weise, darauf zu drängen... ich bereue es, wirklich.

Nach der unerfreulichen Episode mit Wyschenka ver-

suchte ich panisch, mich vor dem Unabwendbaren zu bewahren. Und nur eine Woche später riß ich in der Disko
Marjaschka auf, eine magere Neuntkläßlerin mit süßem
Schnäuzchen. Aber Marjaschka zierte sich. Ich vermute, sie
war noch Jungfrau. Sie ließ mich nur ran, weil sie mein lei-
denschaftliches Geflüster nicht länger ertragen konnte.
Ganz richtig: es ist einfacher, einen Lästigen ranzulassen,
als ihm zu erklären, wieso man nicht will.
Den ganzen Abend verfolgte mich der Gedanke, wie sehr
allein meine Anwesenheit Marjaschka unterdrückte. Ich
verstand, daß es zwischen uns keine Aufrichtigkeit geben
konnte, daß sie meinem Charme und meiner Hypnose er-
legen war. Und trotzdem konnte ich nicht anders, als meine
Macht über das Mädchen ein letztes Mal auszunutzen. Bevor ich mit ihr in den Park ging, um rumzufummeln, sagte
ich mir genau das: ›Das ist das letzte Mal.‹

Wir hatten heftiges Petting mit Ejakulation. Das war auf
einer Bank im Park hinter dem Klub.
Ich kam und spürte, wie leer ich wurde.
Ich hatte den ganzen Abend für einen kurzen Moment
dumpfen Genusses geopfert. Und als ich ihn erreichte,
wurde mir klar, wie schweinisch das alles aussehen mußte.
Marjaschka, ein rotznäsiges Mädel, das ich kaum kenne,
sitzt da und wundert sich, was passiert ist. Sie weiß nicht,
wo sie ihre mit warmer Samenflüssigkeit verschmierten
Hände abwischen soll. Ich setzte mich lässig mit offenem
Hosenstall neben sie, dumpf und verärgert, wie platt alles
war, fuck – so platt, fuck, zum losheulen. Wieder dieses
Gefühl. Das Bewußtsein, daß mein gesamtes Vergnügen
nichts als blanke Leere war. In Gedanken fragte ich mich:
›Was ist los? Was hat sich geändert? Wieso kann ich nicht

mehr der sein, der ich war?‹ Es gibt keine Antwort, nur gallige Bitterkeit.

Nach einiger Zeit stand ich auf, sagte, daß ich nach Hause müsse und sie leider nicht begleiten könne. Marjaschka saß mit übergeschlagenen Beinen da, kaute Kaugummi und es schien, als hätte die dumme Liese überhaupt nicht verstanden, was geschehen war. Ein kopfloses Küken mit Haarsprayfrisur, in hübscher Bluse und modischen Jeans. Vielleicht das coolste Mädchen der Klasse.

Schließlich stand auch sie auf. Um mich wenigstens irgendwie dankbar zu zeigen, legte ich den Arm um sie. Unsere Körper waren wie versteinert. Ihre rechte Hand mit dem eingetrockneten Sperma streckte sie von sich weg, um nichts auf die Bluse zu bekommen. Nachdem wir uns wie Kriegsversehrte umarmt hatten, stolperten wir ins Licht vor dem Klub. Als erstes stießen wir auf Olja Wyschenka, sie wollte gerade nach Hause gehen und suchte jemanden, der denselben Weg hatte. Die arme Marjaschka wußte nicht mal, wen sie da vor sich hatte. Marjaschka, du kleine Dumme, entschuldige bitte.

Marjaschkas (wie sich im Licht herausstellte) bespritzte Bluse machte jede Erklärung überflüssig. Und weil ich mich nicht traute, vor Olja eine Neuntkläßlerin zu küssen, trottete ich einfach nach Hause.

Der schlimmste Teil des Abends folgte in der Nähe meiner Straße. Olja, die mir in der Dunkelheit gefolgt war, rief mich. Eiseskälte breitete sich in mir aus, trotzdem ging ich zu ihr. Wir unterhielten uns – genauer gesagt redete Olja, ich hörte zu, – aber nicht lange. Sie sei wütend, verzeihe mir aber. Außerdem sei es aus. Endgültig.

Ich erfuhr etwas Neues, Unerfreuliches über mich (Einblick von außen, könnte man sagen). Darüber hinaus erfuhr ich, wieso Olja an jenem Abend in die Disko gekommen war, anstatt für die Prüfung zu lernen. Sie wollte sich mit mir versöhnen und noch einmal von vorne beginnen, nur langsamer...

Überall ein und dasselbe. Als wären die Leute übergeschnappt. Wo ich auch auftauchte, brach Streit aus, gab es Krach. Jeder hatte mir haufenweise Sachen vorzuwerfen. Alles wiederholte sich. Überall derselbe Beigeschmack. Der Beigeschmack von galliger Bitterkeit.

10.

In diesen Tagen trieb ich mich viel im Wald herum. Rannte stumpfsinnig Hänge hinauf und hinunter, bis meine Beine am Ende des Tages vor Anstrengung versagten. So lenkte ich mich von dem hartnäckigen Gedanken ab, daß es in der Stadt keine Menschenseele gab, bei der ich mich hätte anlehnen oder ausweinen können. Wo sind meine Freunde? Ich habe keine Freunde. Wo sind meine Freundinnen? Ich habe keine Freundinnen.
Egal ob das durch den WILLEN der unsichtbaren KRAFT oder durch meine eigene Dummheit geschehen war – in ganz Midni Buky gab es niemanden mehr, der sich mit einem Hund wie mir abgeben wollte.

II.

Noch einmal für ganz Gescheite:
Wo sind meine Freunde?! – Ich habe keine Freunde mehr!
Wo sind meine Freundinnen?! – Ich habe keine Freundin-
nen mehr!

Drittes Kapitel

Wie der Stahl gehärtet wurde

1.

In diesem Sommer, der so reich an Gewittern war, verbrachte ich viel Zeit mit Gedächtnisexperimenten. Endlich konnte ich es erforschen. Womit war ich eigentlich vorher so beschäftigt gewesen? Woher kam der Eindruck, früher keine Zeit gehabt zu haben, in meinem Gedächtnis zu wühlen? Wo war mir so viel Zeit abhanden gekommen?
Ohne Gesellschaft erschienen mir die Tage lang, fast unendlich lang.
Gut, daß ich mit dem Wald nicht streiten konnte. Wo hätte ich *sonst* hingehen können? Ich hätte mich wohl erhängt.
Das Gedächtnis ist kein schlechtes Spielzeug, vor allem wenn man allein ist. Wenn es zu Hause nichts zu tun gab, ging ich hinaus in die Gebirgsfrische. Suchte mir ein feines Plätzchen und führte dort verschiedene populärwissenschaftliche Untersuchungen an meinem Gedächtnis durch.

2.

Ich fand das Erinnern genial. Es war etwas sehr Körperliches für mich. Wenn in der Dunkelheit des Gedächtnisses eine Erinnerung aufflammte, durchfuhr mich ein eigentümliches Zittern. Je schwieriger die Aufgabe, desto höher die Wahrscheinlichkeit, ein starkes Zittern zu erleben.

Natürlich drängen sich erotische Assoziationen auf. Aber Vorsicht: es ist weniger erotisch als orgastisch.

Ich habe gehört, daß in den sechziger Jahren ein paar Verrückte sogenannte Orgon-Kammern hergestellt haben. Das waren mit Alufolie ausgekleidete Kämmerchen, die den Welt-Orgon-Fluß (was auch immer das ist) auf das Innere des Menschen lenken sollten. Ist der Fluß konzentriert genug, erfährt die Person in ihrem Inneren einen spontanen Orgasmus. Angeblich gab es das. Meiner Meinung nach ist so ein Orgasmus in der Orgon-Kammer kein bißchen erotisch.

Analog dazu ist das Gedächtniszittern auch orgastisch, aber nicht erotisch. Jedesmal wollte ich den Höhepunkt erreichen, die Erinnerung in einem stürmischen Orgasmus gebären, doch sobald die Erinnerung sich näherte, ließen das Vibrieren und phantastische Kribbeln nach und zerrannen mir zwischen den Fingern.

Das Erinnern von Texten, Zahlen, Melodien verursachte eher schwache Gefühle. Beim Erinnern von Menschen, als Persönlichkeit in ihrer Ganzheit, durchkroch eisige Kälte meinen Körper. Den größten Eindruck hinterließ das detaillierte Erinnern einer Szene mit handelnden Personen, Interieur, Beleuchtung. Je vollständiger ich mich an ein Ereignis erinnern wollte, desto stürmischer war die Antwort meines Körpers. Er erzeugte massenhaft Empfindungen, die weder angenehm noch unangenehm waren – einfach nicht zuzuordnen.

3.

Wie durch ein Wunder überwand ich meine Faulheit und las in einem Physiologielehrbuch alles, was ich über das Gedächtnis finden konnte. Leider wurde mir dadurch nichts klarer. Auf den Seiten 273-275 faselte der Autor irgend etwas über RNA-Moleküle, Neuronenensembles und Synapsen. Ich verstand null, außer daß das Gedächtnis nach Meinung der Wissenschaftler im Kopf sitzt.

Hört ihr denn, wenn ihr euch an den gestrigen Morgen erinnert, das Neuronenmusikensemble den Foxtrott »Halleluja« spielen? Vielleicht hat es einer der Wissenschaftler gehört. Ich jedenfalls nicht. Dafür spüre ich mein Gedächtnis haptisch.

Und jetzt eine kleine Exkursion mit der Zeitmaschine (wer es nicht rafft: Ich spreche allegorisch über das Gedächtnis).

Überlegt mal, wie sich der menschliche Körper verändert – vom Säugling bis zum Greis. Zuerst nimmt er die Erfahrungen des Daseins wie eine Substanz in sich auf, schwillt an und gewinnt an Form. Der Strom von Eindrücken durchläuft unseren Körper, verändert ihn, hinterläßt ERINNERUNGEN. Und da für die meisten Menschen ihr Körper nicht der eigene ist, ist auch ihr Gedächtnis nicht das eigene. Wer daran zweifelt, soll versuchen, nie verwendete Muskeln zu trainieren, zum Beispiel am Oberschenkel. Falls danach eine lebhafte Erinnerung an lang vergessene Tage wach wird, ich habe euch gewarnt.

Ab einem bestimmten Punkt beginnt der Körper zu altern, aber nicht deshalb, weil der Daseinsstrom schwächer wird, sondern weil er den Körper gewissermaßen schlechter durchlaufen kann. Erinnerungen und Eindrücke, die wir nicht verdaut haben, bilden Ablagerungen. Jegliche Abweichung von den »goldenen« Proportionen des Körpers bedeutet, daß wir etwas aus unserem täglichen Leben nicht wahrhaben wollen. Auch Krankheiten entstehen durch verminderte Durchlässigkeit.

Die Einstellung zum Leben bestimmt unseren Körper. Darum genügt es manchmal, *einen Menschen als Körper* zu betrachten, und du erkennst, wie er ist.

Nachdem eine kritische Menge an Ablagerungen erreicht ist, entwickelt der Strom von Eindrücken den Körper nicht weiter, sondern verkrüppelt ihn, bis schließlich ... ihr wißt schon, was kommt.

Hier ist natürlich der Hund der Langlebigkeit (und auch der Kurzlebigkeit) begraben.

Ungefähr dieses Bild hatte ich von den Menschen in meiner Umgebung. Darum stimme ich den Wissenschaftlern nicht zu, die meinen, das Gedächtnis sei in Molekülen kodiert, die sich nach dem Matrjoschkaprinzip in Ribosomen verbergen, welche sich in Neuronen verkriechen, die wiederum im Kopf versteckt sind u. s. w.

Meine Erklärung ist in der Tat einfach. Ausgehend von dem Modell wird deutlich, wieso man sich an bestimmte Dinge (Zonen ohne Ablagerungen) so leicht erinnert und andere vollkommen in Vergessenheit geraten (Problemzonen). Dieser Teil des Systems reagiert nicht, genauso wie ein unterentwickelter Muskel. Meistens denken wir, daß er einfach nicht existiert.

4.

Ich dachte lange nach und gestattete den Wissenschaftlern schließlich, im Recht zu sein. Soll es Synapsen geben, sollen Neuronenensembles aufspielen, ich bin sogar bereit, an RNS zu glauben.

Mir wurde etwas überaus Simples bewußt – das Drama von der Wissenschaft und mir lag darin, daß wir uns auf verschiedenen Seiten des Präservativs befanden. Die Forscher gehen von außen an das Problem heran. Sie sägen jemandem die Birne auseinander, stecken ein Thermometer hinein, messen, wägen, kurz: sie forschen. Ich hingegen betrachte das Gebilde von innen, welche Konsequenzen es auch nach sich ziehen mag: Simplifikationen, Erschwernisse, Manipulationen, Verdrehungen, Augenwischereien und andere Defekte, die einem Menschen eigen sind, dessen Birne nicht auseinandergesägt wurde.

Bestimmt hätte ich mit der Wissenschaft einiges zu besprechen, würden wir uns nur füreinander interessieren. Zusammenarbeit mit gegenseitigem Nutzen. Dank der Wissenschaft könnte ich in mir entdecken, was dem normalen Blick verborgen bleibt, so wie man mit Hilfe eines Spiegels das eigene Poloch sehen kann.

5.

Später erzählte mir eine Moskauer Freundin die Geschichte eines angesehenen Mannes, Professor für Linguistik an ihrem Institut. Ich vermute, der Professor hatte auch die Anlagen zu einem phänomenalen Gedächtnis. Aber was für ein Elend, der Mann geriet aus dem Lot.

Hatte merkwürdige psychische Störungen – ich fürchte, sie könnten auch mir bevorstehen, wenn ich mich nicht an die Sicherheitsvorkehrungen halte. Außerdem bekam er Alzheimer, aber das ist nebensächlich.

Das Hauptproblem war der eigenartige Zerfall seiner Wahrnehmung. Ein Handschuh zum Beispiel erschien ihm nicht als ganzheitliches Objekt, sondern als gewaltige Anhäufung verschiedener Strukturen und Qualitäten: Fasern, Hohlräume, Flächen, Parabelkonturen, Spannungsvektoren, Wärme- und Kratzeffekte. Und immer weiter ins Detail. Manchmal hatte der Mann klare Momente, dann nahm er die Dinge wieder normal wahr. Wenn sich die Krankheit aber verschlimmerte, war er unfähig, die elementarsten Dinge zu erledigen. Ich habe nur eine vage Vorstellung davon, in was für eine schreckliche Sphäre der arme Schlucker geraten war: allein mit dem unbekannten, schrecklichen ETWAS, mit dem er nicht umgehen kann. Er mußte jedesmal von neuem beginnen, ohne Lehrer, konnte sich ausschließlich auf seine eigenen Kräfte verlassen.

Ich habe nie erfahren, wie die Geschichte ausging. Ob der angesehene Linguist noch lebt, und wenn ja, wie es ihm geht. In Gedanken möchte ich ihn grüßen. Hochachtungsvoll, Petro.

6.

Das Gedächtnis kann mit Hilfe verschiedener raffinierter Modelle beschrieben werden. Die Volksverarsche, daß die Erinnerungen in den Empfindungen, also im Körper, liegen, haben viele längst satt. Natürlich ist die Sache nicht so banal, daß jemand vergißt, wie sein Vater heißt, wenn man ihm das Ohr abschneidet.* Sie hat viel größere Tiefe – ich weiß nicht mal, ob menschliche Worte von dort zurück- kommen... und wenn, sind sie ansatzweise noch diesel- ben?

Darum versuche ich es mit einem Beispiel. Das heißt, einem Bild. Ich habe es beim Durchblättern eines Psychologie- lehrbuchs entdeckt. Und dachte: Das ist es!

Du schaust einmal hin – und siehst eine junge Dame. Guckst noch mal – und siehst eine alte Oma. Aber was ist *wirklich* dargestellt?

Erinnern bedeutet meiner Ansicht nach, im Chaos der Reize eine der Darstellungen zu erkennen: die junge Dame oder die Oma, Erinnerung A oder Erinnerung B. Ereig- nisse, an die wir uns nicht erinnern können, sind »verlo- rene« Bedeutungen des Bildes, wir können sie unmöglich aus dem Rätsel-Bildchen herausfiltern. Kann man beide Darstellungen gleichzeitig sehen? Kann man keine der Darstellungen sehen, sondern das *Bild-wie-es-ist*?

Jetzt macht es Sinn, von einem Experiment und seinen un- gewöhnlichen Ergebnissen zu erzählen. Hört und staunt.

7.

Einmal bin ich tief in den Wald gegangen, vielleicht habe ich die Grenze des Wowtschuchiwsker Forstreviers über- quert und bin ins Turkiwsker gekommen. Weiter im Süden, in Richtung Transkarpatien, wurden die Berge mächtiger und gleichzeitig nackt. Die Kämme waren bedeckt von

---

* Interessante Ansichten dazu haben die afrikanischen Menschenfresser. Sie denken, daß sie durch das Essen bestimmter Körperteile ihres Opfers dessen Erfahrungen und Kräfte übernehmen können. Aber das brauchen wir wirklich nicht zu wissen, darum vergeßt es einfach wieder.

Heidelbeeren und Steinen, die mit Flechten in kosmischen Farben überzogen waren: salatgrün, orange, violett. Ich mochte das, aber besser gefielen mir waldige Hügel, wo Bäche über vorjähriges Laub plätscherten.

An so einem malerischen Plätzchen machte ich halt, um mich auszuruhen. Ich legte meinen Pulli auf einen Stein, setzte mich darauf und nickte bald ein. Schon früher hatte ich bemerkt, daß einem beim Dösen prächtige Gedächtnisblitze kommen. Es genügt, sich zu entspannen, den Ort zu fühlen, und schon schieben sich die Erinnerungen von selbst vor das Auge. Wie das »Rätselbild« rief mein Gedächtnis mal die eine, mal die andere  Sichtweise der Dinge hervor, und ich verfolgte dieses Spiel mit meinem inneren Auge.

Mich interessierte plötzlich, was passieren würde, wenn ich meine Aufmerksamkeit auf mehrere Erinnerungen gleichzeitig richten würde.

Das Gedächtnis spielte sofort mit:

mein Bruder und ich setzen Studentenblumen, er ist siebzehn, ich erst zehn. Meine Hände sind voll Erde; mein Bruder gießt aus einem Dreiliterglas Wasser in eine Grube, ich drücke das Wurzelgeflecht des Setzlings fest. Die Erinnerung ist erfüllt von Frische. Über den Himmel ziehen helle Wolken. Mein Bruder richtet sich auf, blickt zu den Küchenfenstern. Aus der Brusttasche seines Hemdes holt er eine geknickte Zigarette –

ich bin mit Wyschenka im Klub, wir tanzen einen langsamen Tanz bei improvisierter Light-Show. Verwundert (sehe, realisiere ich) erinnere ich mich, daß fast alle im Saal betrunken sind. Ich bin schon fünfzehn und ich bin erregt: Mein heißer Penis drückt in den Jeans. Ich lasse die Hände von Wyschenkas Taille etwas tiefer gleiten. Sie hat auch enge Jeans an, und meine Hände spüren bloß die harten Taschen. Dann –

beschließe ich, mich auf den Stein zu setzen, denn ich spüre, daß ich müde geworden bin. Ich ziehe einen Wollpulli aus der Tasche. Falte ihn zweimal zusammen und lege ihn unter meinen Hintern. Neben den Füßen gluckert ein Bächlein, zart wie ein Mädchen. Ich –

– ohne meine Erinnerungen loszulassen, schweife ich einen Moment ab. Ich bin überrascht, daß meine letzte, erst vier Minuten alte Erinnerung genauso fern und lebhaft war wie die von vor einem oder fünf Jahren. Wieder tauche ich ein in das Dösen, und die Erinnerungen sprudeln von selbst hervor, voller Details, die ich nie bemerkt hatte –

– mein Bruder bläst Zigarettenrauch durch die Nase und sagt *schau mal, Petro, ich bin ein Drache*. Ich bin echt begeistert von meinem Bruder, mich beeindruckt, wie reif und erwachsen er ist, ich mag meinen Bruder sehr, und während er diese Zigarette raucht, erinnert er an einen Menschen, der die Welt in ihrem Kern verstanden hat

– ich beiße Wyschenka leicht ins Ohr und versuche sie leidenschaftlich zu küssen, ich würde jetzt unheimlich gern mit ihr rausgehen und das volle Programm abziehen, aber Wyschenka dreht sich weg. Sie legt ihre Arme um meinen Hals, wendet aber ihr Gesicht ab, das gefällt mir nicht und ich empfinde dumpfe Wut. Ich habe Lust, ihr die Hände hinter den Rücken zu

– ich tauche ein in die Erinnerung, höre das Plätschern des Wassers auf vorjährigem Laub und lasse mich vom gelben

Licht anturnen, das nicht von oben kommt, sondern aus der Erde hervorstrahlt
– ich will zum Status quo zurückkehren, begreife aber erstaunt, daß ich *nicht fähig bin, das Jetzt* zu erkennen. Alle Erinnerungen finden im Jetzt, finden gleichzeitig statt, jede ist vollkommen und lebendig, ich habe sogar das Gefühl, in vier verschiedene Sichtweisen gespalten zu sein, von denen jede eindeutig meine einzige ist. Eine ohrenbetäubende, irgendwie verzögerte Explosion ist zu hören. Ein schweres Aufblitzen von etwas Grau-Blauem. Ich habe die Orientierung verloren, keine Ahnung, wo mein Kopf ist, wo die Eier, aber der dröhnende Schlag, der aus über tausend Kilometern Entfernung zu mir dringt, ist der Aufprall eines Körpers auf die Erde –

Das muß dir mal passieren, von einem Stein, Schnauze voran, in ein Bächlein knallen! Ich war kribbelig und zappelig, mein Körper erstarrte und schäumte innerlich nur so, in den Ohren klirrte es.
Seit dem Beginn des Experimentes war vielleicht eine Minute vergangen, aber es schien, als hätte ich ein halbes Jahr durchlebt.
Ohne erkennbaren Grund überkamen mich Schwermut und Verzweiflung. Ich hatte den Eindruck, als hätte ich in diesem halben Jahr (hat es wirklich nur eine Minute gedauert?) ein vollkommen anderes Leben geführt – grell, feurig, bohrend vergänglich. Und jetzt bin ich hier und kann mich an nichts mehr erinnern, kann diesen Zustand des Erfüllt-Seins nicht mehr hervorrufen. Das war bitter. Ich wusch mir die Augen, massierte meinen Hals, und es wurde wieder heller. Die Berge wurden zu Bergen und der Bach wieder zu einem Bach.

Mein Körper schmerzte. Ich hatte das Gefühl, als wäre ich lebensbedrohlichem Streß entkommen. Vielleicht ist Erinnern schlecht fürs Herz? Was, wenn ich einen Infarkt bekomme? Ich atmete tief durch. Gerade noch war jede meiner Zellen von der kolossalen Offenbarung unendlich wichtiger Dinge durchdrungen gewesen – und jetzt zerrann mir alles zwischen den Fingern. Das Gefühl, etwas wahrlich Heiliges verloren zu haben, erfaßte mich.

Ich verfiel in Trauer und Sehnsucht nach fernen Ufern.

Wahrscheinlich hatte ich an Kraft verloren. Ungefähr vier Monate – fast bis Ende November – passierte nichts, nichts Außergewöhnliches. Ich gab mich dem Alltag hin, widmete mich weltlichen Dingen. Half Vater, saß artig im Unterricht. Unterhielt mich zwar mit niemandem, hatte dafür aber aufgehört herumzupöbeln. Ich bat alle um Verzeihung, die bereit waren, mir zuzuhören. Ich war erfüllt von einem ganz besonderen, heiligen Frieden.

Das also ist die Geschichte von meiner fortschreitenden Spaltung.

8.

Ich bin fest davon überzeugt: Das Gedächtnis jedes Menschen kann »aufwachen« und die verlorene Empfindsamkeit wiedergewinnen. Aber dafür braucht es a) große Anstrengungen, die begleitet werden von b) großem Leiden; c) wen interessiert es heute noch, dem Wind unter solchen Bedingungen nachzujagen? Im Tiefsten meiner Seele verstand ich, daß sich lange nicht jeder dafür interessiert, seine Zeit mit Träumereien zu vergeuden, mit »unsichtbaren Or-

ganen« und anderem Unsinn. Wirklich, wir leben nur einmal, und leben sollte man, wie es das Idol meiner Oktoberkinder-Kindheit Nikolai Ostrowski schrieb: »daß ... nicht die Scham um eine schäbige und kleinliche Vergangenheit ihn brennt und daß er im Sterben sagen kann: Mein ganzes Leben und all meine Kräfte habe ich hingegeben für das Schönste der Welt – *den Kampf um die Befreiung* ...«[*]
Jeder entscheidet selbst, wie er lebt und wie er nicht lebt. Darum beschloß ich, die Leute in Ruhe zu lassen. Wie auch immer sie waren, für Menschen interessierte ich mich nicht mehr. Jeder wählt selbst sein Ziel – ich konnte ihnen nichts vorwerfen. Und hatte auch gar kein Interesse daran. Daß mich nur »die Scham um eine schäbige und kleinliche Vergangenheit nicht brennt«. Sie sind so wie ich.
Wir sind gleich.
Es gibt nichts, wofür man uns bedauern müßte.

9.

Ich beendete die Schule und erlebte eine schöne Abiturientenfeier. Wäre mir vor einem Jahr in den Sinn gekommen, daß ich diesen Abend genießen könnte? O nein, ich hielt es für unter meiner Würde, an derselben Sache Spaß zu haben wie alle anderen auch. Aber jetzt, da ich kein Interesse mehr an den Menschen hatte, konnte ich mich, ohne meine Würde zu gefährden und ohne nur im geringsten angeödet zu sein, mit jedem beliebigen Menschen unterhalten. Ich ließ sogar ein paar alte Freundschaften wieder aufleben –

[*] Nikolai Ostrowski: *Wie der Stahl gehärtet wurde*. Übersetzung von Thomas Reschke, Berlin 1978, S. 285 (A. d. Ü.)

hielt sie zwar emotional bewußt seicht, aber die Leute waren okay, sie waren auf meiner Wellenlänge und imponierten mir sogar irgendwie.

Früher hatte ich Angst, daß Offenheit von anderen Menschen dazu mißbraucht werden könnte, mich an meinem wunden Punkt zu treffen. Jetzt jedoch befand ich mich in einer paradoxen Situation: Wie weit ich mich auch öffnete, ich wurde davon nicht schwächer, und mein Gegner nicht stärker. Außerdem stellte sich heraus, daß ich an keinen Duellen mehr teilnahm. Ich hatte keine Gegner mehr. Vielleicht hatten sie sich verzogen. Oder vielleicht hat es diese Gegner nie gegeben.

Unbemerkt legte ich die Maske des hinterlistigen Knausers ab, der etwas weiß, aber niemandem davon erzählt. Vielleicht wußte ich wirklich etwas, aber ich lege meine Hand dafür ins Feuer: Außer mir braucht niemand dieses Wissen, und wer es braucht, dem eröffnet es sich früher oder später selbst.

10.

Es war ein unruhiger Sommer für unsere Familie. Nelja zankte sich pausenlos mit Mama wegen des Umzugs nach Ternopil zur kranken Oma Wira.

Jemand aus Mamas Familie mußte bei der Alten sein, sie war schon zu schwach, um selbst zu kochen. Laut Absprache war Mama an der Reihe. Aber Mama hatte beschlossen, nach Polen zu fahren, um dort zu arbeiten, denn um die häuslichen Finanzen stand es mehr als schlecht. Doch auch Mamas Schwestern fuhren ins Ausland. Wie man es auch drehte, jemand von uns mußte zu Oma gehen.

Da beschloß Mama, Nelja nach Ternopil zu schicken. Als Nelja davon erfuhr, verfiel sie in eine schreckliche Hysterie – in unserem Haus hatte es so etwas noch nie gegeben. Die Frauen zerschlugen Geschirr, warfen einander schreckliche Dinge an den Kopf. Beide waren fest entschlossen, nicht zu fahren. Mama dachte an die Familie, ganz klar. Und bei Nelja vermute ich, daß sie eine große, sehr geheimnisvolle Liebe hatte, von der sie sich – wie von einem Säugling – nicht entfernen konnte. Mamas Hauptargument war: »Du Schlampe denkst nur an dich!« Nelja stimmte zu, meinte aber noch, wer würde sich sonst um sie kümmern, wenn nicht sie selbst? Sie sei dreiundzwanzig, und alle Freundinnen seien längst verheiratet, hätten schon zwei Kinder, nur sie habe noch keinen Mann. Na ja, und so weiter und so fort.

11.

Im August hielt es Mama nicht mehr aus. Nach einer besonders nervenaufreibenden Zankerei packte sie ihre Sachen und verließ mitten in der Nacht mit den segnenden Worten »Verreckt doch alle!« das Haus, um ein Auto nach Ternopil zu nehmen. Nelja biß die Zähne zusammen und schwieg. Offensichtlich erschien ihr der Sieg nun nicht mehr ganz so erstrebenswert, wie sie gedacht hatte. Aber was soll's, sie begann sich um den Haushalt zu kümmern, fühlte sich ganz als Hausfrau, und bei uns kehrte wieder Ordnung ein. Wir verreckten nicht.

Das Haus leerte sich. Vater ließ sich ziemlich hängen. Seit dem Zerfall der UdSSR ging es mit ihm steil bergab. Soviel ich weiß, ist er mit Onkel Senjo nach Transkarpatien gefahren. Im Herbst gibt es dort viel Arbeit, ein paar zusätzliche Hände sind immer willkommen.

Er wird mit Onkel Senjo von Hof zu Hof fahren, in den Weinbergen Geld verdienen und am Abend alles vertrinken. Mein Vater ist ein Romantiker, genau wie ich, – auf alles pfeifen, durch Herbstlandschaften ziehen, saufen und an die Studentenjahre zurückdenken. Er war früher übrigens Geologe. Seit es die Expeditionen in den Norden nicht mehr gab, fehlte etwas in seinem Leben. Natürlich fehlte ihm etwas, wieso würde er sonst so viel trinken?

Mein Bruder Wasyl war nach Mukatschewo gezogen, lebte dort mit seiner Freundin. Er war in einer Firma als Wachmann untergekommen. Handelte schwarz mit irgendwelchen Elektrogrills. Ich hoffe, er stahl sie nicht in der Firma. Nein, so ist er nicht.

Noch im Herbst erwartete mich das Militär.

Ich bereitete mich darauf vor, die Reihen der bewaffneten Streitkräfte der Ukraine zu verstärken. Morgens machte ich Kniebeugen und abends auf dem Sportplatz Klimmzüge. Das Militär ist kein Honigschlecken, Schwächlinge kann man dort nicht brauchen. Wenn die »Djedy«* beginnen, mit Hockern auf die »Jungfüchse« einzudreschen, muß man sich zu helfen wissen.

Nelja sollte also allein zu Hause zurückbleiben. Sie wußte das, war sich aber noch nicht sicher, ob es gut oder schlecht war. Wahrscheinlich gab es auch Probleme mit ihrer heimlichen Liebe. Nichts lief so, wie sie es geplant hatte, und das machte ihr schwer zu schaffen.

* Russisch/Ukrainisch: ältere Jahrgänge, Entlassungskandidaten (A.d.Ü.)

Eines mußte man Nelja zugestehen, sie erwies sich keineswegs als hilflos. Sie bot Vorbereitungskurse für die Aufnahmeprüfung in das heftig beworbene College außerhalb der Stadt an, nächstes Jahr sollte es dort den ersten Jahrgang geben. Angeblich erfreute sich das College in Lemberg bereits großer Erfolge. Ich weiß nicht, woher das Geld stammte, aber aus dem verlassenen Internat am Stadtrand hatte man innerhalb eines Jahres in einem Wahnsinnstempo etwas Superfeines gemacht.

Da ich nichts zu tun hatte – die Einberufung ließ aus irgendeinem Grund auf sich warten – ging ich auf die College-Baustelle und fragte, ob sie mich brauchen könnten. Ich wurde als Verputzer eingestellt. Bezahlt wurde stundenweise und nicht übel. Slon arbeitete mit mir in einer Brigade. Und Witka wurde zum Brigadier ernannt, könnt ihr euch das vorstellen?

Meine Schwester wurde immer häufiger von schlauen Teenagern aus Stryj besucht, deren Englisch sie auf Vordermann bringen sollte. Seit Mama weg war, hatte sich Nelja bis zur Unkenntlichkeit verändert. Sie gab sich jetzt als große Intellektuelle, trug zu Hause immer Mamas Tuch um die Schultern. Sogar ihre Stimme, ihr Tonfall hatte sich verändert, sie klang jetzt wie eine Lehrerin. Bevor die Schüler kamen, legte sie Gedichtbände auf den Küchentisch – Serow, Stus, Olena Teliha, die berühmten Namen. Ich wußte, was sie im Schilde führte – sie wollte am College unterkommen. Sie ist ein Weib von Charakter, schleicht sich ein, wo sie will, und wenn's sein muß, schleust sie auch andere ein.

Die Teenager, die in unser Haus kamen, träumten allesamt davon, die neumodische Schule zu besuchen, und alle sehnten sich nach weiteren Treffen mit ihrer Nachhilfelehrerin. In ihrer Anwesenheit mußte sogar ich mit meiner Schwester englisch reden. *Good morning, Petro. – Good morning, Nelja.*

Die Teenager nahmen Neljas Bewirtung gerne an, baten um *another cup of tea* und gingen dann gemeinsam mit der Lehrerin in Neljas Zimmer. Zu Beginn fand der Unterricht in der Küche statt. Später nahm Nelja wahrscheinlich geheime Kapitel durch, die ich nicht hören durfte, und begann, die Jünglinge zu sich ins »Gabinet« zu bitten.

Tagelang hörte man von dort:

»Maj najm is Pawlo. Aj em fortin jiars old. Aj em a skulboj.«

»Uats juor fejforit weser, Pawlo?« fragte Nelja und kicherte.

»E-e-e... Se weser is fajn... oje, hab's vergessen... Maj fejforit... äh... *Oj! Wasmachensieda... Au!*« Und, nach einer Pause, ein vollkommen verzweifeltes: »*Oj-jo-joj!*«

Woraufhin Nelja murmelte:

»Wud ju lajk to lik sam eis-krim tuu, Pawlo? Mmmmmm... delischas...«

13.

Mama kam nicht zu Besuch, rief nicht an, ließ nichts von sich hören. Auch zu Weihnachten blieb sie an Omas Seite. Dafür besuchte uns Wasyl ein paarmal, fragte, ob wir Geld bräuchten. Aber uns ging es wie durch ein Wunder nicht schlecht, es war sogar besser als früher mit den Eltern. Wasyl zeigte mir ein paar Kung-Fu-Techniken, lehrte mich, Schläge richtig zu setzen. Er sagte: Wenn ich diese einfachen Schläge automatisiert habe, werden sie so natürlich sein wie das Laufen. Dann bin ich der coolste Kerl beim Militär, und niemand wird mich anfassen.

Bei den Fallschirmjägern hatte Wasyl eine Menge nützlicher Sachen gelernt, zum Beispiel wie man in der Wüste überlebt, wenn man nur ein Paar Socken hat (aus einer macht man eine Falle für Nagetiere, aus der anderen ein Teil zum Wassersammeln).

Außerdem zeigte er mir ein paar neue Akkorde und brachte mir das Lied *In Batwija ist ein kleines Haus, es steht auf einem steilen Hang ...* bei. Im Lied ging es um zwei finnische Messer, eine unglückliche Liebe und darum, wie ein Bruder den anderen lyncht. Aber am besten gefiel mir der Refrain:

ein Weg nur im Leben,
dem Tode entgegen,
du verstehst alles, mit etwas Glück,
die Vergangenheit bringst du nicht zurück.

Wasyl sagte, es sei ein altes Lied sowjetischer Geologen. Papa hätte es ihm vor langer Zeit beigebracht, jetzt sei er, Wasyl, an der Reihe, es mir beizubringen.

Mein Bruder interessierte sich, wie es um meine Einberufung stand. Er versprach mir, dafür zu sorgen, daß ich nicht weit von Mukatschewo stationiert würde. Ich bedankte mich, sagte aber, daß ich noch keine Benachrichtigung bekommen hätte. Darauf riet mir Wasyl, die Sache nicht hinauszuzögern und selbst zur Musterungskommission zu gehen. Außerdem sollte ich unbedingt zu den Fallschirmjägern wie er. Danach fuhr er wieder nach Transkarpatien, Nelja und ich kehrten zu unserem friedlichen Schwester-Bruder-Dasein zurück.

Papa tauchte auf, gesund und munter. Wenn auch ein bißchen zugerichtet. Er teilte uns mit, daß er bei einem Freund in Chust überwintern würde. Er übernachtete bei uns und verschwand wieder.

Nelja kochte ihre favourite onion soup und bewirtete ihre Lieblingsschüler aus Stryj, dann überprüfte sie die Hausaufgaben: orally, of course.

14.

Schließlich hatte ich das Warten satt. Wasyl hatte wirklich recht, was das Militär betraf. Ich sollte besser selbst die Lage klären, um mich nicht länger zu quälen.

Ich rasierte mir den Kopf, zog Fliegerstiefel an und ging zur Musterungskommission. Dort fragte ich, wieso keine Benachrichtigung auf meinen Namen gekommen sei. Eine Sekretärin, kaum älter als ich, wühlte lange in den Dokumentenmappen und ließ den Finger über Listen gleiten, konnte mir aber weder etwas Erfreuliches noch etwas Unerfreuliches mitteilen. Ich tauchte im Register nicht auf.

In einem dicken Folianten stießen wir schließlich mit vereinten Kräften auf jemanden mit demselben Nachnamen. Der Nachnamensvetter erwies sich als mein Bruder.

Die Angelegenheit versprach kompliziert zu werden, und die Sekretärin hatte keine Lust, in die Tiefen unserer Familienverhältnisse einzudringen. Ich versuchte ihr zu erklären, daß es bei den Pjatotschkins zwei Jungs gäbe – einen, der auftaucht, der schon gedient hat, und einen anderen, der das noch nicht getan hat, aber tun will, jedoch gibt es diesen anderen, der ich bin und der noch nicht gedient hat, Bruder dessen, der auftaucht, aus irgendeinem Grund nicht.

»Aber wenn's dich gibt, wieso gibt's dich dann nicht?«
rutschte es dem Mädchen heraus, und es wurde rot.

Die arme Haut kam einfach nicht dahinter, wo der Fehler
lag. Wenn es ihn in den Listen nicht gibt, ist klar, daß er
nicht gedient hat, schließlich gibt es ihn ja nicht in den Listen. Es ging ihr auf den Keks, daß der, den es nicht gab, vor
ihr stand und half, sich selbst, den nicht Existierenden, in
den Listen zu suchen. Einfacher wäre es, diesen Frechling
aus dem Gedächtnis zu streichen. Dann wäre alles genau
wie in den Listen.

Schließlich riß ihr der Geduldsfaden. Die Sekretärin behauptete kategorisch, daß alle Schulabgänger bei der Kom-
mission eingeschrieben und daher in den Listen erfaßt
seien. Danach riet sie mir unverblümt, sie nicht weiter zu
nerven und schleunigst nach Hause zu gehen. Sie begann
sogar, mich Wasyl zu nennen, als wäre ich dieser von den
Fallschirmjägern zurückgekehrte Zuchtbulle.

Ich wollte schon vermelden, daß ich vielleicht nicht im Unterricht war, als die Liste zusammengestellt wurde, aber ich
spürte: Hier läuft alles viel ernster.

Eine eigenartige Sache. In den Listen gibt es mich nicht,
und der, den es gibt, hat schon gedient. Wen es da nicht gibt,
den kann es nicht geben. Und alles, was nicht hineinpaßt,
muß man vergessen. Und über das jüngere Brüderchen,
den Blutsverwandten, Gottes Diener Pjatotschkin Petro
Iwanowytsch kein Wort.

Eine äußerst eigenartige Sache.

Bis zum Ende des Winters arbeitete ich im College. Trotz allem fand diese Bautätigkeit für Midni Buky zum absolut richtigen Zeitpunkt statt. Alle, die nichts hatten, konnten hier Arbeit finden – und wenn sie nur die Fenster nach dem Streichen putzten.

Den Winter auf dem Bau werde ich als sehr ruhige, glatte Zeit meines Lebens im Gedächtnis behalten. Der Winter ist immer eine Zeit der Geborgenheit für mich.

Oft hatte ich erstaunliche Gedanken. Daß die menschliche Aufmerksamkeit einem Magnetfeld ähnelt, zum Beispiel. Oder daß der Mensch von einer Hülle der nahen Vergangenheit umgeben ist und deshalb die Gegenwart nicht wahrnimmt. Um in den Rauchpausen mit den anderen Verputzern nicht komisch rüberzukommen, mimte ich die Dumpfbacke. Ich wurde schweigsam, sagte nicht mehr als ein paar Sätze pro Tag.

Wenn ich sprach, überkam mich das surreale Gefühl, als redete ich mit Menschen, die mir im Schlaf antworteten. Ich fühlte mich sehr leicht, in diesem Land der Schlaftrunkenen wollte niemand etwas von mir.

Ich wurde frei, aber der Preis für die Freiheit war Einsamkeit.

Viertes Kapitel

Meine Großmutter. Chobotne

I.

Nelja wollte heiraten. Ich lernte meinen Schwager kennen, ein langes, knochiges Bürschchen – ulkig, sommersprossig und gelockt. Der ernste, intelligente, noch ganz junge Myroslaw Polisun, *sehr angenehm, es ist mir eine Freude, dich kennenzulernen.* »Myroslaw«, erzählte Nelja, »stammt aus einer sehr guten, sehr anständigen Familie.« Außerdem habe er über das Bewerbungsverfahren eine Stelle als Lehrer am College in Midni Buky bekommen. Und dort, versicherte Nelja, sei das Gehalt eins a.

Ich fragte nach, wie es um Nelja selbst stünde – wird sie auch im College unterkommen? Nelja hängte sich dem Jüngling an den Hals, blickte ihn mit süßen Äuglein an und sagte fest: »Sie nehmen mich, auf jeden Fall nehmen sie mich! Nicht wahr, Myrko?«

Ich kannte diese Intonation nur allzu gut. Eine schreckliche Frau, meine Schwester.*

Mit der Hochzeit mußten sie sich beeilen, denn das Brautpaar erwartete bereits Nachwuchs. Das Wichtigste war, noch vor der Fastenzeit zu feiern, nachher würde man den Bauch schon sehen.

Als Mama hörte, daß sie ein Enkelkind bekommen würde, verzieh sie Nelja sofort und kehrte nach Hause zurück.

---

* Mehr über das Leben von Myroslaw Polisun und Nelja Polisun (geborene Pjatotschkina) könnt ihr im Roman *Kult* lesen.

Kurz vor der Hochzeit und ohne Vorwarnung erschien Papa. Myroslaw und er erlebten einen leichten Kulturschock, aber das ging schnell vorbei.
Alles regelte sich von selbst.

Im März feierten wir Hochzeit. Es wirbelten noch ein paar Schneeflocken, aber die alten Leute sagten, das beschere dem Brautpaar ein schönes Kind. Ha-ha, Scherzkekse.
Wir nahmen den Bräutigam im Haus auf. Es wurde etwas eng und Neljas Bauch noch dazu immer runder. Außerdem mußte dringend jemand zu Oma Wira aufs Dorf fahren. Die Umstände sprachen eindeutig für mich, und noch am selben Tag entschied die Familie, Großmutter meiner Obhut zu übergeben. Kein Weg führte daran vorbei. Also packte ich meine Sachen in den Rucksack, lief zum Bahnhof und erkundigte mich, wann der nächste Zug nach Ternopil gehe.
Zu Hause sprachen sie inzwischen darüber, wie angenehm das für alle sei, und waren nicht wenig erleichtert. Nelja freute sich am meisten. Zur Feier des Tages gab es ein festliches Abendessen – die Reste von der Hochzeit. Am Abend verabschiedete ich mich von allen und ging im Morgengrauen, ohne Eile und ohne jemanden aufzuwecken, zum Zug.

2.

Oma lebte nicht direkt in Ternopil, sondern in Chobotne, einem Dorf in der Nähe. Von der Stadt waren es zwanzig Kilometer auf der Asphaltstraße (es gab einen Autobus) oder sieben Kilometer über die Felder (zu Fuß, was gar nicht so weit war). Chobotne war umgeben von kleinen Wäldchen, hinter denen sich hunderte Hektar verwilderter Kolchosfelder erstreckten.

Jenseits der Felder lagen Wälder. Der Himmel über Chobotne ist tief und grenzenlos, die Erde üppig und fruchtbar. Während der Fahrt machten sich fröhliche Frühlingsmelodien in mir breit. Guter Dinge verließ ich den Bus. Alles in mir lachte, alles fand ich geil. Pfeifend ging ich durchs Dorf, bis ich das mir aus der Kindheit bekannte Gartentor fand.

Zur Zeit meiner Ankunft war Oma schon im Halbfinale. Ihr ganzes Leben lang hatten ihre Töchter und Schwiegersöhne unter ihr zu leiden gehabt. Aber das war Geschichte – vor ihrer Pensionierung, der Schwäche, den Alterskrankheiten. Jetzt wurde Oma entweder mit Ironie, oder mit schlecht überspieltem Ärger betrachtet. Obwohl es keine direkten Anzeichen gab, war die Familie überzeugt, sie leide an Marasmus, vielleicht nach dem Prinzip »Auge um Auge«. Denn auch jetzt, am Lebensabend, war Omas liebste Beschäftigung, den Leuten »alles zu sagen, was ich denke«. »Wart nur«, schimpfte Oma Wira wie vor zwanzig Jahren. »Wenn deine Mama kommt, werd ich ihr alles sagen. Alles, was ich über sie denk.«

Ach ja, Oma Wira hatte es geschafft, vielen »alles zu sagen, was sie denkt«. Darum waren ihre Töchter auch bereit, demjenigen, der sich einverstanden erklärte, für Oma Wira Kindermädchen zu spielen, aus dem Ausland Geld zu schicken. Aber niemand, der Oma kannte, willigte ein, bei ihr zu bleiben, um kein Geld der Welt.

Im Haus gab es kein Telefon. Ich wußte, daß Oma jeden Moment sterben konnte, und auch für sie war das kein Geheimnis. In dieser Isolation konnten unsere Gespräche maximale Offenheit erreichen.

Das erste, was ich Oma fragen wollte, war, *wann sie denn vorhabe zu sterben*. Lange betrachtete Oma mich mit ihren farblosen, beinahe blinden Augen und nickte, als hätte sie so etwas geahnt. Mit kratzender Stimme sagte sie, daß ja von meiner Mutter nichts anderes zu erwarten gewesen sei, als ihr so eine Plage auf den Hals zu schicken. Oma war ungehalten und verkrampft, bereit zum Angriff.

Ich versicherte, daß ich keine Plage sei, sondern ein Segen Gottes, denn mit mir könne sie sich wirklich entspannen und über Herzensthemen sprechen, auf die sie gegenüber ihrem werten Gatten nicht einmal hatte anspielen können. Oma maß mich nochmals mit ihrem Blick. Auf ihrem Kinn prunkte eine große, graue Warze. Oma sagte, sie sei hungrig, und ich solle ihr eine Suppe kochen, mit der Gabel passieren und dann servieren.

Das tat ich. Ich ging in die Küche, fand Reis, wusch ihn und kochte daraus eine feine dicke Suppe, extra für den alten Magen.

Oma begegnete der Suppe mit haßerfülltem Blick. Ich sagte:

»Iß, Oma, solang du noch lebst, wer weiß, was morgen kommt.«

Und sie hat alles verputzt.

3.

So gewöhnten wir uns aneinander.

Oma verließ das Bett für höchstens zwei Stunden – und um aufs Klo zu gehen natürlich. Sie hatte immer noch ihren

Stock, dessen Länge ich als Kind oft unterschätzt hatte. Oma fror, deshalb gehörte es zu meinen Aufgaben, sie in warme Tücher und Pelze zu wickeln.

Morgens widmete sie sich dem geistlichen Leben: sie betete, hörte die Bibel in meiner Vertonung. Sie bevorzugte das frohe Neue Testament, vor allem die Briefe des Apostel Paulus. Der heilige Apostel Paulus war Omas Liebling, und sie bat mich immer wieder, ihr seine Briefe an die Korinther vorzulesen, dabei bewegte sie zufrieden die Lippen, als würde sie jedes Wort schmecken.

Nach dem Mittagessen begann ihr weltliches Leben: Oma hörte auf Radio »Promin« Direktübertragungen aus der Werchowna Rada*, döste oder lag einfach im Bett, wieder betend. Der Fernseher übertrug den Ton, zeigte aber kein Bild – die Röhre war durchgebrannt.

Manchmal wollte Oma beim Fenster sitzen, dann half ich ihr in den hohen Lehnstuhl, deckte ihre Beine mit einer Decke zu und zog schön die Gardinen zur Seite, damit sie hinaussehen konnte.

Ich ging in die Stadt einkaufen, kochte für uns, und wenn ich gute Laune hatte, wischte ich sogar Staub von den Kredenzen. Oma prophezeite: »Schwere Arbeit versklavt den Menschen, leichte macht ihn edel.« Jeden Tag fegte ich auf Omas Wunsch den Platz neben dem Haus und fühlte mich wie das edelste Wesen in ganz Chobotne. Hinter den Gardinen lugte Omas pergamentenes Gesicht hervor, dessen Züge sonderbar verhärtet waren. Sie bemerkte mich nicht. Mit gelbem Blick schaute sie ohne zu zwinkern auf die leere Straße und aufs Feld, wo sich der Himmel mit Wolken füllte. Unser Haus war das letzte im Dorf, dahinter ka-

* Das Ukrainische Parlament (A. d. Ü.)

men noch ein paar Parzellen und dann grenzenlose Kolchosflächen.

Abends führten Oma und ich beim Schein einer hellen Öllampe tiefschürfende Gespräche über höchst existenzielle Dinge, unsere Offenbarungen hätten jeden anderen verrückt gemacht. Aber Oma wurde nicht verrückt, denn sie hatte den festen Vorsatz, bei klarem Verstand zu sterben und dem Tod nach Möglichkeit alles zu sagen, was sie über ihn dachte.

4.

Wir sprachen hauptsächlich über den Tod. Ich wollte wissen, wie Oma die Tatsache aufnahm, daß sie jeden Augenblick sterben konnte. In der ersten Zeit wich Oma geschickt aus: Sie erzählte von ihren Kindern und sagte alles, was sie über sie dachte; vom Tod meines Opas, des gottgefälligen Professors Haluschka, der Herr gebe seiner Seele ewigen Frieden, und alles, was sie über ihn dachte; von der Politik und den Politikern (dazu hatte Oma besonders viel zu sagen); davon, wie ihr alle nachweinen werden, nur wir nicht, die allernächsten Verwandten; davon, daß wir vom Herrgott dafür bestraft werden und von den Nachbarn verurteilt und so weiter. Als ich das Gespräch unter Aufwendung all meiner Willenskraft endlich in die gewünschten Bahnen gelenkt hatte, weinte Oma.

Hmm, das klingt überzeugend: »... wie Oma die TATSACHE, daß sie sterben wird, aufnimmt.« Tatsachen sind etwas *Unanfechtbares*, etwas *Unabhängiges*. Unsere *Wahrnehmung* von Tatsachen können wir verändern, die Tat sachen selbst nicht. Sie sind der Kern der Wirklichkeit. Mit Tatsachen muß man sich abfinden, ansonsten heißt es, du lebst in der Phantasie.

Es gibt den Ausspruch: »Nichts als Fakten«, nur das also, was keine Zweifel hervorruft.

Jeder Mensch muß sterben – das ist eine Tatsache. Und damit beginnen wir.

5.

Ich erstickte Großmutters Tränen im Keim. Noch am ersten Tag mußte ich der Alten klarmachen, daß ihr niemand nachtrauern würde. Sie wunderte sich wie ein Kind: »Wieso niemand?«

»Niemand einfach«, warf ich ihr hin. Oma heulte wieder los. In den ersten Tagen unseres Zusammenseins weinte sie häufig.

6.

Beim Aufräumen von Professor Haluschkas Arbeitszimmer, Gott hab ihn selig, fand ich eine Sanduhr. Als Oma wieder einmal zu weinen begann, nahm ich das Gerät und stellte es auf den Nachttisch. Oma hörte auf zu weinen. Sie beobachtete mich.

Als der Sand aus dem oberen in den unteren Teil gerieselt war, drehte ich die Sanduhr einfach um.

Oma hielt das nicht aus. Sie verlangte eine Erklärung.

Schweigend drehte ich die Sanduhr immer wieder um. Oma sah, daß ich nicht reagierte, verzog das Gesicht und begann wieder mit ihrem: »Uahhhh... niemand hat mich li-i-i-ieb...«

Ich sagte, daß ein Rieseldurchgang sechzig Sekunden dauere. Und sie weine nun schon sieben Durchgänge lang. Ob ihr das nichts sage, fragte ich. Die Alte schluchzte.

In vollkommener Stille beobachteten wir, wie der Sand von einem Kolben in den anderen rieselte. Dann drehte mir Oma in ihrem Bett den Rücken zu und sagte, sie wolle jetzt schlafen. Ich machte das Licht aus und ließ sie allein. Dann ging ich ins Arbeitszimmer und wühlte in Großvaters Bibliothek. Teuflisch viel Interessantes gab es da. Ich hätte nie gedacht, daß Bücher interessant sein könnten.

Opa Iwan hatte seine Bücher gewissenhaft studiert, seinen akademischen Stil merkte man sofort. Er hatte jede Menge unterstrichen: mit blauem Buntstift, Bleistift, roter Tinte; außerdem waren Kommentare an den Rändern.

Ich nahm das erstbeste zur Hand. Ein Psychologielehrbuch, das gleiche übrigens, in dem ich das »doppelte« Bild gefunden hatte. Ich wollte es suchen, doch das Buch klappte sofort bei der richtigen Seite auf. Wahrscheinlich war auch Opa von diesem Wahrnehmungsparadoxon fasziniert gewesen.

Außerdem entdeckte ich direkt daneben den Almanach *Wissenschaft und Religion*, weiter ein Bändchen mit dem Briefwechsel zwischen K. E. Ziolkowski und seinem Freund, dem Schriftsteller A. W. Lunatscharski. Irgendwie weckte es meine Aufmerksamkeit. Auf der Innenseite des Einbands ein unausgefüllter Bibliotheksstempel: »Lehrstuhl für Philosophie der Staatlichen Iwan Franko Universität Lwow«. Ich öffnete es auf gut Glück, um zu sehen, was Opa hier wohl unterstrichen hatte. »... eine Reihe fast

körperloser Wesen lebt neben uns . . .«, schrieb Konstantin Eduardowitsch unter dem Titel »Die andere, viel dünnere Materie«. Aus dem Buch fiel ein Zeitungsausschnitt aus der *Iswestija*. Die Überschrift war rot unterstrichen, doppelt: »Wiederholt UFOs über dem Museum von K. E. Ziolkowski in Kaluga gesichtet«. Zum Glück ohne Foto.
Eine ganze Reihe von Zeitschriften und Büchern über Raumfahrt stand gesondert. Man merkte, daß dieses Thema Opa ernsthaft beschäftigt hatte. Die Reproduktion eines Tuscheporträts von Juri Gagarin – auf dem Gesicht das bescheidene, aber strahlende Lächeln des ersten Sowjetmenschen im All – vervollständigte das Inventar des Bücherbretts. Was für ein sonderbarer Raumfahrt-Fetischismus?!
Ich suchte mir zirka zehn Bücher aus, die ich genauer studieren wollte. Auf dem Boden lag ein rauher, ausgeblichener Teppich. Ein zweiter, weicher Teppich hing vis-à-vis vom Ofen an der Wand, neben dem Bücherschrank. Genau in der Mitte über dem Teppich wachte ein Foto von Opa im Halbprofil. Versehen mit einer schwarzen Trauerschleife. Der lustige Opa mit den abstehenden Ohren, ein typischer Haluschka, genau wie Mama. So einem lag es wahrscheinlich im Blut, Zeitungsausschnitte über UFOs zu sammeln.
Den wachsamen Professorenblick auf mir, las ich bis drei Uhr nachts.

7.

Ich achtete darauf, daß die Sanduhr immer in Omas Blickfeld war. Sie rief Unruhe hervor. Wenn die Alte in ein Zimmer kam, in dem der rieselnde Sand wartete, begann sie, leise zu beten und zu jammern. Sie blickte mich flehend an, bettelte – als besäße ich die Macht, das Rinnen der Sandkörnchen zu stoppen. Aber weder ich, noch irgend jemand anders, den ich kannte, hätte den Sand anhalten können.

Am Ende des Monats war dies, so schien es, auch zu Oma durchgedrungen. In Sanduhren gerechnet, brauchte sie nicht weniger als 20 000 faktische Durchläufe, um diese Tatsache zu akzeptieren.

Es ist genauso, wie dem Sand 20 000 Mal zu sagen:

Riesel nicht, hör auf, bleib stehen!
Riesel, rinne, laufe nicht...

Dieses Couplet entsprach ganz dem Geist von Stepan Giga, den Oma und ich oft gemeinsam hörten.

8.

Trotz ihrer Schreie, Tränen und Drohungen, die Polizei zu rufen, setzten wir unsere Gespräche fort. Ab und zu erinnerte ich Oma diskret daran, daß ich der letzte Mensch auf Erden sei, der in ihr Haus gekommen war, um für sie zu kochen. Wer würde ihr sonst das köstliche Kürbispüree bereiten und ihr vor dem Schlafengehen Mircea Eliades Aufsatz über Bestattungsrituale – das sollte sie schließlich am meisten interessieren – vorlesen.

Oma sah das ein.

In der Nacht schrie sie oft laut, sie würde sterben. Einmal geschah folgendes:

Auf ihr Schreien hin lief ich hinunter und machte Licht. Oma wand sich in ihrem Bett, krallte sich am Laken fest und fauchte, als würde ein Dämon aus ihr entweichen. Solche Szenen haben mich schon immer fasziniert. Und diesmal, sage ich euch, gab es wirklich etwas zu sehen. Schließlich hatte Oma keine Kraft mehr.

»Ich kann nicht«, sagte sie, nachdem sie Atem geschöpft hatte.

»Was kannst du nicht?« fragte ich.

»Sterben.«

Ich zuckte mit den Schultern und ging wieder ins Bett. Am Morgen war Oma irgendwie verändert. Als wir frühstückten, erzählte sie, daß sie in der Nacht eine Offenbarung gehabt hätte. Ich erkundigte mich nach Art und Inhalt der Offenbarung.

»Du bist kein Mensch«, antwortete sie.

»Richtig«, stimmte ich zu.

Oma hatte meine Kapitulation nicht erwartet und war ein wenig ratlos. Wahrscheinlich hatte sie gedacht, ich würde mich wehren, mich herausreden, sie vom Gegenteil überzeugen wollen. Meine Reaktion jagte ihr Angst ein, denn es ist eine Sache, den Enkel einen Teufel zu *nennen*, und eine andere Sache, zu erfahren, daß der Enkel *tatsächlich* ein Teufel *ist*. Sie erklärte, daß ich sozusagen kein Mensch mehr sei, aber auch nicht der Antichrist. Höhere Mächte hätten mich geschickt, um ihre Seele auf die Qualen in der Hölle vorzubereiten. Ich bestätigte, daß es eine bestimmte Art von Unmenschen gebe, die Sterbende auf den Übergang vorbereiteten.

Dieses Ereignis brachte etwas Neues in unsere Beziehung. Oma fand sich mit meiner Anwesenheit ab. Der Unmensch mit der Sanduhr rief bei ihr nicht mehr wie früher den panischen Wunsch hervor, sich in den Kissen zu vergraben und den Atem anzuhalten. Eine solche Veränderung konnte ich nur gutheißen, sie war ein Schritt in die richtige Richtung: den Tatsachen ins Auge zu sehen.

Oma brauchte noch ein paar Tage, um sich an den Gedanken meiner Jenseitigkeit zu gewöhnen. Eines regnerischen Abends – es war Anfang April – begann sie, aus ihrem Leben zu erzählen.

9.

Meine Tage in Chobotne waren eintönig.

Ich kochte, wusch Omas Sachen, stärkte die Laken. Ich machte lange Spaziergänge, sah mir die Kolchosställe in der Umgebung an, die mitten auf einem von Senf überwucherten Feld standen.

Ich erkundete Professor Haluschkas Bibliothek und fand heraus, daß mein Opa eine erstaunlich vielseitige Persönlichkeit gewesen war. Zu vielseitig vielleicht. Seine breitgefächerten Interessen grenzten an Allesfresserei. Eigentlich war Großvater Mathematiker (komisch, daß ich es noch nicht erwähnt habe). Meine Erinnerungen an Großvater sind sehr vage. Er starb, als ich fünf war oder noch früher. Wenn ich an ihn denke, habe ich sofort das Gefühl, daß Opa und ich verwandte Seelen sind.

Bei schlechtem Wetter, wenn man draußen nichts tun konnte, saß ich in Opas Arbeitszimmer. Ich versuchte, mich in sein Denken einzufühlen, seinen Blick auf die Welt einzufangen.

Mich überraschte die breite Auswahl an Literatur und die vielen leeren Bretter im Regal. Als wären die Bücher dort weggeräumt worden. Das oberste Brett, auf dem normalerweise Wörterbücher und Enzyklopädien aufbewahrt werden, war vollkommen leer.

Nicht verwunderlich, daß ich Oma eines Tages bat, mehr von Großvater zu erzählen.

»Oj, ein schwieriger Mann war er«, sagte Oma. »Einen Nagel in die Wand schlagen – das war ein Problem. Nur Bücher lesen hat er können.«

Oma dachte ein wenig nach, als wüßte sie nicht, ob sie davon erzählen sollte. Sie zog das Kopftuch unter dem Kinn fester und bewegte den Kiefer, so schob sie ihre falschen Zähne zurecht.

»Sag nur deiner Mama nichts, weil die wird sich ärgern, wenn ich dir das erzähle. Das is was ›Unschönes‹«, Oma zeigte mit den Händen, was genau, »darüber redet ma nicht.«

»Aber ich hab eine Sünd auf der Seele, Petrusja, ich muß es dir erzählen. Na ja, vielleicht is es auch keine Sünd, aber es macht mir trotzdem zu schaffen. Hör zu. Dein Opa war verrückt.«

»Wirklich?«

»Ja, richtig verrückt! Unter Leuten ging's noch irgendwie, ›Grüß Gott – Auf Wiedersehen‹, wohlerzogen, ruhig. Auf den Markt gehen, in die Stadt fahren – das hat er alles können. Aber daheim war er kaum zu bändigen. Und alles von diesen Büchern.«

»Von welchen?«

»Von denen, die ich verbrannt hab«, Oma machte eine wegwerfende Handbewegung.

»Und welche waren das, die du verbrannt hast, Oma?«

Sie brummte zufrieden:

»Was weiß ich. Irgendwelche. Ausländische waren's.«

»Warum hast du das gemacht, du alte Hexe?!« Endlich begriff ich, was mit den Büchern aus dem Regal geschehen war. Das Blut schoß mir in den Kopf.

»Weil, er hat darin gelesen und ist übergeschnappt. Ich weiß, daß er wegen denen gestorben ist.«

Als ich meine Beherrschung wiedergefunden hatte, fragte ich Oma, worin Opas Verrücktheit bestanden habe. Sie antwortete, Opa habe so Sachen geredet, nicht mitanzuhören. Opa war offensichtlich nicht ganz dicht.

Es begann mit einem Riesenkrach am Lehrstuhl, infolge kleiner, niederträchtiger Intrigen wurde Professor Haluschka entlassen, er bekam einen Herzinfarkt. Opa war noch nicht alt, aber nach dem Infarkt kränklich und zu nichts mehr zu gebrauchen. Er kündigte und zog nach Chobotne. Bald danach begannen Opa Wesen zu erscheinen – ein bißchen Teufel, ein bißchen Engel, eine finstere Angelegenheit. Anfangs besuchten sie ihn im Schlaf, Opa schreckte schweißüberströmt auf. Später quälten sie ihn auch tagsüber, wenn er ein Nickerchen machte. Nach einiger Zeit sah er sogar bei klarem Verstand »Gespenster« (mit dem klaren Verstand war es natürlich so eine Sache).

Oma erzählte, ein paarmal sei es so weit gekommen, daß Opa durchs Haus rannte, wie Gott ihn geschaffen hatte, und etwas Unsichtbares verscheuchte. Dabei erkannte er die eigene Familie nicht, und wenn jemand in seine Nähe kam, trat er um sich und weinte. Diese Anfälle dauerten zum Glück nicht lange, und nach eineinhalb Stunden war Opa so ruhig, als wäre nichts gewesen, und meinte erleichtert: »Na endlich, jetzt haben sie sich verzogen.«

»Bist du mit ihm zum Arzt gegangen?«

»Aj, wo denn«, winkte Oma ab, »das wär eine Riesenschande gewesen für die Familie. Im Dorf haben uns alle beneidet um unser großes Haus, und daß aus den Kindern – klopf-klopf-klopf – was geworden ist, und daß es dein Großvater bis zum Professor gebracht hat... Wahrscheinlich haben sie gedacht, er verdient viel Geld. Ja, ja, beneidet haben sie uns, beneidet! Ich hab's immer gespürt. Und wenn sie erfahren hätten, daß der Opa nicht alle Tassen im Schrank hat, weißt, wie die gelacht hätten? Alle hätten gesagt: ›Na, Wirunja? Wolltest keinen einfachen Burschen? Da hast du jetzt deinen Professor!‹ Drum haben wir den Doktor nicht gerufen. Deine Mama wollt ihn ins Krankenhaus bringen, damit du's weißt. Aber ich hab irgendwie gespürt, daß es vorbeigeht...«

Nach einiger Zeit – vielleicht weniger als einem Jahr – hörten Opas Alpträume auf. Die Töchter, sie hatten zuvor in Chobotne gewohnt, zogen unterdessen aus: eine zu den Schwiegereltern, die andere in die Stadt. Jetzt besuchten sie die Eltern immer nur für ein paar Tage, um ihnen die Enkel zu zeigen. Und selbst das mit einer gewissen Anspannung – sie hatten Angst, es könne wieder »losgehen«. Aber nach einigen unerträglichen Monaten ist es tatsächlich vorbeigegangen. Der Schlaf kam zurück, und Großvater behauptete nicht mehr, hinter dem Stall würden Monster leben.

Opas Wahn bestand nämlich darin, daß die »Babajkas«, die ihn beinahe zu Tode erschreckt hätten, von hinter dem Stall waren, aus dem verwilderten Garten voller Schatten. Er erzählte, daß sie dort »Löcher« hätten, durch die sie kröchen. So hat er gesprochen, keine Scherze, vollkommen ernst gesprochen, wer zweifelte, den wollte er überzeugen, und das ein fünfzigjähriger Mann. Hinter den Stall gehen, Brennesseln mähen, trockene Zweige abschneiden und Ordnung machen, davon konnte gar keine Rede sein. So sehr fürchtete er sich vor diesem Ort.

»Kein Mann, eine Memme war das«, ärgerte sich die Alte. Die Worte »Babajkas hinter dem Haus« lösten unbestimmte Regungen in mir aus. Unser Haus barg ein Geheimnis. *Ich sitze im Flur unter dem Tisch, ich habe eine Seifendose mit Steinchen, die ich im Gemüsebeet ausgebuddelt habe. Das sind meine Freunde, sie erzählen mir Geschichten. Im Flur ist es schon dunkel, und es wird ungemütlich nur in Strumpfhosen auf dem kalten Boden. Aber ich habe Angst, unter dem Tisch hervorzukriechen, fürchte mich, ein Geräusch zu machen, denn sie könnten denken, ich lausche. Ich lausche aber nicht, ich spiele einfach mit den Steinchen, und sie sind dort in der Küche, reden über etwas... was Kinder nicht hören dürfen. Aber ich verstehe ohnehin nicht, worum es geht. Ich nehme nur den Tonfall wahr. Mama bittet Opa anscheinend um etwas, irgendwas quält sie, etwas Schlimmes, deshalb bittet sie Opa um etwas, aber Opa verteidigt sich, Opa ist verschreckt, auch Oma redet auf ihn ein, in jedem ihrer Worte ist Gift, deswegen tut mir Opa leid, denn er kann Oma und Mama etwas sehr Wichtiges nicht erklären, obwohl er sich so sehr bemüht, daß er beinahe beginnt zu weinen. Ich höre den verzweifelten Ton in Opas Stimme und muß weinen, auch Opa in der Küche beginnt zu weinen, und weil mein Opa – dieser weise, alte Opa – weint, weine ich noch heftiger, wir sind auf der gleichen Wellenlänge, wir verstärken unser GROSSES gemeinsames LEID gegenseitig, wir zwei, sind zu zweit, sind eins – und niemand anderes versteht uns*

auf mein Weinen hin kommt Mama aus der Küche, sie zieht mich unter dem Tisch hervor, ich brülle aus vollem Hals, Mama nimmt mich auf den Arm und geht in die Küche, dabei macht sie das Deckenlicht an, Oma schleudert Opa wieder etwas Beleidigendes an den Kopf, sagt, du hast dem

Kind einen Schrecken eingejagt, selbst bekreuzigt sie sich,
und Opa –
– mir scheint, als hätte die Küche die gigantischen Ausmaße
eines Saals, und in der Mitte sitzt auf einem kleinen Hocker
mein Opa, dürr wie ein Ast, krumm, mit seinen abstehen-
den Ohren und der komischen großen Brille, verweint, mit
nassem Schnurrbart, mein Opa schaut mich an, und ich
schaue ihn an, von oben, von Mamas Arm

Ich begriff verwundert, daß ich während Omas Erzählung
in Erinnerungen eingetaucht war. Sie waren so intensiv, daß
sich in meiner Brust ein Gefühl wie nach dem Weinen aus-
breitete. Das Zimmer mit Omas Bett, mit Oma und der Öllampe war in eine phantastische Unwirklichkeit getaucht.
Ich verspürte das Bedürfnis, allein zu sein und mich den
Erinnerungen hinzugeben, die an die Oberfläche drängten.
Oma merkte nichts und erzählte weiter. Ich verlor hoffnungslos die Kontrolle über mich, tauchte mal aus etwas
auf, das wie ein Traum war, dann wieder ein, Omas Worte
nahmen Gestalt an, versponnen sich mit dem Widerhall der
Ereignisse, deren Zeuge ich vor langer Zeit gewesen war.

wenn niemand zu Hause war, nahm mich Opa auf den
Schoß. Er flüsterte mir ins Ohr, daß ich nie hinter den Stall
gehen dürfe, denn dort »sitzt die Babajka«. Freiwillig wäre
ich ohnehin nicht in den verwahrlosten Garten hinter dem
Stall gegangen – der machte mir auch ohne Warnung Angst,
wegen der hohen Brennesseln, der dichten Schatten und …
wegen etwas, das einem Traum glich
bis ich eines Tages zum »Auskundschaften« doch hinter den
Stall ging. Ich blicke mich um, ob mich auch niemand sieht.
Helle Wolken am Himmel, der böige Wind riecht nach Re-
gen. Das Gras im Hof ist hoch, und niemand von den Er-
wachsenen ist in der Nähe. Fliege schaut aus seiner Hunde-

hütte, die Schnauze auf den Pfoten. Ich klettere über den schmalen Überstieg, kräftige Brennesseln überragen mich, ich fürchte mich ein bißchen vor Brennesseln. Aber ich habe einen Stock, mit dem kann ich sie zur Seite biegen und mir einen Durchgang verschaffen. Ich presse meine rundlichen Ellenbogen fest an die Brust, aber sie bekommen trotzdem etwas ab. Ich überwinde die letzten Brennesselwächter und sehe nun den Garten – ein verwahrlostes Gelände, auf dem niedrige, knorrige Apfelbäume wachsen, sie strotzen vor unreifen Äpfeln, klein wie Pflaumen. Der Garten atmet Feuchtigkeit und Rätselhaftigkeit. Plötzlich beginnt mein Herz zu pochen – ich bemerke eine große Plastikplane vom Gewächshaus auf der Wiese. Die Plane ist von der Witterung ausgeblichen, die Unterseite mit Tropfen übersät. Je länger ich sie betrachte, desto mehr Angst bekomme ich. Auf einmal ist mir, als zöge mich eine Kraft zu der Plastikplane. Meine Beine tragen mich in ihre Richtung, als ob sie nicht mir gehörten, ich spüre, die Welt hat sich verändert und gekrümmt, die Plane hypnotisiert mich. Plötzlich, ohne Vorwarnung und wie durch einen Windstoß, fährt sie vom Gras hoch und wirft sich auf mich, ein wildes Tier, stürzt sich von oben auf mich, Wassertropfen fallen herab und ich bekomme Panik, reiße mich los aus ihrer kalten Umarmung und renne durch die Brennesseln, renne und weiß, daß die Plane nachjagt, gleich fängt sie mich von oben und nimmt mich mit, ich renne um den Stall, rase in Flieges Hütte und verstecke mich im hintersten Winkel. Eine Minute später kommt auch Fliege herein, beginnt mir den Mund abzulekken und atmet mich aus seinem stinkenden Maul an *danach blieb ich bis zum Abend im Haus, ab und zu ging ich auf die Veranda und hielt vorsichtig Ausschau. An diesem Abend war das Wetter sehr unruhig – Wind kam auf, rüttelte an den Scheiben und ließ die Dachbleche klappern. Zuerst hatte ich schreckliche Angst. Auf der Suche nach Schutz erzählte ich Oma, daß mich die Babajka – versteckt unter einer Plastikplane – erschreckt hätte. Oma sagte, es sei der Wind gewesen, aber das konnte ich einfach nicht glauben.*

Auch Mama beruhigte mich, ebenso meine Tante, Mamas Schwester. Nelja lachte mich aus, ich heulte los und sie wurde ausgeschimpft. Auf den Lärm hin kam Opa Iwan in die Küche.

Er gab mir als einziger recht: Das sei die echteste »Babajka« überhaupt gewesen, sie lebe dort WIRKLICH, er erzähle das allen, aber niemand glaube ihm. Wenn ich will, daß sie mich mitnimmt – soll ich mich ruhig hinter dem Haus herumtreiben, aber er hat mich gewarnt

sie nimmt dich mit in die gelbe Höhle, sagte Opa, nimmt dich für immer mit

Als ich meinen Körper wieder spürte, begriff ich, daß ich mit offenen Augen geschlafen, mir Omas Erzählung angehört und es sogar hingekriegt hatte, im richtigen Augenblick zu nicken. Ich strich mir über das Gesicht, richtete mich auf, schob Omas Kissen zurecht und versuchte herauszufinden, wo ihre Erzählung abgerissen war. Mein Kopf war leer.

War es Zufall, daß Oma eben aufgehört hatte, vom Stall und Opas Ängsten zu erzählen? Opas Ängste verflüchtigten sich angeblich mit der Zeit (oder er lernte, sie für sich zu behalten, das ist meine Version), doch hinter das Haus ist der Alte trotzdem nur gegangen, wenn es unbedingt sein mußte. Deshalb steht das Unkraut dort so hoch.

Vielleicht fand sich Opa damit ab, Opfer einer Intrige zu sein. Als er pensioniert wurde, fing etwas Neues an: Er las massenhaft *Bücher.* »Welche?« – »Ausländische.«

Schon an der Uni sprach Opa ein bißchen Spanisch, doch nun begann er, es richtig zu lernen. Damals, Ende der siebziger Jahre, war das mehr als riskant. Laut Oma war es besser, vor sich hin zu spinnen, als sich durch unglücklich gewählte Interessen in die Gefahr von Verfolgung und Verbannung zu bringen.

Aber ich denke, das wußte Opa auch selbst. Zur Tarnung (oder aus wahrer Berufung?) beschäftigte er sich mit der Übersetzung spanischer Literatur. Auch wenn es nur Tarnung war, Opa betrieb sein neues Handwerk professionell, er abonnierte Literaturzeitschriften, stand lange in Briefkontakt mit jemandem vom Schriftstellerverband und fuhr sogar einmal auf einen Kongreß. Dort lernte er seinen künftigen Brieffreund kennen – einen Schriftsteller und Politologen unbestimmten Alters, einen ehemaligen Abenteurer. Oma erzählte, daß dieser Schriftsteller – »Ah, genau, Jurko hat er geheißen!« – ein paarmal zu Besuch ins Dorf gekommen sei. Der Schriftsteller war ein höflicher, einfacher Mensch, was Oma besänftigte und ihre dunklen Ängste wegen Opas staatsgefährdender Tätigkeit zerstreute.

Man muß dazu sagen, daß seinerzeit ein KGBler aus der Stadt zu ihnen ins Dorf gekommen ist. Er ging durchs Haus und schaute, was wo lag, Oma bekam einen solchen Schreck, daß sie kein Wort herausbrachte und die ganze Zeit schweigend herumstand. Der KGBler fand aber nichts und verhielt sich überhaupt so, als wäre er nur auf einen Tee vorbeigekommen. Er drehte seine Runde und ging wieder.

Opa erzählte Oma, Jurko spreche viele Sprachen, unter anderem Sanskrit, er spezialisierte sich aber auf lateinamerikanische Literatur, fuhr oft ins Ausland und brachte von dort Bücher mit. Irgendwann begann sich Opa ungemein für die Kultur Mexikos zu begeistern – vielleicht hatte es mit den Büchern zu tun, die der geheimnisvolle Jurko mitbrachte. »Offiziell« spezialisierte sich Opa auf die Übersetzung des Werks eines lateinamerikanischen Dichters.

Oma erzählte, daß Jurko und Opa ständig über einen Schriftsteller sprachen, der Opa aus irgendeinem Grund beeindruckte und faszinierte. In Jurkos Gesellschaft war Opa fanatisch und beinahe exzessiv gesprächig. Oma hatte allen Grund zur Annahme, daß Jurko von Opas Erscheinungen wußte, von dem »Phantasiewesen« hinter dem Stall und von der »gelben Höhle«.

»Ich hab ja keine Ahnung gehabt, daß dein Opa mir was verheimlicht«, sagte Oma beinahe flüsternd.

»Verheimlicht?« bohrte ich nach.

»Dein Opa ist dauernd nach Kiew gefahren, zu seinem Jurko. Er hat mir nicht erklärt, was und wie, hat mich immer nur abgewimmelt. Als wenn mich das alles nichts angeht. Na ja, ich lasse mir das gefallen, aber es tut mir doch weh, nicht wahr? Und einmal, aus heiterem Himmel, beginnt dein Opa zu packen. Ich frag ihn: ›Wohin?‹ Und er dies und jenes, weicht aus, aber einfach lügen, das schafft er nicht. Drum sagt er: ›Ich fahre nach Mexiko.‹ Mir wär fast das Herz stehengeblieben. ›Wann?‹ frag ich. ›Morgen abend um halb sieben fährt ein Auto von Ternopil nach Kiew, und von dort fliegen wir mit einer Gruppe nach Mexiko.‹ – ›Wohin willst du, Alter, ohne mich‹, sag ich, ›kannst dir ja nicht mal allein die Schuhe putzen!‹ Aber er läßt nicht locker, Jurko nimmt ihn mit, Jurko paßt auf ihn auf. So ein Quatsch, denk ich, was für ein Mexiko, nirgends fährst du mir hin. Ich seh, er beachtet mich nicht, und sag zu deinem Opa: ›Wenn du schon fährst, dann gibt's heute ein Fest-essen…‹«

Oma schlachtete ein Huhn und briet es im Ofen auf einer Flasche, legte ein weißes Tischtuch auf, stellte eine Flasche »Stolitschnaja« auf den Tisch. Zum Schein richtete sie ihm sogar Brote für »die Reise«. Opa Iwan sah, wie anders er jetzt behandelt wurde, und lief Oma den ganzen Abend auf Schritt und Tritt hinterher, er erzählte alles, was sich in sei-ner Seele aufgestaut hatte. Bis tief in die Nacht hörte sie Großvater zu, füllte ihn still und leise ab und erfuhr folgen-des.
Schuld an allem war dieser Abenteurer, Jurko aus Kiew. Er mußte doch sehen, daß unser Opa nicht alle beisammen hatte – schwache Nerven, empfindlicher Mensch, darf sich nicht aufregen –, aber Jurko erzählte Opa etwas von fernen Ländern: von Kuba, Panama und Costa Rica.
»Und dein Opa hat sich das ganze Märchen allen Ernstes angehört, wie ein kleines Kind, und sich weiß Gott was dabei vorgestellt. Und dann noch die Bücher – er liest, brabbelt irgendwas auf Spanisch, und mir sagt er nichts. Petrusja, das hat mir so weh getan, daß er mich nicht für voll nimmt, daß er geglaubt hat, ich komm nicht mehr mit. Der vermaledeite Jurko hat meinem Iwan doch glatt er-zählt, daß sie mit einer Delegation nach Mexiko fliegen, für ganze eineinhalb Monate, und sie brauchen da noch jeman-den, der Hispanisch kann. Und ich hab mir schon gedacht,

was ist mit dem Alten los, daß er einen ganzen Monat nicht richtig schläft, sich herumwälzt und quält. Ich frag mich, ob ihn wohl wieder die Teufel in Arbeit haben? Als er ein bißchen was intus hatte, erzählte er, daß es nicht die Teufel waren, sondern die Sorgen, ob er aufgenommen wird in die Delegation oder vielleicht doch ein Jüngerer. Ich glaube, dieser Abenteurer hatte auch die Finger im Spiel, daß der Opa genommen wurde.

Wieso sie gerade meinen Alten nehmen mußten? Na, weil er alt war, ein Junger hätte abhauen können und aus. Such den dann mal!« Oma machte eine wegwerfende Handbewegung und verzog das Gesicht. Sie sah jetzt noch älter und *besonders* verbittert aus. Die Worte bereiteten ihr offensichtlich Schmerzen.

Oma atmete ein paarmal tief durch und fuhr fort:

»Na ja, Opa redete und redete. Und damit du's weißt, trinken hat dein Opa nie können, wollte er auch gar nicht, immer mußte man ihn zwingen. Aber diesmal hat er vor Glück von selbst zu trinken begonnen, und ich schenke ihm immer wieder nach. Der Wodka hat ihm dann endlich die Zunge gelöst, ich hör mir das alles an und denk: ›Wart nur ab, Alter ...‹ Und da sagt er plötzlich, daß er nicht mehr zurückkommen will. Niemand wird sich um ihn scheren, sagt er, und wenn sie dann zurückfahren, wird er sich in der Nacht leise davonschleichen, Jurko hätte versprochen, ihm zu helfen. Hörst du?« Oma geiferte richtig, so aufwühlend war die Erinnerung. »Er! Und in der Nacht wegrennen! Und ich? Soll hier sitzen, mich von den Leuten auslachen lassen? Eine Schande im ganzen Bezirk wäre das gewesen! Wenn der Mann von der alten Haluschka auf und davon wär. Schlimmer noch, als wenn sie erfahren hätten, daß er verrückt ist. Die Leute haben mich ja auch so ausgelacht, daß ich so einen Faulpelz zum Mann hab, der weder einen Nagel in die Wand hauen noch ein Kaninchen abziehen kann. Und wenn er einmal mit dem Spaten in den Gemüsegarten raus ist, kam das ganze Dorf, um was zum Lachen zu haben. *Nje*, mein Alterchen, nicht nur du bist hier ein Pruchfessor, denk ich. Auch ich hab meinen Stolz, Petrusja.«

»Und wieso er abhauen wollte, hat Opa das nicht erzählt?«

»Hat er ... Ich wollte ja auch wissen, was er vorhat. Und er, wiehert los, reißt Witze, wie ein Betrunkener eben, daß er sich dort eine junge Frau sucht – so ein Unsinn. Er wollte es mir einfach nicht sagen, keine Chance. Aber dann konnt ich's ihm doch noch entlocken.«

»Und was war's?«

»Verrückt war dein Opa«, sagte Oma traurig. »Vollkommen verrückt. Ich habe geglaubt, daß wenigstens ein Quentchen an ihm normal ist, aber er war komplett verrückt. Er hat mir erzählt, daß er bei den Indianern leben will. Hörst du? Bei den Indianern leben! Lernen will er von ihnen! Ich mein, was können dir diese Papua schon beibringen? Aber Opa war schon so betrunken, daß er nichts Vernünftiges mehr antworten konnte. Nur von einer Bank hat er gefaselt.«

»Von was?«

»Weiß der Teufel. Da hat er wahrscheinlich nicht mehr richtig getickt. Er hat gesagt, daß er weiß, wo in dieser Stadt, Mexiko heißt sie, so eine Bank steht, auf der Leute sitzen. Er weiß, wo die Bank ist. Und zu dieser Bank kommt immer ein junger Mann, einer von den Indianern. Und Opa sagte, daß er diese Bank findet, komme was wolle, und er wird dort sitzen und sich nicht wegrühren, bis der Mann kommt und ihn mitnimmt und ihm das Sehen beibringt. Verstehst du? Schizophren ... vollkommen schizophren.«

»Das Sehen beibringen?!«

Oma winkte ab und senkte den Blick. Ihre Lippen zitterten, ein paar Minuten saßen wir schweigend da, bis Oma sich wieder gefangen hatte. Sie wischte sich mit dem Zipfel ihres Kopftuches die Tränen von den Wangen und seufzte.

»Er hat sich betrunken bis zum Umfallen, dein Opa. Ich hab meinen Iwanko damals genommen und in den Keller gezerrt. Ihm eine Decke und ein Kissen hineingeworfen, und einen Nachttopf dazugestellt ... Und Wasser, weil er hat ja so viel getrunken, er würde einen Brand bekommen ... Und alle Brote, die ich ›für die Reise‹ hergerichtet hatte, legte ich ihm auch hin, damit er was zu essen hat. Ich hab die Leiter hochgezogen und ihn im Keller eingesperrt – dann hab ich einen Sack Zucker auf die Falltür geschoben und noch einen Sack Mehl und bin schlafen gegangen. In der Früh, bei Tagesanbruch, stand ich auf, machte was zu essen, sah zu, daß auch was zu trinken da war, dann setzte ich mich hin und wartete, daß der Alte endlich ausnüchtern würde.«

Oma machte wieder eine Pause.

»Und da bin ich also gesessen.«

»Was war mit Opa, ist er aufgewacht?«

Oma seufzte noch tiefer.

»Natürlich ist er aufgewacht. Er hat begonnen zu rufen, zu betteln, daß ich ihn rauslasse. Ich bin ganz leise, freu mich ein bißchen. Was er mir nicht alles gesagt hat. Ich hör genau hin, und es ist, als würde da nicht dein Opa reden, sondern der Satan. Er wollte mich versuchen wie Jesus in der Wüste. Und als ich nicht auf ihn hörte, begann er zu toben und zu wüten. Es war, als würden die Teufel aus ihm fahren, so war das, genau. Und er hat geweint und gelacht und gebrüllt und geschimpft – wie ein Kesselflicker! Er dachte, er sei der einzige Schlaue. Er hat gedacht, weil er hispanische Bücher liest, bin ich ein Nichts und er kann mich behandeln, wie er will. Ich hab ihm sein Mexiko gezeigt! Damit er weiß, der alte Holzkopf, daß ich mich nicht vor den Leuten blamieren lasse.

Ich schau auf die Uhr – es ist schon nach sieben. Na, denk ich, zur Sicherheit bleib ich noch eine Stunde sitzen, und dann laß ich ihn raus. ›Und, Alter‹, sag ich, ›hat dir dein Pruchwessor geholfen? Wegrennen wolltest du! Und ich, eine ungebildete Frau‹, sag ich, ›hab dich ausgetrickst! Siehst du‹, sag ich zu ihm, ›wie das Leben manchmal so spielt? Wer ist jetzt der Schlaue?‹ Ich höre, es ist still geworden im Keller. Er meldet sich nicht. Hat wohl verstanden, daß aus Mexiko nichts wird. Na ja, denk ich, wird sich ärgern und irgendwann hört er wieder auf. Ich öffne die Klappe, lasse die Leiter hinunter, seh den Alten – er liegt auf der Matratze, grün, über und über ...«
Oma verstummte und wischte sich die Tränen ab. Dann schwiegen wir wieder eine Zeitlang, beide beschäftigt mit den eigenen Gefühlen.

Und was war weiter? Oma bekam Angst, schleppte Opa herauf und schaffte ihn ins Bett. Sie deckte ihn gut zu und pflegte ihn zwei Tage lang, brachte ihm Tee und Essen ans Bett, aber Opa magerte ab, wurde immer schwächer. Zu Oma sagte er kein einziges Wort, er gab keinen Ton von sich, sah sie nicht einmal an. Am dritten Tag, kurz nach halb sieben, seufzte Opa schwer und starb.
So war das mit meinem Opa.

10.

Abends erzählte mir Oma in kleinen Portionen aus ihrem Leben, aber keine der Geschichten war für sie, und auch für mich, so schmerzhaft wie die erste. Omas Augen ließen stark nach, sie konnte nicht mehr lesen, aber davon abgesehen war sie lebendiger als früher. Nicht umsonst spricht man von der Last der Vergangenheit – werfen wir sie ab, werden wir jünger.

Jeden Mittag verbrachte ich Zeit mit Oma, trank mit ihr Tee, las ihr aus Mircea Eliade vor und später, vor dem Einschlafen, aus dem *Tibetanischen Totenbuch*. Oma klagte, daß sie nichts verstehe, ich solle ihr aus den Evangelien vorlesen. Doch ich erklärte, sie kenne die Heilige Schrift gut genug, das *Tibetanische Totenbuch* hingegen nicht, obwohl ein Exemplar davon in Professor Haluschkas Bibliothek stand, werde er im Bardo befreit. Und ein Mensch im Angesicht des Todes, fuhr ich fort, der zwei Versionen des Jenseits kennt, hat eine doppelt so große Chance (sagen wir es so), gut zu sterben, als ein Mensch, der sich auf eine beschränkt. Denn kein Lebender kann wissen, was nach dem Tod kommt.

Oma widersprach, Gott wisse es. Darauf ich: Er weiß es, behält es aber für sich. Und wartet, bis wir selbst alles sehen.

Oma ging in sich. Dann fragte sie plötzlich, was ich denn glaube, was nach dem Tod sei. Nach kurzem Nachdenken sagte ich, was ich dachte: »Ich glaube, nach dem Tod kommt der Tod.«

Fünftes Kapitel

Leben heißt sterben. Fugen und Trancen

1.

Ich bewohnte das östliche Eckzimmer in Omas Haus. Es war leer, weiß und roch nach trockenen Zwiebeln. Der Boden im Zimmer war unbehandelt – lange trockene Bretter. Fußleisten gab es keine. Früher wurden hier Säcke mit Getreide aufbewahrt, beim Kung-Fu-Training spürte ich die Körner unter meinen bloßen Füßen.

Obwohl in Opas Arbeitszimmer ein Sofa stand, beschloß ich, mich dort niederzulassen, wo vor mir niemand gewohnt hatte. Ich hatte die Vorstellung, ein spartanischer Lebensstil würde mich disziplinieren. Und die Disziplin würde mich ruhig und stark machen.

Die weiß gestrichenen Wände, das dreiteilige Fenster ohne Vorhänge oder Gardinen und der ausgerollte Schlafsack an der Wand entsprachen meinen ästhetischen Anforderungen vollkommen.

2.

Ich hatte viel Freizeit. Geschirr abwaschen ist keine große Sache. Deshalb fand ich morgens nach dem Training gewöhnlich drei, vier Stunden zum Meditieren. Ich saß in meinem Zimmer, ging in die Tiefenatmung. In der klingenden Stille von Omas Haus spulte ich die endlosen Gedächtnisrollen in meinem Kopf nach und nach um, redigierte und katalogisierte sie. Mit einem Wort, ich nahm meine Untersuchungen wieder auf.

Ich wiederholte täglich die Übungen, die Wasyl mir beigebracht hatte, aber nicht mehr, um mich auf das Militär vorzubereiten, sie waren Teil meines Lebens geworden. Je mehr ich den Körper trainierte, desto größere Fortschritte machte ich in Sachen Gedächtnis. Säure gelangte in die abgelegensten Regionen meines Körpers, löste Erinnerungen, die sich versteckt, in den engen Spalten meiner Zeit festgesetzt hatten.

3.

Manche Leute sagen: *Es gibt immer ein erstes Mal.* Haltet eine Minute inne. Hört hinein in diese Worte. Sie handeln von Initiation und *Ungewißheit*, vom Kern des Daseins, von der Erfahrung aller Erfahrungen.

Auch der Vorfall mit der Plastikplane war eine Initiation, die erste Erfahrung dieser Art. Tief in mir spürte ich schon damals – die Dinge haben eine Kehrseite, eine geheimnisvolle, die Angst und Unruhe verströmt. Und es ist besser, sie nicht zu beachten. Deshalb nahm ich mir vor, die Dinge nicht mehr *anders* zu betrachten. Als mir das jetzt wieder in den Sinn kam, begann ich mich als ein Ich »vor« und ein Ich »nach« dieser Entscheidung wahrzunehmen. Unsere Entscheidungen haben eine ganz eigene Magie. Wie sollte man sonst etwas bezeichnen, das imstande ist, die Welt zu verändern? Bevor mich die Plastikplane fast zu Tode erschreckt hatte, war ich durch keinerlei Vorsätze gebunden. Ich konnte ohne Worte mit einem Stein reden, und er gab Antwort. Ich kannte das Geheimnis und sah das Licht.

Nachdem ich (wenn auch ohne zu verstehen, was ich tat) den Vorsatz gefaßt hatte, keine »Babajkas« mehr zu sehen, verschwanden sie einfach. Ich *vergaß*, daß es sie gab, und vor allem *vergaß* ich *den Vorsatz selbst.*

Übrigens erzählten auch viele meiner Freunde aus jener Zeit, sie hätten »den Teufel« gesehen. Manche bekamen dabei einen solchen Schreck, daß ihre Oma sie zu einer Hexe bringen mußte, um den Teufel auszutreiben. Außerdem erinnerte ich mich an das Lager der »Großen« – jener vierjährigen Jungen aus unserer Straße, die sich bereits von dem *anderen, dunklen* Blick losgesagt hatten, – und an das Lager der »Kleinen«, die weiterhin Angst vor Kellern hatten und erzählten, sie hätten »Geister« gesehen oder im Traum löwenköpfige Engel mit azurblauen Augen getroffen. Auf emotionaler Ebene und nicht jener der Worte, auf der Ebene der Gefühle und nicht des Verstandes mußte jeder eine spezielle Entscheidung treffen, um in die Gruppe der »Nichtsehenden«, dafür aber »Großen« zu gelangen. Die Entscheidung lautete: »Ich will nicht sehen.« Aber das haben wir vergessen.

4.

Ich bemerkte, daß mich die Beschäftigung mit dem Gedächtnis in Trance versetzte. Du hast den Eindruck, als würdest du alle Ereignisse neu erleben, manchmal sogar zu lebhaft. Ja, ich erinnerte mich an meine Entscheidung nach der Horrorgeschichte mit der »Babajka« und machte sie rückgängig, indem ich das Gegenteil sagte: »Ich will sehen, WIE ES IST.«

Vielleicht löste das die restlichen Prozesse aus.

5.

Das Leben außerhalb der Stadt wirkte hypnotisierend. Es war so eintönig, daß ich den Eindruck hatte, als wäre immer derselbe Tag, nur unterschiedlich fokussiert. Ich wachte auf, und mir schien, als wäre heute gestern und gestern heute. Die Zeit hatte sich zu einem Donut geformt.

Ich verirrte mich, verirrte mich zielsicher in den Tageszyklen unseres Planeten, fand keine objektiven Hinweise mehr, was vorher und was nachher gewesen war. Mit jedem Tag wurde es schwerer, den Ereignissen zu folgen. Ich verwechselte Ursachen und Folgen. Ein Dröhnen entstand.

Wenn ich Oma betrachtete, sah ich mich selbst an ihrer Stelle. Ob früher oder später, auch ich näherte mich zweifellos der magischen Linie des Todes. Der Linie, hinter der der Glaube endet und die Ungewißheit beginnt. Mir kam das Bild eines Menschen in den Sinn, der mit verbundenen Augen auf einen Abgrund zugeht. Oma und ich bewegten uns gemeinsam, Atemzug für Atemzug, in Richtung Tod.

6.

Einmal saß ich neben ihr, es war schon Nachmittag. Oma schwieg. Sie war ruhig. Mit vereinten Kräften hatten wir alle Erinnerungsteufel vertrieben.

Wir saßen zusammen, tranken Tee. Da fiel mir ein, daß ich Wasser zum Geschirrspülen auf die Herdplatte gestellt hatte. Ich ging in die Küche und nahm den Topf von der Platte, als ich das Gefühl bekam, etwas Unangemessenes zu tun. Ich faßte den Topf mit einem Geschirrtuch an, um mich nicht zu verbrennen. Als ich das registrierte, überfiel mich das schreckliche Gefühl, etwas nicht richtig zu machen. Verwendet man wirklich Geschirrtücher, um Töpfe anzufassen? Stellt man Töpfe wirklich auf den Herd? Ist richtig, daß ich den Topf ins Wasser gegossen habe? Bin ich nun vollkommen übergeschnappt?

Ich faßte mir an den Kopf, einige schwere Sekunden lang spürte ich einen Anflug von Schizophrenie. Die Unangemessenheit. Das Gefühl, daß alles, was ich mache, ein hypnagogischer, raffiniert-verdrehter Wahn ist. Plötzlich fehlten mir Grundsätze, auf die ich mich hätte stützen können. Ich stützte mich auf den Tisch, spürte eine Ohnmacht kommen und setzte mich auf den Boden. Es wird schon ein bißchen bess...

Nicht schon wieder! Ich schüttelte den Kopf. Stand auf, streckte mich, preßte die Hände auf die Augen. Raus an die frische Luft, sofort. In der Küche gab es viel zuviel, was mich schwer verwirrte.

Während ich mir die Schuhe anzog, prüfte ich ein paarmal, ob ich wirklich tat, was ich in diesem Moment tun sollte – ob ich wirklich meinen Fuß in den Schuh steckte und ob dieser auch wirklich dafür geschaffen war. Ich hatte das Gefühl, einer hirnrissigen Illusion aufzusitzen, einer optischen Täuschung – nur noch ein bißchen, schien es, und ich bemerke, daß ich den linken Treter am rechten Fuß habe, und den rechten am linken. Oder ich entdecke Arbeitshandschuhe an meinen Füßen und auf dem Kopf ein Sieb statt meiner Kappe.

Vollkommen in diesen Dissonanzen gefangen, kam mir keine bessere Idee, als in die Stadt zu gehen, zum Hydropark.

Auf dem Feldweg brauchte man eine gute Stunde nach Ternopil. Ich kam in die Vorstadt, wo stattliche Villen gebaut wurden. Dann durchquerte ich eine Wohnanlage und stieß auf den See. Genau im Zentrum von Ternopil befindet sich ein großer See. Für mich blieb diese Tatsache ein ewiges Kuriosum. »Ein See? Mitten in der Stadt?« Es war bewölkt, im Westen türmten sich silberblaue Wolken sagenhafter Ausmaße, wie schon so oft in den letzten Tagen. Gegen Abend hatte es ein wenig gedonnert.

Beim See angekommen, konnte ich wieder normal denken. Ich spazierte entspannt die Promenade entlang. Erfreute mich am bleifarbenen Wasser und atmete den Westwind ein. Ich hatte mich wieder gefangen und schrieb den Vorfall mit den Schuhen und Töpfen bereitwillig meiner stürmischen Phantasie zu. Ich betrachtete freudig die verliebten Paare, die händchenhaltend neben mir gingen. Es schien, als verliebten sich in Ternopil nur Freaks – ausschließlich in freakige Mädchen. Diese schienen in Ternopil außergewöhnlich attraktiv zu sein. Vielleicht eine Auswirkung der Vorgewitterstimmung? Mir wurde schwer ums Herz und ich seufzte, einfach so.

Ich bog in Richtung Theater ab. Das Theater in Ternopil glich einer romantischen Phantasie zum Thema Vergaserfabrik. Eine Marmorfassade mit Säulen, verziert mit massiven Dekorkugeln. Auf dem Dach steht in Gesellschaft von Schlosserinnen ein gußeiserner Arbeiter, einen Vergaserkranz wie einen Lorbeerfilter über den Kopf erhoben.

Es wurde dunkel, und ich schlenderte zurück zu den Feldern. Beim Theater hatten sich Jugendliche versammelt. Sie spielten Gitarre. Eine heisere Stimme sang: »Maj göl, maj göl, dount lA-aj tu-u mi-i, tel mi wee-E did ju sli-ip last najt.«

Es war, als würde mir siedend heißes Wasser in den Kragen rinnen. Ich blieb stehen und lauschte. Nicht mit der Stimme sang dieser Prachtkerl, mit dem Herzen, und das Herz blutete ihm.

Ich seufzte. Der Gitarrist schmetterte den Schlußakkord, und alle klatschten freundschaftlich. Sie redeten durcheinander, der Kreis löste sich auf. Die Leute traten auseinander, und plötzlich wurden die in der Mitte des Grüppchens stehenden Mädchen auf meine einsame Silhouette aufmerksam. Sie riefen etwas und winkten, ich solle zu ihnen kommen.

Ich hatte schon vergessen, mit welcher Leichtigkeit meine Wünsche manchmal in Erfüllung gehen.

»End his badi newa uos faund«, heulte der Typ und schmetterte den Schlußakkord. Alle klatschten freundschaftlich. Ich aber konnte nicht verstehen, was für Filme sich hier übereinanderlegten, als mich auf einmal das Chaos verschluckte.

8.

Ihr Name war Zimt. Wie zärtlich, nicht wahr? Ich habe es mir selbst ausgedacht, gleich nachdem ich die Augen öffnete. Zimt – Käsekuchen mit Vanille. Zimt – Kaffee mit Kardamom. Ein wirklich süßes Mädchen mit dem Namen Zimt. Es war sinnlos, ihr glauben machen zu wollen, daß mein Interesse allein ihr galt, aber das Schicksal war stärker. Und so fand ich mich in Zimts Armen wieder. Wo es warm war, und ich mich geborgen fühlte. Wenn sie mich noch wiegen könnte, wäre ich im achten Himmel (sieben ist die Zahl der Herrschaft und Ekstase, acht jene der Ruhe und Harmonie). Ich erfreue mich an ihren feuchten Lippen. Zimt sagt etwas.

»Der Kerl ist voll bekifft«, rufen von weitem die Jungen (Schreie durch Watte). »Wasser! Gebt ihm Wasser!«

Nur kein Wasser! Schhhh…eibenkleister, nur nicht auf den Hals!

Ich kann mich nicht rühren, eisiges Feuer pulsiert in meinem Körper. Ich bin jetzt schrecklich weit weg, obwohl ich mich in so erregender Nähe zu Zimt befinde. Jemand gießt Wasser über mich. Eine unerträgliche Kälte rast über meine Haut, wäscht die überflüssige Ladung von mir ab. Oh, es wird wirklich besser!

9.

Ich stand auf, dankte Zimt (ich konnte es nicht lassen, ihr die Hand zu drücken – von einem Mädchen berührt zu werden ist immer wunderbar). Ich dankte ihren Freunden, dankte dem Gitarristen, der neben seinen anderen Qualitäten auch noch nach gutem Männerparfum roch. Alle winkten mir wohlwollend nach.

Ich ging, Zimt blieb, aber vielleicht war mir noch gar nicht so gut, daß ich allein losziehen konnte. Sie blieb, folgte mir nicht, um mir den Kopf zu halten, wenn ich Nasenbluten bekomme, um mir die Prostata zu massieren, wenn alles Blut dorthin schießt.

Ist auch nicht nötig, ich massiere sie mir selbst.

Ich ging in die dunkle Nacht, in das Leuchten der Blitze.

Mir kam der Gedanke, daß niemand von ihnen je erfahren würde, wer ich bin und woher ich komme. Sie haben ihre Freundschaft, ihre Liebe, Umarmungen, Küsse, ihre Gitarre und den Duft guten Männerparfums. Ich war niemand, da war nichts und niemand hinter mir, was mich zurückhalten oder zurückholen würde. Vor mir lag nur der Tod. Ich war abkömmlich – hier, wie auch überall sonst. Was für eine seltsame Erleichterung.

Noch ein paar Sekunden spürte ich die Blicke von Zimt und einigen anderen auf mir. Dann sangen sie wieder ihre Lieder und vergaßen mich.

Und mich umhüllte die Finsternis.

10.

Ich verließ die Stadt. Über das Feld fegte ein kalter Wind. Wahrscheinlich regnete es hinter Chobotne. Der Wind kam von dort, wo es blitzte. Er roch nach feuchtem Staub. Ich beeilte mich. Auf den Feldern war es unheimlich, besonders in der Nacht. Der Wind jagte unsichtbare Ballen durch die Finsternis. Wenn sie neben mir auftauchten, ergriff mich Panik. Der Wind rollte sie zur Seite – und mir wurde leichter.

Irgendwo am Himmel zuckten Blitze, berührten die Erde nicht. Die Wolken erstrahlten weiß-braun, als entsprängen die Blitze schweren, blutdurchtränkten Bandagen.

Seit meinem Erlebnis auf dem Platz war ich extrem abwesend. Je weiter ich mich von den bewohnten Gebäuden entfernte, desto fester umhüllte mich der nächtliche Sturm.

Es schien, als tanzte die Nacht einen Jenkka* und drückte Raps und Buchweizen zu einem Teppich nieder. Ich hob ab. Der Kameramann in meinem Kopf riß die Kamera so herum, daß ich fast auf den Boden knallte. Ich verliere das Gleichgewicht, die Welt zerrinnt.

(der Wind bläst, zerrt an meiner Kapuze, dreht mein Gesicht der Zukunft entgegen)

Ich suche Halt in meinem Bewegungsapparat, bei den Knochen, den Sehnen, aber ich finde keinen, alles zerstäubt zu kleinen Tropfen, vielleicht ist im Kopf eine Stütze zu finden, aber alles, worauf ich meine Aufmerksamkeit lenke, fällt in sich zusammen, die Blitze verstärken den Effekt, ich klammere mich an etwas in meinem Kopf, aber alles entgleitet mir, es donnert, und auch die »Finger«, mit denen ich Halt gesucht habe, zersplittern auf der rutschigen Oberfläche, sogar die Augen, der Blick zerbröselt zu Myriaden von Lichtkörnchen, nicht eines davon darf man direkt ansehen, sonst zerfällt man in Tausende Teile und ROT

roter Wind bläst mir in die Augen. Ich will sie mit den Händen verdecken, es gelingt nicht. Ich bewege mich auf einer Linie vorwärts. Mein Körper ist eine schwere, gefühllose Scholle. Die Gedanken statisch und gläsern. Ich sehe den roten Wind. Es ist unbeschreiblich. Übersteigt meine Worte. Ja, sogar meine Augen. Es ist wie das Flattern einer endlosen roten Stoffbahn, fließend und flüchtig, – der lebendige, rote Wind. Er elektrisiert meine Konturen. Mein Körper zieht sich mal zu einem Punkt zusammen, mal entfaltet er sich wie eine Flagge, die im roten Wind peitscht. Ich gebe nicht auf und marschiere weiter entlang der stren-

---

* Finnischer Gesellschaftstanz (A. d. Ü.)

gen Geraden. Ich kann den Kopf nicht bewegen, kann nicht zwinkern. Der Wind drückt gegen meine Augen. Große Schwerkraft.

Meine Augen haben wieder die Fähigkeit zu unterscheiden. Es sieht aus wie Boden unter den Füßen (ich habe keine Füße, ich und die Erde, wir sind eins). Ein harter Basaltplatz. Die Assoziation mit etwas Vulkanischem. Antikem und Einfachem. Nein, nicht antik. Einfach – ja, aber nicht antik, etwas, das weniger gemütlich ist. Dafür zeitlos. Man kann die Zeit nicht fühlen. »An ihrer Stelle ist jetzt der rote Wind«, sagt mir eine unwirkliche Stimme ins Ohr. Aber das verstehe ich nicht mehr.

Tiefe Schwingungen rollen über die Erdkruste. Ich will den Blick senken – wieder vergebens. Der Blick exakt geradeaus gerichtet. Die steinige Ebene unter den Füßen flimmert im fließenden Wind. Plötzlich schält sich etwas aus dem Horizont, und ich verstehe, daß ich in Wahrheit in fernste Fernen blicke. Der rote Wind fegt jetzt auch durch meine Augen. Das tut ihnen gut, die Anspannung läßt nach. Da reiße ich mich von der Erde los und werde Teil des Stroms, leicht und durchsichtig. Jetzt sehe ich ein unirdisches Bild – von hinter dem Horizont rollt ein gigantisches Pysanka-Ei* hervor, groß wie ein Planet. Es ist mit dem Kolomyja-Muster bemalt und zweifellos lebendig. Die Größe des Pysankas erschlägt förmlich das Auge. Das Pysanka wird vom roten Wind gejagt, es rollt und hüpft schwerelos. Ein weiteres Pysanka erscheint. Unerwartet vergrößert sich mein Horizont und ich sehe eine ganze Front von Pysankas, die vom ROTEN WIND vorangetrieben werden. »DAS LAICHEN!!!« – der Gedanke verblüfft durch seine Eindeu-

---

* Pysanka: kunstvoll bemaltes Ei, das in der Ukraine traditionell zu Ostern verschenkt wird (A. d. Ü.)

tigkeit. Keine Frage, das muß Laich sein. Ich beginne zu lachen, zerplatze fast vor Lachen, aber statt normalen Gelächters höre ich einen metallischen Widerhall. Es beginnt

11.

mich hin und her zu werfen. Meine Beine zucken und trommeln auf den Boden. Das nennt man »die Ziege ist auf ein Kabel getreten«. Ich werde herumgeschleudert und brülle dabei vor Lachen.

Allmählich kann ich wieder klar hören. Da begreife ich endlich: Ich liege im Regen. Die Krämpfe und auch das Lachen lassen nach. Der Regen prasselt, ich liege am Feldweg, in einer mit Wasser gefüllten Furche. Die Oberfläche der Pfütze kocht vom Kampfangriff der Tropfen. Ich stütze mich auf Knie und Hände, das Naß prasselt auf meinen Rücken, strömt über mein Gesicht. Das Gefühl ist nicht wiederzugeben. Leute, es ist affengeil!

Der Regen bildet eine Mauer. Wäscht den Schlamm von mir, klatscht die Kleidung an meinen Körper. Mit wilden Augen starre ich um mich. Am Anfang des Weges steht ein dämmriges Wäldchen. Chobotne. Die Beine kaum hebend, schleppe ich mich ins Dorf.

12.

Am Morgen erwachte ich, als wäre nichts gewesen. Mein Körper sang vor Freude, ich sprang regelrecht aus dem Schlafsack, und genauso sprang ich durch den ganzen Tag. Ich war ein Geysir von Inspiration und Optimismus.

Abends fühlte ich mich von dieser Ekstase zwar emotional ganz leer, aber der physische Tonus blieb erstaunlich hoch. Es war, als wäre ein Klumpen Plastilin aus jedem meiner Augen geschwemmt worden: Sie strahlten von innen heraus mit kristallenem Glanz. Außerdem schien mir, als könnte ich durch die Augen genauso leicht atmen wie durch Nase und Mund. Dasselbe galt für den ganzen Körper, und im Speziellen für das Rückgrat.

Nach einem ganzen Tag Hausarbeit (ein bißchen was hatte sich angesammelt) war meine Stimmung noch immer so gehoben, daß ich tanzen wollte. Ich ging in mein Zimmer hinauf. Und in vollkommen ungestörter Stille legte ich ein Traumballett hin, mit Strecken und fließenden Bewegungen und Ausdruckskraft, wie in den Filmen über die Shaolin.

13.

So wie ein Schachspieler die Beziehungen aller Figuren auf dem Spielbrett überblickt, stellte auch ich mir das Leben als einen Satz von Wahrnehmungs-Figuren mit ihren Orts- und Zeitverhältnissen vor. Jede neue Erinnerung war mehr als nur eine simple Wahrnehmung. Wie eine neue Figur, brachte sie eine neue Kräfteverteilung ins Spiel. Und ohne etwas zu verändern, verlieh sie allen anderen Figuren meines »Ichs« eine neue Bedeutung – ausnahmslos allen.*

* Schachliebhabern schlage ich als Denkanstoß folgende Analogie vor: Das Leben ist eine Schachpartie, in der das »Ich« und die Welt aufeinandertreffen. Die Figuren der Welt sind Ereignisse und Situationen, die Figuren des »Ichs« sind Taten und Entscheidungen. Die Anzahl unserer Figuren ist begrenzt, während der Vorrat der Figuren der Welt unendlich ist. Was ist eine Niederlage in der gegebenen Analogie und wie kann man den Sieg erkennen? Welche Eigenschaften muß ein Spieler besitzen, der

Erinnert ihr euch an »es gibt immer ein erstes Mal«? Das ROTE – es passiert zu Beginn. Eine neue Figur des Gegners. Mein innerer Schachspieler war nicht imstande, sie in die vorherige Aufteilung der Kräfte einzufügen. Es verlangte tiefe Anstrengungen, die Partie, die die große, geheimnisvolle Welt und ich spielten, neu zu durchdenken. Aber, hol's der Teufel, wenn ich schon ernsthaft spiele, muß ich die Taten des Gegners auch genau unter die Lupe nehmen.

14.

Als der erste Schock vorbei war, raffte ich, wie sehr das ROTE mich inspiriert hatte. In mir war etwas gerissen, und endlich erlaubte ich mir zu glauben, daß die Erfahrung des Roten weder Traum noch Phantasie war. Denn ein Traum ist, wenn man im Bett liegt ... sich entspannt ... und nicht bum-bach-karach – eine elektrisierende, absolut fremde Überreizung die Grenzen sprengt. Jede Zelle meines Körpers erinnerte sich an das Jenseitige, den alles andere als angenehmen Aufenthalt in einer fremdartigen Umgebung.
Es war ein Schock. Aber in mir hatte sich etwas gelöst, war frei geworden. Vielleicht hatte mein unterbewußter Großmeister erkannt, wie man die Spielregeln neu deuten kann? Ein phantastisches, packendes Gefühl entstand, irgendwo zwischen berauschender Freude und kaltem Horror. Als würden sich meine kränkesten Ahnungen davon, was das Gedächtnis ist, was der Raum ist, die Zeit ... was das »Ich« ist, bewahrheiten.

auf einen solchen Gegner trifft? Welche Stimmung beeinflußt ein würdiges Spiel?

Mir kam die Ruhe abhanden. Noch ein Ruck, schien es – und ich hebe ab, gerate an eine absolute Grenze, hinter der das Innerste der Welt zum Vorschein kommt.

Mit allen Mitteln versuchte ich, in meiner Umgebung den Eindruck zu verstärken, die *Welt* sei *Illusion*, sei *unecht*. Vergebens bemühte ich mich, das Gefühl des roten Windes zu erzeugen, hoffte, das GEDÄCHTNIS würde sich erbarmen und noch einmal das Laichen der PYSANKAS zeigen. Einige Wochen lang konnte ich nicht schlafen, meine Gedanken drehten sich unwillkürlich um die geheimnisvollen Erlebnisse. Noch einen Blick DORTHIN werfen zu können, IN DAS HERZ DES GEHEIMNISSES, wurde zu meiner zehrenden Leidenschaft.

Doch all meine Pfeile verfehlten das Ziel, und Flüsse blieben Flüsse, Täler blieben Täler. Ich fühlte mich aufgeblasen, leer, ungewöhnlich normal.

15.

Verschiedenes passierte.

Ich gab mich meinen Launen hin. Verfiel in Verzweiflung. Konzentrierte mich auf meinen Verstand, strengte den Willen an und versuchte wieder, wieder und wieder, wenigstens das allerkleinste Ergebnis zu erzielen. Mir selbst beweisen, daß ich es kann, beherrsche. Und wenn ich es nicht beherrsche, werde ich es lernen.

16

Während mein Wille sich damit befaßte, den Raum zu durchbrechen, geschahen vor meiner Nase einfache, aber unerklärliche Dinge. Ein Vorfall stieß mich darauf.

Ich wartete, daß der Regen aufhören würde, um die Erdbeeren naß jäten zu können. Ich saß in der Küche am Tisch neben dem Fenster und las ein Buch über J. O. Gagarin, *Das Leben. Ein herrlicher Augenblick*. Neben mir stand ein Glas Saft.

Drei Schritte von meinem Platz entfernt stand eine Flasche mit Apfelsaft. Ich weiß nicht, wieso ich sie nicht auf den Tisch stellte, denn jedesmal, wenn ich das Glas ausgetrunken hatte, mußte ich aufstehen, mit dem Glas drei Schritte in Richtung Apfelsaft machen, das Glas füllen und an den Tisch zurückkehren. All das geschah automatisch, denn ich war mit den Gedanken irgendwo zwischen Buch und Garten.

Ich trank den Saft aus, das leere Glas stand auf dem Tisch. Ohne vom Buch aufzublicken, griff ich nach dem Glas, *hatte vergessen*, daß es leer war. Noch in der Bewegung wurde mir bewußt, daß ich nach einem leeren Gefäß griff, hob die Augen und stellte fest, daß DAS GLAS IN WIRKLICHKEIT VOLL WAR. Ich weiß nicht, wieso ein derart unbedeutender Moment mir so viel Aufmerksamkeit abverlangte. Möglicherweise hatte ich es vergessen, hatte nicht alles ausgetrunken etc. Das Einfachste Häufigste Richtigste.

Das einzige »Aber« an der Sache: Ich konnte mich genau daran erinnern, daß ich den Saft ausgetrunken hatte.

Das war die einfache Vor-Geschichte zu dem, was mich mehr alarmierte, als das Eindringen ins ROTE.

Ohne zu wissen warum, kehrte ich den ganzen Tag zu dieser in ihrem Kern mikroskopischen Konfusion zurück, die jeder andere an meiner Stelle schon lange vergessen hätte. Ich hätte sie auch liebend gern vergessen, wäre ich an der Stelle von jedem anderen gewesen, aber ich war, wer ich war, und das verbot mir zu tun, was jeder andere an meiner Stelle getan hätte.

Das Gedächtnis ließ zwei Erinnerungen heftig aufeinanderprallen. Die erste – das leere Glas. Die dritte – das volle Glas. Beim Aufeinanderprallen der Erinnerungen löste sich ein Funke. Wo ist die mittlere Szene geblieben, in der ich den Hintern vom Hocker hebe, zum Saft gehe und mein Glas fülle?

In der Nacht träumte ich die mittlere Szene und freute mich so sehr, daß ich aufwachte.

17.

Am Morgen verdichtete sich die Gewißheit, daß mein Traum tatsächlich diese verlorene und nun wiedergefundene Erinnerung war. Es zeigte sich, daß Episode II aus unbekannten Gründen nicht in den Bereich des Bewußten gelangt war.

›Gehen wir es durch‹, sagte ich beim Frühstück zu mir selbst, ›was kommt heraus? Daß Erinnerungen ihrer Bestimmung nicht folgen und unterwegs verlorengehen können?‹ Meine Phantasie skizzierte sofort das Bild einer Fabrik, in der die Rohstoffe auf einem Förderband in Werkhalle Nr. 1 befördert werden – scheinbar die Wirklichkeit, wie sie ist. In Werkhalle Nr. 1 wird der Rohstoff gestanzt und in Werkhalle Nr. 2 weiterbefördert, wo wir am Fließband sitzen. Und da stellt sich heraus, daß aus irgendeinem Grund die ganze Zeit nur ein Drittel der Menge zu uns gelangt ist. Wo ist der Rest hin, verfickte Kacke?! empören wir uns vollkommen zu Recht. Hat man uns pausenlos bestohlen?

Das ist sozusagen die wissenschaftliche Version.

Und jetzt, aus Sicht der Presse, die Boulevardversion. Verläßliche Quellen, deren Anonymität gewahrt werden soll, berichten, daß der vollständige Erinnerungszyklus – Erinnerung eins, zwei und drei – aus dem Bewußtsein hätte verschwinden müssen. Aber nur die wichtigste konnte sich meiner Aufmerksamkeit entziehen, während die erste und dritte wahrgenommen und eingefangen wurden. Gehen wir davon aus, ein Kontrollsystem der Psyche war unachtsam und ließ den Abschnitt eins und drei an die Oberfläche schlüpfen, wohl in der Hoffnung, ich würde keine Notiz davon nehmen.

Das stank nach Paranoia, als würde die Psyche Informationen vor mir verbergen u. s. w.

›Das Volk hat das Recht auf Information!‹ befahl ich dem Gedächtnis streng und ging aufs Klo. Ich hatte mich an grünen Äpfeln überfressen.

18.

Der Verstand wollte von diesem verlockenden Thema nicht ablassen, kehrte immer wieder zu ihm zurück und brachte wie ein Verbrecher jedesmal eine Beute aus der Dunkelheit mit, um im Licht zu betrachten, ob er etwas Wertvolles gestohlen hatte oder billigen Flitter.

»Wenn es eine Geschichte gibt, die du vergessen hast«, flüsterte mir der Irre zu, »wer garantiert dir dann, daß es nicht auch andere Sachen gibt, an die du dich nicht erinnern kannst?«

Ich antwortete, daß in der heutigen Zeit niemand dafür seine Hand ins Feuer legt.

»Wenn du dich an eine Ereigniskette erinnerst«, raunte die Stimme weiter, »wieso erinnerst du dich dann nicht auch an andere?«

Ich antwortete, ich würde darüber nachdenken.

Scherze hin oder her, aber am Ende des Tages schien mir tatsächlich, als »erinnerte« ich mich an bestimmte »Ereignisse«. Das wies bereits in Richtung Klinik, nannte sich »falsches Gedächtnis« und jagte mir einen Schrecken ein. Aber die Erinnerungen an sich hatten keine Schuld und bargen keinerlei gesellschaftliche Gefahren. Es schien also (ich betone, *es schien*), als »erinnerte« ich mich daran, am Tag zuvor nach Ternopil gegangen zu sein. Fast zwei Stunden bewegungslos auf der Bank neben dem Springbrunnen gesessen zu haben.

Untermauern oder widerlegen konnte ich es nicht. Als Beweis der Unmöglichkeit eines solchen »Spaziergangs« führte mein Gedächtnis die vollständige, sozusagen »reine Dokumentation« an, den »offiziellen« Ablauf des vergangenen Tages, und entkräftete jegliche Anschuldigung einer parallelen Buchführung.

Der Spaziergang war einfach nicht unterzubringen – den ganzen Tag hatte ich auf dem Dachboden Ordnung gemacht. Bis spät abends, und dann hatte ich den Müll vor dem Haus verbrannt.

Noch eine »Erinnerung« mit einem Anflug von Verrücktheit:

ich gehe die Hauptstraße der Stadt entlang, mein Bewußt-
sein wie im Fieberwahn, fast unfähig, die Kontrolle zu be-
wahren. Die Leute bemerken meinen Zustand und weichen
mir aus. So wie mich alle mustern, muß ich heruntergekom-
men sein wie der letzte Penner oder ein Geisteskranker. Die
Passanten verströmen Feindseligkeit und Angst.
Mein Alltagsbewußtsein ist zwar getrübt, meine andere
Hälfte aber ist jetzt durchsichtig und fest wie Gelatine. Mir
scheint, als wüßte ich über jeden der Passanten Bescheid, al-
les bis ins letzte Detail. Denn die Leute sind erstarrte Ge-
dächtnisbrocken. Auch ich bin Gedächtnis, gelblich-durch-
sichtiges Gelatinegedächtnis, deshalb fällt es mir leicht, das
Gedächtnis anderer zu entziffern. Etwas macht mich tau-
meln, und ich stütze mich an die kalte Wand (die in jeman-
des Gedächtnis existiert – im Gedächtnis der Menschen die-
ser Stadt). Ein Gedächtnis weiblichen Geschlechts »kommt
zu mir« und »fragt«, ob mir schlecht sei. Ich weiß, daß es
das Gedächtnis einer Kirchendienerin ist, und ich sehe, wie
sich die Erinnerung an unser Gespräch in Untertiteln ent-
faltet, jenseits der Zeit, in der vierten Dimension.
Während ich »mich unterhalte«, erinnere ich mich daran,
wie das Gedächtnis »der Frau« »aus der Stadt« »zurück-
kommt«, »wo sie sich um eine Mietwohnung bemüht hat«
(wie sich alles in unserem Leben als voneinander abhängig
entpuppt! Gigantische Konstruktionen von Zusammen-
hängen – die wir selbst erbaut haben! – nähren sich am
Leuchten unseres Gedächtnisses).
Woher ich das alles weiß? Man sieht es an der Oberfläche
ihres Gedächtnisses, aber das Gedächtnis wird minütlich
durchsichtiger, und ich kann kaum unterscheiden, ob sich

diese unsere Ereignisse wirklich zu einer Zeit, an einem Ort
zugetragen haben, ob ich wirklich durch Raum und Zeit
rede – die Erinnerungsebenen werden immer durchsichti-
ger, ergießen sich in die Tiefe, in die Spiegelperspektive
die Frau faßt mich unter und führt mich vorsichtig zu einer
Bank, die Zeit dehnt sich bis in die Unwahrscheinlichkeit,
und da geht mir auf, woher ich sie kenne – wir singen doch
im selben Kirchenchor! »*Tante Marijka*«, *brabbelt jemand*
mit meiner Stimme, mein Gott, was für ein Durst, »*ich*
bin's, Wanko!« *Wie schwer das Reden ist, sie denkt, ich bin*
betrunken. »*Ich habe nicht getrunken… das kommt nicht*
vom Wodka… nur sagen Sie's nicht… Mama…« *Aber sie*
versteht mein Brabbeln nicht, erschrickt und geht weg
ich schüttle heftig den Kopf – ich bin nicht Wanko, was ist
heute los mit mir? Halb liegend, stütze ich den Kopf an die
kalte Wand. Ein Grüppchen Halbwüchsiger geht vorbei, sie
mustern mich mit düsteren Blicken, ich kenne jeden von ih-
nen beim Namen – ich muß weg von hier
ich stakse auf ungelenken Beinen davon, je weiter ich gehe,
desto klarer wird meine Wahrnehmung, der Lärm verebbt
(als hätte das Grauen dieses Ortes meinen Rausch hervor-
gerufen). Als mir das bewußt wird, fühle ich mich glücklich
und leicht. Wind bläst mir ins Gesicht. Ich trete aus der Sei-
tengasse auf die Straße, wo die Straßenbahn fährt, ich habe
vergessen, wie diese Straße heißt…
die Erinnerung verblaßt jäh, und ich habe keine Ahnung,
was weiter war

Als ich die Erinnerung verließ, verkrampfte sich mein
Bauch schmerzhaft, Brust und Hals ebenfalls. Aber es
hörte sofort wieder auf. Mich überkam eine bedrückende
Besorgnis, wie ich sie lange nicht gespürt hatte. Ähnlich der

Unruhe, die du erlebst, wenn du nicht sicher bist, ob du das Gas in der Küche ausgemacht hast oder das Wasser abgedreht, oder ob du nicht irgendwas angestellt hast. Unsicherheit, ein Gefühl der Schutzlosigkeit.

Zum erstenmal während meiner Arbeit mit dem Gedächtnis befiel mich die Angst, daß ich mich all die Zeit in die falsche Richtung bewegt hatte und die Situation jetzt nicht mehr zu retten sei. Ich war zu weit gegangen...

19.

Am späten Abend war an Ruhe nicht mehr zu denken. Irgend etwas nagte an mir, ließ mich nicht ruhig sitzen. Ich hätte gerne mit Oma geredet, um mich abzulenken, aber sie hatte eben ihre Schlaftablette genommen. Ich überlegte, ob ich nicht dasselbe tun sollte, wagte es aber nicht.

Als ich vors Haus ging, um Luft zu schnappen, war es schon ganz dunkel. Auch das half nicht. Mein Puls wurde schneller. Kurze Panikattacken und Erinnerungsfetzen aus einem Leben, das ich nicht gelebt habe:

– *aus einer schattigen Gasse trete ich in die grelle Sonne, auf eine Straße, wo die Straßenbahn fährt. Ich hab's wieder, es ist die Doroschenko Straße. Mein Bewußtsein ist gedämpft, ich spüre einen dumpfen Schmerz im Unterbauch, auf Höhe der Harnblase. Ein bärtiger Bursche mit jüdischem Aussehen spricht mich mit meinem Namen an, er spricht russisch, mit Moskauer Akzent. Sagt, ich soll den Mund zumachen, in den Laden gehen und helfen, die Fenster zu putzen.*

– *ich bin im Laden, der Boden ist mit schönen grauen Kacheln ausgelegt. An den Wänden – auch sie sind grau, aber in einem anderen Ton – hängen große Kunstfotografien von*

Lemberg. Ich erkenne fast alle Orte. Das Interieur des La-
dens wird von zwei Farben dominiert – grau und rot.
Schön. Leichte Berauschtheit in meinem Kopf, aber im gro-
ßen und ganzen Klarheit, ein Hochgefühl.
– Menschen, viele Menschen. Mir wird übel, denn ich ver-
stehe, daß ich über jeden Menschen Bescheid weiß, wieder
sehe ich die glatte Oberfläche ihres Gedächtnisses, wieder
schimmert die Tiefe aus spiegelhafter Dunkelheit hervor.
Zu viele Menschen, zu viele Gefühle (schwere Emotionen,
massig Unrat), ich taumele

Ich war in kalten Schweiß gebadet. Wischte mir mit den
Händen übers Gesicht. Es war Nacht, und mir wurde noch
übler. Ein Gefühl wie bei einer Vergiftung. Die Muskeln
zittern, du bist ganz unsicher auf den Beinen. Ich versuchte, tief zu atmen wie beim Turnunterricht, aber mir
wurde so bang, daß ich mich mitten im Hof hinsetzte, und
alles, was ich von mir geben konnte, war ein jämmerliches
»Mama!«. Ich verspürte ein heftiges Stechen im Bauch, für
eine Sekunde wurde mir schwarz vor den Augen.
›Das war's‹, ich erstarrte. ›Jetzt geb ich den Löffel ab.‹
Meine Eingeweide krampften sich zusammen, und ich lief
im Trippelschritt aufs Klo, kackte mich fast an, lachte dabei
und verschmierte die Tränen auf meinem Gesicht. Ich
schaffte es kaum, meine Hosen runterzulassen und mich zu
setzen, dann sah ich, wie sich die Welt entfernte.
Es kam näher. Wie ein schwerer Knödel setzte sich mein
Herz in der Kehle fest. Verdammt, ich sterbe wirklich!
Plötzlich bemerke ich, daß die Zeit nicht mehr in Minuten, sondern in Sekunden vergeht. Von gräßlichen Darm-
krämpfen geplagt, denke ich: ›Soll ich wirklich so sterben?
Auf dem Klo, umgeben von Fliegen? Soll ich wirklich

sterben, während ein Strahl flüssige Scheiße aus mir herausschießt, weil ich mich an grünen Äpfeln überfressen habe, ohne zu ahnen, daß ich am nächsten Tag daran STERBE?‹

WERDE ICH WIRKLICH EINFACH SO STERBEN?
Ich sitze mit heruntergelassenen Hosen auf der Klobrille und habe nicht einmal mehr die Kraft, die Toilettentür zu schließen, das Fieber schüttelt mich, aus meinem Körper ergießt sich eine stinkende, infektiöse Suppe, und ich kann nicht glauben, daß ich einfach so sterbe, *einfach so* – ohne Vorwarnung, ohne Prunk, niemand hat mir gesagt, daß ich in einer vollgekackten Toilette krepieren werde, mit warmer Scheiße am Hintern, ohne die geringste Würde, wieso habt ihr Hurensöhne mich nicht gewarnt, daß alles so schnell vorbeigeht? Warum habt ihr nicht gesagt, daß der Tod so dreckig ist, ohne Glanz und Ehre, dafür inmitten von Scheiße und Pisse? Warum habt ihr mir das verschwiegen, Papa und Mama?
Kälte durchströmt meinen Körper. Ich kann nicht atmen. Die Beine zappeln – laßt mich atmen –, ich falle, mein Körper in Krämpfen, ich habe nichts, um meine Lungen zu füllen, ich ziehe Luft ein, aber sie ist wie Papier, – laßt mich atmen, ihr Faschisten ... In der Dunkelheit leuchten die weiß gekalkten Bäume, aber sie schenken mir weder Mitgefühl noch Unterstützung,
wenigstens noch ein Atemzug

Sechstes Kapitel

Im »Offenen Café«. Gagarin

1.

»Vergessen, wie man atmet?« fragt mich ein Mann.

Ich bin blau im Gesicht, bewege den Mund wie ein Fisch am Ufer, meine Brust ist gelähmt, die Kehle eng, der Bauch hart wie Beton. Mein Rücken wölbt sich unter dem Druck zu einem Bogen.

»Streng dich an! Preß alles heraus! Komm schon, da mußt du durch!« Der Mann massiert mir die verhärteten Muskeln am Hals. Ich stehe in der Brücke, auf Hinterkopf und Fersen, die verkrampften Finger abgespreizt wie trockene Wurzeln.

Mein Körper biegt sich noch stärker durch, mir ist, als würden jetzt entweder die Muskeln von den Knochen abreißen oder die Knochen zu Staub zerbröseln. KLATSCH! Heiße Wellen schlagen durch mich hindurch, mit einem Pfeifen dringt Luft in meine Lunge. Ich werde weicher, zerlaufe wie eine schwerelose Flüssigkeit auf dem Boden. Mein Gott, wie leicht mir ist, wie leicht und heiß! Ich bin wie aus Flammen gewebt.

Der Mann hilft mir aufzustehen.

»Na? Weißt du's wieder?«

Ich schüttle den Kopf. Mit Verspätung erreicht mich der Inhalt seiner Frage: *Weiß ich wieder, wer ich bin?*

»Weißt du noch, wie ich heiße?«

Ich bin vollkommen entspannt.

»Ja, du bist Jura.«

»Und was vorher war, weißt du noch?«

Ich bin vollkommen entspannt.

»Ich weiß es nicht.«

»Streng dich an.«

»Ich weiß es nicht. Herrgott noch mal! Ich weiß es nicht!«

»Ruhig, ganz ruhig, bleib liegen«, Jura legt mich auf den Boden. »Erinnere dich, was vor zwanzig Sekunden war.«

Ich denke nach, aber da sind keine Gedanken. Neben mir ist ein umgefallener Hocker. Ein Tisch. Ein paar Lampen mit ungewöhnlichen Blechschirmen. Über eine Treppe kommt man zur Bar hinunter.

Und da, Halleluja, Halleluja, erinnerte ich mich!

»Ich hab's wieder. Wir haben gemeinsam an diesem Tisch gesessen. Richtig?«

Jura schweigt, blickt mich durch seine verdunkelte, flieder-farbene Brille an.

»Haben am Tisch gesessen und geredet. Ich habe dir von meinem Gedächtnis erzählt. Und dann hast du mir was ge-sagt ... oder gezeigt, und ich bin vom Hocker gefallen.«

Jura lächelte.

»Wo sind wir jetzt?«

»In Lemberg. Im ›Offenen Café‹.«

»Welches Jahr haben wir?«

»Zweitausenddrei.«

»Und meinen Nachnamen, weißt du den noch?«

»Ja, Gagarin.«

Jura gab mir Feuer. Wir hatten auch davor viel geraucht: auf dem roten, quadratischen Tisch stand ein randvoller Aschenbecher. Es lief ruhige Musik, wahrscheinlich Sting. Jura schwieg. In meinem Kopf dröhnte die Stille.

»Ruh dich ein bißchen aus. Stell in deinem Gedächtnis die Abfolge der Ereignisse wieder her«, riet Gagarin. »Das hilft dir, auf den Damm zu kommen. Und dann zeige ich dir was.«

Ich nickte. Die Hitze in meinem Körper ließ nach, ich beruhigte mich langsam wieder. Der Rauch verlieh mir irgendwie Form. Ich versuchte, mich zu erinnern. Wo beginnen? Wahrscheinlich damit, wie ich ins »Offene« gekommen bin.

Das Gedächtnis flüsterte mir, daß ich letzten Sommer nach Lemberg gekommen war und mein Ziel sofort erreicht hatte – ich suchte Arbeit. Mich erwartete ein lauschiges Plätzchen in einem Buchladen-Café, das kurz vor der Eröffnung stand. Die Einrichtung war als Privatunternehmen »Offenes« registriert. Der Name kam daher, daß das »Offene Café« wohl das einzige Kaffeehaus der Stadt sein würde (und der einzige Buchladen ganz bestimmt), das nonstop geöffnet hatte.

Im Café lernte ich neben dem übrigen Personal auch Jurko, alias DJ *GAGARIN*, kennen. Damals tauchte auch dieses Mädchen auf, mit einem Namen wie aus dem Traum eines betrunkenen Lemken, Gott vergeb's. Von ihr will ich erzählen.

2.

Schon bei der Eröffnung des Cafés wurde ich auf sie aufmerksam, das war Anfang Juni 2003.

Die Abfolge meiner Reaktionen war folgende. Zuerst mein unbestrittenes Interesse für Überdurchschnittliches und

Markantes – ihre Gestalt hob sich von der Masse ab. Sie war eine ziemlich große, schlanke junge Frau in weitem Plisseeröckchen mit Hosenträgern und leichtem Trägertop. Um den Hals trug sie eine schwere Halskette in volkstümlichem Stil, die mir lustig und unpassend erschien. Das Mädel trieb sich zwischen den Gästen herum und filmte mit einer Digitalkamera. Plötzlich bemerkte ich, daß sie in Wahrheit *außerordentlich gut* gekleidet war (obwohl ich mich mit Klamotten nicht besonders auskenne, mit Frauenklamotten schon gar nicht). Aber hier war sofort klar, daß hinter der Nachlässigkeit und dem Eklektizismus eine Strategie stand, – daß alles Qualität und Stil hatte, mutig und geschmackvoll war. Kurz: *perfect*.

Darum war meine erste Reaktion ein kurzer Augenblick ästhetischer Zufriedenheit. Genau in diesem Moment schaute das Mädchen zu mir! Stur wandte ich den Blick nicht ab, was ihr anscheinend gefiel. Zumindest wechselten wir danach, ohne miteinander zu sprechen, noch ein paar Blicke. Aber dann errötete sie aus irgendeinem Grund, begann herumzukaspern, Freundinnen am Ärmel zu ziehen, sie zu fotografieren, und versteckte sich dabei hinter dem Objektiv. ›Ziege‹, dachte ich irritiert. Das war die zweite Reaktion.

Für das selbstverliebte Lemberg war die Einrichtung eines russischen Buchladens ein beinahe skandalöses Ereignis. Der Moskauer Investor, ein berühmter Philologe mit dem bezeichnenden Namen Isakowitsch, eröffnete direkt im Zentrum des Galizischen Piemont – auf der Hauptstraße der Fürstenstadt! zwanzig Meter vom Schewtschenko-Denkmal! – ein Buchladen-Café, wo er ausschließlich – Mamma mia! – russischsprachige – oj-joj-joj! – Literatur –

schrecklich! – philologischer – um Himmels willen! –
Fachrichtung verkaufen wollte! O weh, das war's! Ban-
dera, stirb! Die Russifizierung ist im Vormarsch!

Die erste Reaktion der Lemberger war derart feindselig,
daß die Light-Box mit dem »chauvinistischen« Namen
»Russkaja kniga« innerhalb weniger Stunden gegen das
neutrale »Offenes Café« ausgetauscht wurde.

Ich war nur Kellner und verfolgte diesen Schwachsinn mit
Unverständnis und echtem Mitgefühl. Und später hatte ich
zuviel Arbeit, mich um Dinge zu sorgen, um die sich unsere
jungen Moskauer Manager hätten sorgen können und sollen.

Bei der Eröffnung kamen scharenweise Menschen in das
nicht allzu große Café: der Moskauer Besitzer und seine
Frau, der Vorsitzende des russischen Kulturzentrums, russischsprachige Dichter u. s. w. Zusammen mit den anderen
eilte ich zwischen den Tischen und der Bar hin und her,
brachte den Gästen gefüllte Pfannkuchen und Wein. An
diesem Tag war es auch noch richtig heiß. Es wurde ordentlich stickig im Café, und das Publikum erwies sich als so
arrogant, daß ich bald die Schnauze voll hatte. Zu den Aufgaben eines Kellners zählt an erster Stelle die Unsichtbar-
keit, daran war ich nicht gewöhnt.

Irgendwie ergab es sich, daß ich dieses Mädchen ständig
vor meiner Nase hatte. Überall traf ich auf ihre braunen
Augen.

Gegen Abend brachen die meisten Leute auf. Die Beleuchtung ging an, die Musik wurde aufgedreht. Zurück blieb
nur die in Nationalfragen liberale Lemberger Jugend, jene
also, für die das Lokal gedacht war: »Party«-Boys und
-Girls, junge Intellektuelle, »fortschrittliche« DJs und andere selbständig denkende, gut verdienende Kundschaft.

Der letzte Punkt war ein Muß – die Preise im Café waren zwar nicht so hoch wie in der Hauptstadt, aber doch höher als in Lemberg üblich. Es lief Musik, man trank Bier und unterhielt sich. Bei den Verkäuferinnen in der Buchabteilung klingelten die Kassen. Und sie...

Sie irritierte mich den ganzen Abend. Weil sie sich mit ihrer sündhaft teuren Kamera überall dazwischenzwängte, weil sie in ihrem edlen Kleid Runden drehte wie die Ballkönigin, im klaren Bewußtsein, welchen Glamour sie verbreitete. Was ich noch nicht erwähnt habe: Sie war von einem fast puppenhaften, fremdländischen Glanz umgeben. Man sah es sofort – das Püppchen war nicht von hier. Sie stand im Mittelpunkt des Geschehens. Sogar unser junger Moskauer Direktor, Grischa Ochotin, hatte sich schon mit ihr unterhalten und ihre Koordinaten notiert.

Besonders wild wurde ich, als ich bemerkte, wie sich das Mädel an einen jungen Typen aus einer Gruppe gutangezogener Brillenträger hängte. Sie hörte auf, mir Blicke zuzuwerfen, statt dessen schmiegte sie ihre Wange an seine Schulter. Der junge Typ, an dessen Hals sie hing, registrierte ihre Zuwendung mit einer gewissen Herablassung. In regelmäßigen Abständen klinkte er sich aus dem Gespräch mit seinen Freunden aus, um ihr einen lautstarken Kuß zu geben. Das Mädchen warf dabei den Kopf zurück und wieherte laut, ihre Kamera schwang sie »über die Schulter«, als wäre sie eine coole Foto-Künstlerin.

Ich vermute, sie war einfach betrunken.

3.

Erst Mitte September sah ich sie wieder.

Nach ein paar aggressiven Ausfällen gegen uns überließen die biederen Lemberger (deren Konservativismus an Xenophobie grenzte) das Café den Teenagern zum Auseinandernehmen (deren Autonomie an die Grenzen des Strafgesetzes reichte).

Bald zählten intellektuell engagierte ukrainische Freaks und nicht ideologisch engagierte russische Intellektuelle zu unserer Hauptklientel – zwei oppositionelle Lager. Die einen konnten das Café und die Buchhandlung aufgrund ihrer finanziellen Lage nicht mit regelmäßigen Einkünften versorgen, die anderen weigerten sich aus ästhetischen Überlegungen, ihre persönlichen Ersparnisse dort auszugeben, wo sie die Lebensaktivität der ersteren auch nur witterten (penible Weicheier). Hier lag der Systemfehler, der zum Niedergang des Projektes »Russkaja kniga« führte. Das, was zur Zeit der Eröffnung toll ausgesehen hatte, erwies sich im Alltag als nicht profitabel. Bei uns kamen krasse Typen zusammen, die meisten aber waren minder bemittelt.

Das Café war zu dieser Zeit – wir sprechen von Mitte September – nicht nur Buchladen, sondern auch Einrichtung der Volksspeisung. Die düsteren Assoziationen mit dem Wort »Volksspeisung«, die das Bild einer spätsowjetischen Mensa hervorrufen, drohten unserem Café nicht.

Zu Preisen, die für Lemberg eher unüblich waren, bekam man hier erlesene Speisen.

Omelette mit getrockneten Aprikosen und Nüssen (wurde meiner Erinnerung nach nie bestellt). Carpaccio aus Kalbsfleisch (verlieh der Speisekarte Pomp, man konnte es aber nicht bestellen, denn Grischa hatte vergessen, eine Schneidemaschine zu kaufen, und jetzt reichte das Geld dafür nicht mehr). Finnische Lachssuppe (die unser Chefkoch Mychajlo von einem Finnen gelernt hatte), eine wunderbare Speise, die aber nur vier Leute probierten, ich und unser Chef Grischa eingeschlossen. Vielleicht war sie zu teuer. Huhn auf Königinart, Mychajlos Lieblingsspeise ... Wenn ich daran denke, tut mir das Herz weh. Fleischrouladen mit Dörrpflaumen – auch phantastisch. Dann gab es noch Klubsandwiches, Salate (besondere Bedeutung erlangte der Salat mit Huhn und Ananas), und als Dessert Pfannkuchen, verschieden gefüllt, sie wurden oft bestellt. Nummer eins unter den Süßspeisen war aber der französische Kuchen von Nadja. Sie war eine dicke Freundin von Mychajlo und einfach eine gute Seele.

Ich wurde damals – noch im September – vom Assistenten des Hausmeisters zum Assistenten des Barkeepers befördert. Der Hausmeister war ein zwei Meter großer Punk mit Spitznamen Sniper. Der Barkeeper ein maulfauler Typ mit dunkler Brille und dem Spitznamen Gagarin. Er kannte viele Lemberger DJs und legte auch selbst gelegentlich auf, wenn man ihn bat. Einer seiner DJ-Brüder – Igel, alias DJ THORNY – löste Gagarin später hinter der Bar ab. Die Barkeeper wechselten oft, genau wie die Geschäftsführer. Beide prägten das Image des Ladens. Barkeeper sind das Sichtbare, das Gesicht eines Ladens, die Geschäftsführer sein Stil, sein Herz.

Auf einen Geschäftsführer kamen durchschnittlich anderthalb bis zwei Barkeeper. Betrachtete man die dynamische Entwicklung, hatten wir 1,3 Barkeeper pro Monat. Als ich Kellner wurde, entdeckte ich meine mathematische Begabung.

Wir richteten zwei Räume ein – einen grauen mit Fotos an den Wänden, dort wurden die Bücher verkauft, und einen im Ziegel-Look mit Tischen, eine Art Küchen-Bar. In jedem Raum gab es ein Team und eine Kasse. Der Bücherbereich hatte rund um die Uhr geöffnet, und am Computer saß immer einer der Verkäufer.

Nachts wurde der Küchenbetrieb eingeschränkt – mit Ausnahme der stürmischen Wochenenden: Damals hatten wir noch massenhaft Gäste und ein paar Hände zusätzlich waren immer gefragt.

Gagarin und ich wohnten gleich beim Café, in dem zur Hälfte renovierten Keller. Manchmal leistete uns auch der Kellner Danylo, Sohn des Kosmos (das heißt, von Kosma, einem alten Lemberger Hippie), Gesellschaft. Danylo war Dichter und Künstler, außerdem Chemiker und Kräuterkenner. Oft übernachteten Danylos Freunde bei uns im Keller, ohne Sippe, ohne Namen, durch und durch Söhne des Kosmos, wie auch Gagarin und ich.

Der Biorhythmus (und der dementsprechend angepaßte Schichtplan) von Dan und mir war gegenphasig – wenn der Sohn des Kosmos schlafen ging, rieb ich mir die Augen und ging zur Schicht. In so einer Atmosphäre zu leben war lustig und, wie man sagt, »affengeil«. Auf dem Café-Klo rasierten wir uns der Reihe nach, und in regelmäßigen Abständen durften wir bei einer von Danylos Freundinnen duschen.

4.

Ein paar Worte über Gagarin. Er war perfekt gebaut, sowohl in physischer als auch in psychischer Hinsicht. Und das zählte viel, auch wenn man es nicht gleich bemerkte – reine Haut, klare Augen, seine Kleidung, die Gestik – alles war rein, frei von Überflüssigem: von überflüssiger Hektik, überflüssiger Besorgnis, überflüssigen Urteilen. Ein in sich ruhender Mensch. Irgendwann hatte Gagarin sein Glück in der Raumfahrt gesucht, woher er außer einem Fiasko und ungewöhnlichen Angewohnheiten auch seinen Spitznamen hatte. Man braucht nur einen Blick auf ihn zu werfen – und wirklich, aus solchem Stoff sind Kosmonauten gemacht. Er wurde nicht genommen, weil er zu groß war.

Bevor wir uns kennenlernten, hielt ich mich für einen ansehnlichen Kerl – muskulös, männlich, bescheiden und talentiert. Aber neben Jurko sah ich aus wie ein Rotzbengel in vollgekackten Hosen. Meine Schwächen wucherten wie häßliche Geschwüre, er hingegen war glatt und vollkommen. Nichts Überflüssiges. Keine Risse, Falten oder Schweißnähte. Aus einem Guß.

Er war der erste Mensch, dem ich von meinem Gedächtnis erzählte.

5.

Von allen Mitarbeitern des Cafés sprang er als erstes ins Auge. Wie die ausländische Tussi mit Fotoapparat bei der Eröffnung verfügte er über eine natürliche Anziehungskraft. Gagarin war ungewöhnlich schweigsam, weswegen man im Team eine Zeitlang geteilter Meinung über ihn war. Aber der bedächtige, genaue Juri machte seine Sache gut – auch wenn er sie schweigend machte. Und wenn schon, um so besser für uns. Außerdem sah er mit seiner dunklen Sonnenbrille hinter der Bar mordsmäßig stylisch aus.

Auch ich durchschaute seinen Trick anfangs nicht – den Trick zu schweigen. Aber mit der Zeit gefiel es mir. In Gagarins Anwesenheit fühlte ich mich ungezwungen, ganz anders als sonst in Gesprächen mit Leuten, die man kaum kennt, und in deren Gegenwart man sich an unzählige kleine, tückische Konventionen zu halten versucht. Es war wirklich eigenartig. Wir arbeiteten gerade mal zwei, drei Tage zusammen, und schon hatte sich ein angenehmes Einverständnis zwischen uns eingestellt. Da wir kraftraubende Kleinkriege mieden, gelangten wir unmittelbar zur Verständigungsebene *homo sapiens – homo sapiens*.

Es gefiel mir, mit ihm hinaus auf die Krywa Lypa Gasse rauchen zu gehen: bei jedem Wetter, zu jeder Tageszeit, denn in seiner Anwesenheit erschien der eintönige Regen im Morgengrau plötzlich besonders ... Einzigartig.

Es war gut, morgens mit ihm Kaffee zu trinken, schweigend, was jede Geste zu einem Zeichen, jedes Detail zu etwas Besonderem machte. Ich hörte von ihm nie Floskeln wie »natürlich«, »selbstverständlich«, »offensichtlich« – jedesmal, wenn solche Wörter hätten kommen müssen, schwieg er, als nähme er sich die Zeit, zu sehen, *wie es ist*, und nicht: *wer was denkt*. Er gab den einzigartigen Dingen die Möglichkeit, einzigartig zu bleiben.

Wir redeten nicht, warfen uns nur Blicke zu – und es schien, als würde Gagarin mir durch seine Haltung, seine Bewegungen, seinen tiefen, gleichmäßigen Atem sagen: *Ganz ruhig, laß los. Sei vorsichtig, paß auf dich auf.*

Solange er neben mir arbeitete, fühlte ich mich sicher.

Genau deshalb war Gagarin der erste Mensch, der von meinem phänomenalen Gedächtnis erfuhr.

Es war Abend, besser gesagt Nacht. Die Nacht wurde zu meiner liebsten Tageszeit. Nach Mitternacht sank die Besucherzahl auf vier, fünf Leute, die ruhig an ihren Tischchen saßen, Bier tranken und viel rauchten. Das wurde zum Markenzeichen des »Offenen«: verrauchte Räume, Qualm, in dem kaum etwas zu erkennen war. Aus irgendeinem Grund ist mir die Musik in Erinnerung geblieben, zwei Lieder im speziellen. *Little Alien* von Sting und von Pjatnizza: »Ich bin Soldat... Ich hab nicht geschlafen fünf Jahre lang, hab Ringe unter den Augen, hab's selbst nicht gesehen, aber man hat es mir so gesagt...«.

Das wurde nonstop gespielt. Gab die Richtung vor. Das, wonach die durchrauchten Septembernächte inmitten der verschlafenen Stadt rochen.

Zwischen eins und fünf war die geilste Zeit, die Kellnerinnen an der Bar flirten matt mit den letzten Besuchern. Serhij, der gutmütige Securitymann mit dem Gesicht eines intelligenten Bloodhounds, liest ein Buch von Iskander. Vom Balkon über der Bar kann man sehen, wie einer der Verkäufer in der Buchabteilung über dem Bestellheft döst, der Screensaver »Rohre« zerschneidet den Bildschirm, und der auf »Loop« gestellte Mediaplayer spielt wieder und wieder: »Ich bin Soldat, und ich hab keinen Kopf, abgeschlagen haben sie ihn mir mit den Stiefeln...«

In einer solchen Atmosphäre saßen Gagarin und ich im ersten Stock, den Rücken ans Balkongeländer gelehnt, die Beine auf einem grauen, quadratischen Tisch. Zwischen uns stand ein Hocker, ebenfalls grau, auf dem Hocker ein überquellender Aschenbecher. Wir rauchten eine nach der anderen.

Meine Schicht würde bis sieben Uhr früh dauern, Gagarin hatte schon seit elf frei. Aber er geht nirgends hin – wohin auch, wenn alle Sachen, einschließlich Schlafsack, einen Stock tiefer im Keller liegen? Straße für Straße trat die Stadt ein in einen Traum. Auch ich geriet in einen traumartigen Zustand – die Welt wurde behaglich und klein, als hörte alles, was außerhalb des Blickfelds lag, auf zu existieren und tauchte erst unter meinem Blick wieder auf. Die Leute im Café hatten sich aufeinander eingestimmt, das war an der entspannten Tonart, dem Tempo, an der Lakonie der Gesten zu spüren. Für kurze Zeit wurden wir zu einem einzigen synchronisierten Organismus, zu einem behaglichen Bewußtsein. Gagarin erlebte das auch so, vielleicht hatte er es sogar in Gang gebracht.

Die Spontaneität des Moments nutzend, begann ich Gagarin von meinem Gedächtnis zu erzählen. Als betrachtete ich mich von außen. Ich erzählte von seiner Genauigkeit, seinem Umfang, von der Fähigkeit, mich lebhaft an Ereignisse zu erinnern. Ich erzählte sogar von dem, was ich »nicht-irdische Erinnerungen« nannte. Mir fiel es schwer, zu beschreiben, wie grundlegend sich meine Wahrnehmung der Welt in letzter Zeit verändert hatte. Aber Gagarin nickte, als verstehe er meine Schwierigkeiten voll und ganz. Sonderbar, dachte ich, in mir hat sich so viel angesammelt, das ich erzählen muß... aber faktisch brauchte ich nicht mehr als fünfzehn Minuten dafür.

Die ganze Zeit saß Gagarin schweigend da, nickte nur mit dem Kopf. Ich hatte nicht wirklich damit gerechnet, daß er seine Gefühle zum Ausdruck bringen würde, – aber irgendein Kommentar mußte doch kommen!

Als hätte er meine Gedanken gelesen, sagte Gagarin:

»Da gibt es nichts zu sagen. Man muß es sehen. Willst du einen Blick werfen?«

»Wohin?«

»Ins Gedächtnis. Hast du nie probiert, es nicht als Hindernis zu sehen, sondern als Transportmittel?«

»Wie soll ich das verstehen?«

Er richtete sich auf seinem Hocker auf und bat mich, dasselbe zu tun.

»Atme in den Bauch. Atme oft.«

Ich folgte seinen Anweisungen. Jura stand auf und trat von hinten an mich heran, faßte mir mit den Armen unter die Achseln. Er lockerte meine Schultern ein wenig, half ihnen, sich zu entspannen. Ich spürte, wie eine hypnotische Wärme von seinen Händen in mich strömte.

»Bei drei atme ein und halt die Luft an.«

Weiterhin tief durch den Mund Luft holend, nickte ich kaum merklich mit dem Kopf. Mir wurde schwindlig.

»Eins... zwei... drei...«, er drückte mit seinen Armen meinen Brustkorb zusammen.

Das nächste, was ich spürte, war das Explodieren einer elektrisierten Dunkelheit.

»Vergessen, wie man atmet?« fragte ein Mann.

Ich bin wie ein Fisch am Ufer, meine Brust ist gelähmt, die Kehle eng, der Bauch hart wie Beton. Mein Rücken biegt sich unter dem Druck zu einem Bogen.

»Streng dich an! Preß alles heraus! Komm schon, da mußt du durch!« Der Mann massiert mir die verhärteten Muskeln am Hals.

Mein Körper biegt sich noch stärker durch, mir ist, als würden jetzt entweder die Muskeln von den Knochen abreißen, oder die Knochen zu Staub zerbröseln. KLATSCH! Heiße Wellen schlagen durch mich hindurch, mit einem Pfeifen dringt Luft in meine Lunge. Ich werde weicher, zerlaufe wie eine schwerelose Flüssigkeit auf dem Boden.

Mein Gott, wie leicht mir ist, wie leicht und heiß! Ich bin wie aus Flammen gewebt.

Der Mann hilft mir aufzustehen.

»Na? Weißt du's wieder?«

Ich schüttle den Kopf. Mit Verspätung erreicht mich der Inhalt seiner Frage: *Weiß ich wieder, wer ich bin?*

»Weißt du noch, wie ich heiße?«

Ich bin vollkommen entspannt.

»Ja, du bist Jura.«

»Und was vorher war, weißt du noch?«

Ich bin vollkommen entspannt.

»Ich weiß es nicht.«

»Streng dich an.«

»Ich weiß es nicht. Herrgott noch mal! Ich weiß es nicht!«

»Ruhig, ganz ruhig, bleib liegen«, Jura legt mich auf den Boden. »Erinnere dich, was vor zwanzig Sekunden war.«

Ich denke nach, aber da sind keine Gedanken. Neben mir ist ein umgefallener Hocker. Ein Tisch. Ein paar Lampen mit ungewöhnlichen Blechschirmen. Über eine Treppe kommt man zur Bar hinunter.

Und da, Halleluja, Halleluja, erinnerte ich mich!

»Ich hab's wieder. Wir haben gemeinsam an diesem Tisch gesessen. Richtig?«

Jura schweigt, blickt mich durch seine verdunkelte, flieder-farbene Brille an. Er schien leicht enttäuscht zu sein.

»Haben am Tisch gesessen und geredet. Ich habe dir von meinem Gedächtnis erzählt. Und dann hast du mir was ge-sagt ... oder gezeigt, und ich bin vom Hocker gefallen.«

Jura lächelte und die Enttäuschung verschwand.

»Wo sind wir jetzt?«

»In Lemberg. Im ›Offenen Café‹.«

»Welches Jahr haben wir?«

»Zweitausenddrei.«

»Und meinen Nachnamen, weißt du den noch?«

»Ja, Gagarin.«

Jura gab mir Feuer. Vom Nikotin fühlte ich mich gleich besser. Der Körper wurde wieder mein Körper... und nicht... ein Fetzen Gedächtnis oder so etwas Ähnliches. Gagarin sagte, es würde sofort besser, wir müßten einfach nur ein bißchen sitzen bleiben und rauchen. Das sollte meinen ursprünglichen Zustand wiederherstellen.

So schließt sich der Kreis meiner Erinnerungen an das Café. Gagarin hatte sich nicht geirrt – ich fühlte mich nun tatsächlich wieder wie ich selbst, nur leichter und freier. Wenn auch schrecklich müde. Ich schaute auf die Uhr: gleich halb drei. Mir fielen die Augen zu.

»Ist es wahr«, fragte ich, »daß ihr in dem Kurs gelernt habt, wie man sich in zwei Stunden ausschläft?«

Gagarin nickte und starrte weiter geradeaus.

»Theta-Rhythmen«, sagte er. »Sie sind für den Tiefschlaf ohne Träume zuständig. Wenn du lernst, deine Theta-Rhythmen im Gehirn zu kontrollieren, kannst du den Blitzschlaf finden. Man kann seine Kräfte in nur vierzig Minuten regenerieren.«

»Und wie kann man die Theta-Rhythmen kontrollieren?«

Gagarin schwieg, lachte dann.

»Wenn du in einem traumlosen Schlaf ein klares Bewußtsein bewahren kannst, dann hast du sie. Die Kontrolle über die Theta-Rhythmen. Aber das erfordert Übung und die Kenntnis spezieller Techniken. Die biologische Rückkopplung, kurz gesagt.«

»Bring's mir bei«, sagte ich leichtfertig.

»Wozu brauchst du das?«

»Ich will meine Kräfte in vierzig Minuten erneuern.«

»Und was wirst du mit der restlichen Zeit machen?«

Ich brummte. Wir saßen noch einige Zeit schweigend da und rauchten. Gagarin rauchte viel, und um ihm Gesellschaft zu leisten, begann auch ich zu qualmen wie eine Dampflok.

»Da ist mehr als nur Technik«, begann Gagarin, als würde er einen Gedanken fortführen. »Etwas Wichtigeres als die Theta-Rhythmen.«

»Was genau?« Ich begriff nicht, worauf er hinauswollte.

»Das einzige, wofür man die Theta-Rhythmen braucht. Wenn du nicht weißt, wovon ich rede, ist der Rest nur ein Haufen Gerümpel.«

Einen Augenblick lang fühlte ich mich gekränkt – wie konnte er sehen, ob ich weiß, wovon er spricht?

»Dann prüf mich eben«, sagte ich.

Er hob die Augenbrauen.

»Okay. Stell dir vor, du bist unsterblich. Und allmächtig. Die Frage ist: Was wirst du die ganze Zeit tun?«

Ich lachte: »Elementar, Watson.« Gagarin beobachtete mich und lachte vor sich hin. Ich betrachtete mein Spiegelbild in seiner rechteckigen Sonnenbrille und sah einen Menschen, der zusehends verlorener aussah. Gagarin lachte wieder.

Sein griechisches Gesicht erinnerte an ein Stück Bronze, plastisch und hart zugleich. Die modische fliederfarbene Brille half nicht, ich wurde den Eindruck nicht los, seine Augen würden von innen heraus leuchten.

»Muß ich fragen, ob das eine rhetorische Frage ist?« versuchte ich mich herauszuwinden.

»Ich teste deine coolness«, sagte er und verschränkte die

Arme über der Brust, die Hand mit der Zigarette legte er obenauf. Der Zigarettenrauch zog schöne weiße Fäden. Ihre Veränderlichkeit verzauberte mich und rief mir etwas in Erinnerung, das ich zum falschen Zeitpunkt vergessen hatte.

Ein paar Minuten blieben wir noch sitzen, sahen einander an. Natürlich war Gagarin im Vorteil, mit seiner Brille konnte er andere so lange ansehen, wie er wollte.

Da faßte ich mich wieder:

»Ich weiß! Wäre ich unsterblich und allmächtig, würde ich meine ganze Zeit und Kraft dafür aufwenden, einen Ausweg aus dieser Situation zu finden!«

Gagarin beugte sich zu mir und klopfte mir auf die Schulter.

Dann fuhr er fort:

»Deine Metapher hat mich neugierig gemacht. Du hast wortwörtlich gesagt, daß die Wirklichkeit eine Ansammlung von Erinnerungsbildern ist, unter denen wir leben. Es gibt individuelle Erinnerungen, und es gibt kollektive Erinnerungen...«

»Erinnerungsbilder und Erinnerungskarten!« lebte ich auf und wiederholte die eigenen Begriffe. »Die letzte Gemeinsamkeit aller Menschen. Aber nur der Menschen, anderer Lebewesen nicht.«

Gagarin sagte:

»Ich will dir etwas zeigen.« Mit dem Fuß berührte er einen Hocker, der beim Nachbartisch stand. »Schau ihn dir genau an.«

Vielleicht huschte ein Anflug von Ratlosigkeit über mein Gesicht.

»Was ist mit dir? Schau den Hocker an!« sagte er lachend, und ich folgte seinen Worten.

Der Hocker war grau, aus leichtem Holz gefertigt. Einfaches Design, der hauseigene Stil des »Offenen Cafés«.

»Du siehst etwas, aber keinen Hocker«, sagte er. »Du siehst ein Bild. Die Erinnerung an einen Hocker. Aber nicht ihn selbst. Anstelle des Hockers ist da die Erinnerung an ihn«, wiederholte er noch einmal wie für eine Dumpfbacke.

Aber ich verstand trotzdem nicht, worauf er hinauswollte, und betrachtete bloß weiter den Hocker.

»Versuch einfach zu spüren, daß der Hocker da ist. Daß er *existiert*, jetzt und hier. In derselben Zeit und demselben Raum wie du...«

Ich verstand nicht, was er von mir wollte. Ein stinknormaler Hocker, wozu den Menschen quälen?

»Schau ihn nicht an, versuch ihn zu *sehen*, wie er ist. Mach dir bewußt, daß der Hocker real ist, daß er *existiert*...«

Ich wurde ein wenig nervös – jedesmal, wenn sich Jura an mich wandte, verspürte ich eine innerliche Anspannung und Verantwortung. Und bei dem schwachsinnigen Beispiel mit dem Hocker wurde es mir plötzlich zu blöde, mich selbst davon zu überzeugen, daß Gagarin und ich auf einer Wellenlänge sind. In den Ohren raunte es: *Der Hocker existiert wirklich... Er ist hier, du brauchst ihn nur zu sehen...*, als sich plötzlich etwas veränderte... das Vestibül schwankte, als wäre ich betrunken. Der Maßstab hatte sich verändert. Ich hatte das sichere Gefühl, daß das Café mindestens doppelt so groß geworden war. Die Abstände zwischen den Gegenständen vergrößerten sich, und der Raum war von milchigem Glanz erfüllt.

»Er *existiert*!« flüsterte ich mit feierlich bebender Stimme. Meine Worte prallten von den Wänden ab und hüpften in leisem Flüstern bis ins Erdgeschoß. Plötzlich spürte ich, daß mein Gehör unglaublich empfindlich geworden war.

»Eins!« sagte ich.

»Eins. Eins. Eins.« Der knarrende Widerhall rollte durch die matte Stille.

»Kein Scheiß!« wunderte sich jemand mit meinem Mund.

»... eiß ... einscheiß«, hallte das flache Echo wider.

»Wow!« brach es aus mir heraus. »Wo bin ich?«

Es war, als befänden sich Gagarin und ich in einem schallisolierten Studio, wo jedes Rascheln, von den Mikrophonmembranen verstärkt, fürchterlich krachte. Die Dinge, die uns umgaben, schienen ungewöhnlich groß und real. Aus irgendeinem Grund beschloß ich nun zu flüstern:

»Gagarin, ich hab's verstanden! Der Hocker existiert!«

Gagarin grinste.

»Ja, du hast recht«, antwortete er nicht laut, aber auch nicht flüsternd. Als wäre *hier zu sein* für ihn zwar keine Neuigkeit, dafür aber immer wieder ein Triumph. »Er existiert! Aber auch das ist fürs erste nur ein Bild, eine weitere Annäherung. Spürst du jetzt den Unterschied zwischen dem Bild und dem, was existiert?«

Ich nickte, immer noch unter dem Eindruck des ... Gesehenen? Gehörten? Hielt sich Gagarin ständig *hier* auf? Dann verstehe ich, wieso er so wenig spricht. Wie soll man schon erklären, daß ein Hocker ein HOCKER ist, und nicht »ein Hocker«?

Jeder Gegenstand rief eine unglaubliche Begeisterung für die Realität hervor ... oder eher für die Hyperrealität des Daseins. Die Lampen mit den Blechschirmen sind da! Der Tisch und der Hocker am Balkon *sind da*! Das Pianino in der Ecke – großer Gott, wie es da ist, wie sehr es existiert!

Und das Wichtigste – ich bin da!

»Ist das für immer?« fragte ich begeistert. Wahnsinn, ich existiere ja! Ich hob die Hände vor meine Augen und begann sie zu studieren – meine Hände waren eine lebendige Zusammenballung von Milliarden Details. Die Luft um uns erstrahlte wie von selbst. Entschieden stellte ich fest: Ja! Es ist für immer!

»Leider nein. Morgen wirst du dich nicht mehr daran erinnern können, wieso dir dieser Hocker einen solchen Kick gegeben hat. Vielleicht wirst du nie wieder etwas Ähnliches erleben. Aber gerade darin liegt der Zauber – daß sich alles nur einmal ereignet.« Gagarin begann feierlich und verhalten zu sprechen, als wollte er eine geheime Freude mit mir teilen: »Vielleicht bist du morgen wieder in der Bilderwelt. Vielleicht vergißt du morgen, was die Wirklichkeit ist, obwohl es den Anschein haben wird, als hätte sich nichts geändert. Merk dir nur eines: Es gibt einen Ausweg. Es gibt einen Ausweg aus diesem schwachsinnigen Film, einen Ausweg aus den Anweisungen des Drehbuchs. In der *Wirklichkeit* gibt es kein Drehbuch! Dort geschieht alles zum ersten und letzten Mal. Und das Wichtigste: dort geschieht alles wirklich! Es gibt keinen Weg zurück. Es gibt nur eine *Wirklichkeit*, die keinen Platz läßt für Angst.«

Ich nickte. Mit eindringlicher, beherrschender Prägnanz drangen seine Worte in mein tiefstes Unterbewußtsein. Und fanden dort Erwiderung.

»Es gibt einen Weg«, sagte er feierlich. »Er heißt: aussteigen aus dem Film. Entweder wählst du die Wirklichkeit, oder du kehrst in den Film zurück. Mach jede Handlung zu einem Willensakt. Sei Herr über dich selbst. Deine Entscheidungen sind Berührungspunkte mit der Wirklichkeit. Sie sind das, was wirklich existiert.«

»Meine Entscheidungen sind Berührungspunkte mit der Wirklichkeit.«

»Wenn du jede deiner Entscheidungen abwägst wie Diamantstaub, Körnchen um Körnchen, führen dich die Entscheidungen bis ins *Herz des Geheimnisses*, das ist ihr Zauber. Sie führen dich an einen Ort und in eine Zeit, wo deine Befehle und Entscheidungen von selbst *an die Wirklichkeit gerichtete Befehle* werden können. Dann erblickst du das schmale, aber einzige Tor in die Wirklichkeit der FREIHEIT. Eine Wirklichkeit ohne Vergangenheit hat auch keine Zukunft. Es gibt nur sie allein, die nackte und unverhüllte FREIHEIT der WIRKLICHKEIT. Sie ist dein WILLE.«

Es war, als wehte Gagarin der Wind ins Gesicht.

»Wenn ich eines Tages nicht mehr da bin, tauch tiefer ins Gedächtnis ein. Das ist dein Weg und deine Chance. Fürchte dich nicht, alles zu verlieren. Fürchte dich davor, dich in den Bildern zu verlieren.«

Ich saß da, fasziniert von seiner Aura. Als ich Gagarin ansah, schnürte es mir irgendwie die Kehle zu, und mein Atem stockte. Gagarin nahm die Brille ab, seine Augen leuchteten. Er und diese große, geheimnisvolle Welt waren EINS.

6.

Danach sprachen wir nicht mehr. Bis zum Morgengrauen saß ich auf dem Balkon und beobachtete schweigend, ohne an etwas Bestimmtes zu denken, wie eine seltsame Nacht dieses schwermütigen Oktobers zu Ende ging. Gagarin ging schlafen, dann fiel auch ich ins Bett.

Ich arbeitete wieder mit Gagarin im Team. Wir schwiegen, aber in den zerfließenden Hieroglyphen, die wir im Laufe des Tages an der Oberfläche der Ewigkeit schufen, konnte man dasselbe lesen wie früher: »Ganz ruhig. Fürchte dich vor nichts. Laß los. Sei vorsichtig. Paß auf dich auf.«

7.

Oktober, eine Nacht von Mittwoch auf Donnerstag. Ort des Geschehens: das »Offene Café«, besser bekannt als »Lesehütte« oder einfach »Buch«.

Als sie an jenem Abend ins Café kam, fiel mir sofort unser erstes Treffen ein.

Ihr gelangweiltes Aussehen bei den Bücherregalen ließ mich schlagartig nervös werden. Um so mehr, als sich das Mädchen neben das Regal mit den Kunstbänden setzte. Ich sah, wie der schmale Streifen ihres Höschens aus dem Bund ihrer Breeches rutschte, das war der Grund für meine heftigen Gefühle. Plötzlich begriff ich, daß, wenn sie mir schon aufgefallen war, ich doch zu ihr gehen und ihr ein Buch verkaufen konnte. Wieso auch nicht?

Das Mädchen sah mich an. Anscheinend erkannte sie mich. »Genau, ja, ja, ich hab dich bei der Eröffnung gesehen.«

Mir fiel ein, daß Ljusja, unsere Personalmanagerin, den Buchverkäufern aufgetragen hatte, sich mit den Kunden zu unterhalten. Folgende zauberhaften Worte muß man zu jedem Kunden sagen, sie verraten (*kursiv* hervorgehoben) Ljusjas geheimes Interesse an Karma Yoga:

»Guten Abend! Suchen Sie etwas Bestimmtes? *Kann ich Ihnen helfen?*«*

»Guten Abend«, antwortete das Mädchen, stieg auf das Höflichkeitsspiel ein, obwohl sie bestens verstand, wie komisch das in unserem Alter war. »Sehr zuvorkommend von Ihnen. Ich interessiere mich für Kunstbände. Im speziellen für Thémistocle Wirsta.«

Wie idiotisch sich unsere Verkäufer in diesen Tagen vorkamen! So viele Leute vertrauten ihnen, indem sie Raritäten direkt aus Moskau bestellten, und von dort – aus Moskau – kam die Antwort: »sind pleite Punkt könnt uns mal«.

»Die Lieferung ist noch nicht gekommen«, antwortete ich. »In zwei Wochen könnte was da sein.«

Das Mädchen nickte, als verstünde sie die Ambivalenz der Beziehung zu Moskau. Sie bestand nicht darauf, daß ich ihre Bestellung schriftlich aufnahm.

»Wissen Sie was, ich fotografiere Sie«, schlug sie unerwartet vor, und mein Herz machte einen Sprung. Idiotisch zuckte ich mit den Schultern. »Aber nicht hier«, fuhr sie fort. »Am besten draußen.«

8.

Wo war meine Teilnahmslosigkeit geblieben! Ich will es nicht zugeben, aber nachdem ich mir so lange selbst eingeredet hatte, daß das Erwachsenwerden abgeschlossen und meine Persönlichkeit endgültig ausgebildet war, fühlte ich

---

* Das Karma Yoga lehrt: »Karma muß mit einem aktiven Willen ausgeführt werden, ohne Angst vor Bestrafung oder Hoffnung auf Belohnung. Arbeiten um der Arbeit willen und nicht unter Zwang und Beschränkung« (Kirpal Singh, *Die Krone des Lebens*).

mich plötzlich wie ein zehnjähriger Junge. Der unter Menschen ein Rabauke ist, allein mit einem Mädchen dagegen still und verschämt.

Ich elender Idiot zuckte wieder mit den Schultern und stelzte wie auf unbeweglichen »Prothesen«, clownesk lachend, auf die Straße hinaus. Das Mädchen mit dem Fotoapparat folgte mir. Jura sah von der Bar aus, daß wir das Lokal verließen.

Draußen, auf der Krywa Lypa Gasse, schlug das Mädchen vor, erst mal eine zu rauchen. In der Zwischenzeit würde sie sich orientieren, wie sie mich am besten knipsen könnte. Sie bot mir eine Zigarette aus ihrem Päckchen an: blaue »Winston«, meine Lieblingszigaretten. Ich wollte einer so angenehmen Person schrecklich gerne irgendwie von Nutzen sein. Aber ich hatte mein Feuerzeug hinter der Bar vergessen, also gab sie mir auch noch Feuer.

9.

In Midni Buky hatte ich, der erste Junge im Ort, bei Unterhaltungen mit dem anderen Geschlecht die Methode Dosenöffner angewandt – frech und unverschämt. Jetzt aber war ich dezent hinausgelockt worden wie ein artiges Lamm. Kein Wunder also, daß meine Nerven verrückt spielten und ich zitterte, während wir rauchten.

»Mein Gott, Sie frieren ja«, sagte sie und begann meine linke Hand mit ihrer Hand zu wärmen (in der rechten hielt ich die Zigarette). Passiert mir das tatsächlich? WAS HAT DAS ALLES ZU BEDEUTEN?
WARUM LÄSST SIE MICH NICHT IN RUHE?
Ich brummte vor mich hin und rauchte weiter.

10.

Als wir unsere Zigaretten bis zur Hälfte geraucht hatten, sagte sie voller Respekt:
»Sie sind so schweigsam... Ich heiße Hozza. Hozza Dralla. Das ist so ein komischer Lemkenname, bitte nicht weiter nachfragen, ich habe mir geschworen, niemandem mehr davon zu erzählen. Ich kann das nicht mehr ab, verstehen Sie?« Sie lächelte. »Und wie heißen Sie?«
»Petro«, murmelte ich. Hozza streckte die Hand aus, damit ich sie schüttelte.
Und ich schüttelte sie.
»Sie fotografieren...?« brummte ich, um nicht zu schweigen.
Das Mädchen lachte verdächtig. Wahrscheinlich durchschaute sie mich bis auf den Grund und freute sich riesig darüber.
»Ich fotografiere zum Spaß. Häufiger werde ich fotografiert. Und überhaupt bin ich Künstlerin.«
»Oh! So jung und schon Künstlerin?« versuchte ich, nicht ohne Respekt, etwas zu entgegnen. Eigentlich sollte es ein Kompliment sein, aber ich hatte wieder daneben gegriffen. Kein Glück heute. »Es wäre interessant, Ihre Zeichnungen... zu sehen...«, ich war mir nicht sicher, ob es in der Welt der ECHTEN KÜNSTLER so hieß, darum wiederholte ich zur Sicherheit: »Die Bilder.«
Sie unterdrückte ein Lächeln. Mit den Augen verfolgte sie die Leute an den Spielautomaten in der Kneipe gegenüber.
»Kein Problem. Aber sie sind groß. Wir müssen zu mir gehen.«
Für mich hörte sich das wie JETZT SOFORT an, und meine Paranoia wuchs. Was, wenn es eine Falle ist?

»Okay, ich fotografiere Sie in dem Haus da«, Hozza zeigte nach rechts, auf eine kaputte Tür. Es war ein herrenloses Pennerreich, ein leeres, dreistöckiges Gebäude. Am Abend schlüpften irgendwelche bekifften Schwachköpfe hinein, und tagsüber stattete ihm die Polizei ihre Besuche ab.

Hozza kämpfte schon mit der Tür. Ich half nach, des Effektes halber mit dem Fuß, und wir gingen hinein. Ich konnte ja nicht zeigen, daß ich Angst hatte.

Über die Treppe gelangten wir in den ersten Stock. Hozza filmte mich von hinten mit der Kamera. Sie erklärte, daß sie zur Zeit am liebsten Infrarot-Aufnahmen mache und die Bilder für eine Videoinstallation brauchen könne. Ab und zu fotografierte sie mit Blitz, was die Graffiti an den Wänden aus der Dunkelheit holte. Schließlich erreichten wir den Treppenabsatz des zweiten Stockwerks und standen vor verschlossenen Türen. Von der Straße fiel schwaches Licht herein, gegen die Dunkelheit hier drinnen kam es jedoch nicht an. Ich hörte nur Hozzas raschelnde Windjacke und ihren Atem. Hozza zog ihren Schal unter der Jacke zurecht. Schweigen.

»Haben Sie keine Angst?« fragte sie plötzlich, als sich unsere Hände versehentlich in der Dunkelheit berührten und sofort wieder auseinanderfuhren.

»Nö.«

»Sie sind aber mutig.«

Hozza langte in die Tasche mit den Zigaretten, und wir rauchten wieder.

In meinem Kopf kreiste eine verrückte Phrase: »Darf ich Sie küssen?« Aber allein der Gedanke daran, daß ich es wagen könnte, so etwas zu sagen, ließ alles in mir erstarren. Kurz gesagt, ich hatte Angst, dumm dazustehen. Zum erstenmal in meinem Leben.

»Duzen wir uns.«

»Gut, duzen wir uns«, stimmte sie zu.

»Und was malst du?«

Sie schwieg kurz.

»Na ja, das muß man sehen. Nichts Figuratives.«

»Das heißt?«

»Ganz einfach. Man kann kaum etwas erkennen. Abstrakte Malerei. Ich mag die Abstrakten sehr. Kennst du dich ein bißchen aus in der Kunst?«

Ich hustete und gab zu verstehen, daß ich mich eher wenig auskannte.

Hozza erklärte, daß es schwer sei, über das Nicht-Figurative zu sprechen, ohne es an einem Beispiel zu zeigen. Fügte dann aber hinzu, man könne es am Beispiel ihrer eigenen Arbeiten gut illustrieren. Die seien übrigens »bei ihr zu Hause«.

Dann wollte sie noch wissen, was ich mache, ob mir die Arbeit im Café gefällt, wann meine Schichten sind, ob das Publikum interessant ist, ob Bücher gestohlen werden – mit einem Wort, sie hielt mich für einen Vollidioten. Wir rauchten zu Ende und gingen vorsichtig die knarrende Treppe hinunter. Nach dieser Expedition hatte ich das Gefühl, mich neben ihr mehr oder weniger adäquat benehmen zu können, auch wenn die Strähnen ihres widerspenstigen Haars, die meine Wange berührten, jedesmal eine Welle von Unruhe in meinem Bauch erzeugten.

»Ich komm wieder vorbei«, versprach sie. »Wenn der Wirsta da ist. Dann zeig ich dir auch die Fotos.«

Sie verschwand in der leeren Stadt, das Geräusch ihrer Schritte hallte noch eine Weile nach.

Ich ging zurück ins Café.

Von Anfang an hatte ich das Gefühl, ihr nahe zu sein – aus verschiedenen Gründen. Mein Gedächtnis funktionierte wie ein Fotoalbum, deshalb löste das Bild eines Mädchens mit Kamera sofort etwas in mir aus.

Schließlich gelang es mir, Hozzas »Arbeiten« zu sehen, dafür mußte ich in ihre Wohnung.

Ende Oktober veranstaltete ein Freund des Hauses, der im Café immer gerne gesehen war, eine Geburtstagsparty. Er hieß Edas und stammte aus denselben Kreisen von »Party«-Kids wie Gagarin und Igel. Die Party begann nach neun. Auf der Straße war es herbstlich und dunkel. Im Café verraucht und fröhlich.

Sie war auch da. Die Knie wurden mir weich. Wir grüßten uns flüchtig. Mit Horror sah ich dem Augenblick entgegen, in dem sich herausstellen würde, daß sie mich vergessen hat. Soll ich sie vielleicht an die Fotos erinnern? Besser nicht, sonst komme ich unbescheiden rüber.

Meine Unruhe verwandelte sich in Herzklopfen. Dreimal kam sie zu mir, um Bier und Tomatensaft zu bestellen. Jedesmal tauschten wir flüchtige Blicke, die man beliebig deuten konnte, was ich auch ohne Skrupel tat.

In dieser Nacht war sehr viel los, mehrere DJs waren eingeladen worden, Freunde von Edas. Sie legten auf, und so konnte ich endlich sehen, wie die Wohnzimmervariante der Klubkultur aussah. Dem Programm nach zu urteilen, wurde das »Offene Café« immer mehr zu einer schicken Bude, wo junge Leute ihre halblegalen Partys feierten.

Meine achtstündige Schicht endete um elf, die von Gagarin dauerte bis zum Morgen. Die Kellnerinnen konnten in den Rauchschwaden kaum mehr klar denken, ihre Gesichter waren erhitzt, die Augen tränten, und dabei hatte ihre Schicht erst vor einer Stunde begonnen. Im Café stand der Rauch, Euphorie lag in der Luft. Die Musik dröhnte. Ans Pult trat DJ *GANS*.

13.

An diesem Abend hatte ich kein Alternativprogramm, deshalb hing ich noch ein bißchen rum. In puncto Wohnen hat sich Gagarins und meine Lage etwas verändert. Einer von Jurkos Freunden hatte ihm für ein paar Wochen den Schlüssel zu seiner Luxuswohnung überlassen, in die wir gezogen waren.

Die Wohnung befand sich direkt im Zentrum. Groß, teuer möbliert, aber unfaßbar geschmacklos. Massive türkische Lüster, Rokokorahmen aus vergoldetem Alabaster, schwere Porträts – alles auffallend kitschig. Wir durften in der Wohnung nichts anfassen. Ich fühlte mich wie in einem Kampfgebiet, wo man jede Sekunde auf eine Mine treten kann – eine Vase zerbrechen, den Putz abschlagen, die Palme umstoßen oder etwas Ähnliches. Ich fragte Gagarin, wer der wohlhabende Freund sei. Es stellte sich heraus, daß er Unternehmer in Lemberg war, mit armenischen Wurzeln und reichlich geschäftlich-kriminellen Kontakten.

Gagarin hatte den Armenier hier kennengelernt, bei einer Nachtschicht im »Offenen«. Eines regnerischen Abends kam ein durstiger Mensch in teurem Mantel und mit Goldzähnen ins Café, der bei Gagarin ein gewisses Interesse weckte. Der Armenier wollte wissen, wo der Verbrecherschuppen hin sei, den er in seiner Jugend besucht hatte. Da

es den Verkäufer aus dem Bücherbereich weiß der Teufel
wohin verschlagen hatte, beschloß Gagarin, beratend tätig
zu werden. Er skizzierte dem Armenier die Situation des
Verbrecherschuppens, den Moskauer Investor, den der-
zeitigen Buchmarkt. Das erste gegenseitige Beschnuppern
endete damit, daß der Armenier für 140 Hryvnja eine acht-
bändige Ausgabe von Theodor Dreiser kaufte und ins Café
hinüberging, um darauf anzustoßen.
Gagarin fand immer eine gemeinsame Sprache mit solchen
abgefahrenen Typen. Ich zum Beispiel kann mir nicht vorstellen, worüber ich mit einem Armenier sprechen sollte,
noch dazu einem mit kriminellem Background.

14.

Es war eine von Gagarins Eigenarten, im richtigen Moment
auf die richtigen Leute zu stoßen. Vielleicht beeindruckte
den Armenier der eben getätigte Kauf so sehr, daß er beschloß, Gagarin mit Cognac zu bewirten. Die Degustation
führten sie gleich im Café durch, nachts um halb eins, hinter der Bar, vor aller Augen. Wenn niemand von der Chef-
etage in der Nähe war, spielten sich im Café eigenartige
Dinge ab.
Kaum waren sich Gagarin und der Armenier dank dem
Fläschchen »Ararat« etwas näher gekommen, lüftete Akop
Aladjadjian das Geheimnis seines Namens. Zwischen dem
zweiten und dem dritten Gläschen Cognac (aus irgendeinem Grund tranken sie aus Schnapsgläsern und ex wie
Wodka) erzählte Akop, er habe seine Heimat früher nie ge-
schätzt, die Bedeutung von Namen nie verstanden und
überwiegend Russisch gesprochen. Außerdem war er be-

stimmten Geschäften nachgegangen, die der Seele keine Möglichkeit zur Ruhe boten. Akop hatte alles – Geld und Gesöff, Bullen und Bräute, Handlanger und Fußlanger. Aber wie man so sagt, alles hat einen Anfang und ein Ende. Die Geier kamen, um auch Akops Seele zu holen.

Als er alle Hoffnung verloren hatte, ging Akop in die Kirche. Es war eine griechisch-katholische Kirche, aber das spielte keine Rolle, damals wollte Akop einfach beten und Gott um Frieden bitten. Der junge Priester, der die Messe hielt, begann plötzlich »in Zungen zu reden« – er betete auf altarmenisch. Niemand verstand, worum es ging, denn die Worte des Gebets waren allein an Akop gerichtet. Es waren nicht viele, aber dennoch genug. Den letzten Satz, den der junge Priester sprach, übersetzte Akop für Gagarin: *Hör auf die Stimme der EWIGKEIT.*

Es stellte sich heraus, daß »Akop« »der von Gott Beschützte« bedeutet, was der Armenier folgendermaßen erklärte: Gott hatte ihn vor einem großen Übel bewahrt, indem er ihm erlaubte, ein kleineres zu begehen, als SEINE Geduld aber ausgeschöpft war, schickte ER Akop Not und Hoffnungslosigkeit. Doch Akop folgte der STIMME, und die Bedeutung seines Nachnamens bewahrheitete sich: »Göttliche Geburt des Menschen«.

Der Armenier legte Geld für die nächste Flasche auf die Kasse und erklärte Jura, daß durch Gottes Güte alle Sorgen vorübergehend eingedämmt worden seien und er jetzt für ein paar Wochen in seine Heimat fahre, in ein Kloster, zu heiligen Mönchen. Er brauche nur noch einen anständigen Menschen, der sich um seine Wohnung kümmere. Die Blumen gießen zum Beispiel, gelegentlich Lärm machen, übernachten – also den Eindruck erwecken, es sei jemand zu

Hause. Damit Gagarin verstand, fügte Akop hinzu, daß er dafür etwas *zahlen* würde. Gagarin, der durchaus zwei und zwei zusammenzählen konnte, lehnte das Geld ab, fragte jedoch, ob er, Akop, ihm, Jura mit dem Spitznamen Gagarin, hinsichtlich eines Dritten, ebenfalls Gottesgeborenen und -beschützten (gemeint war ich), vertrauen würde. Akop hatte nichts einzuwenden.

Die Sache endete damit, daß der Armenier das Café gegen vier verließ und das Paket mit Dreisers Werken auf einem Barhocker vergaß.

Am nächsten Morgen schaute Gagarin, ohne ernsthaft damit zu rechnen, wiedererkannt zu werden, mit den vergessenen Büchern bei der angegebenen Adresse vorbei, gleich in der nächsten Straße. Der Armenier packte Koffer. Er hatte einen grauenhaften Kater, konnte sich aber an alles erinnern, dem schweren Blick nach zu urteilen, mit dem er das Paket entgegennahm, sogar an Dreiser. Ohne ins Detail zu gehen, warnte uns Akop nur, keine Frauen hereinzulassen, die vor der Tür stehen und versichern würden, sie seien Akops Töchter, Schwestern, Freundinnen oder Mütter.

Gagarin und ich berieten uns und beschlossen, daß es zu gefährlich sei, auf den Sofas zu schlafen. Ihr dünner Überzug sah richtig teuer aus, und viel zu leicht könnte man ihm irreparablen Schaden zufügen. Darum richteten wir unser Lager auf dem Boden ein, das war sowohl sicherer als auch gut für den Rücken. Die Bodenheizung beeindruckte an der Wohnung am meisten.

Nachdem wir das Problem der Unterkunft so brillant gelöst hatten, ging es uns besser. Bei Akop gab es rund um die

Uhr Wasser. Jetzt brauchte ich bei Treffen mit Hozza keine Komplexe mehr wegen ungewaschener Haare oder dreckiger, stinkender Socken zu haben. Das Leben kam sozusagen ins Gleis.

An jenem Oktoberabend, als im »Offenen Café« Edas Geburtstag gefeiert wurde, hatte ich nach Ende der Schicht überhaupt keine Lust, nach Hause zu gehen, ich wollte feiern und Spaß haben. Ich wollte mir Hozza Dralla angeln.

15.

Es wäre interessant, sich von außen zu betrachten. Ich stellte fest, daß ich keinen schlechten Verbrecher abgäbe. Schnell von Begriff, vorsichtig, skrupellos. Wie ein Feuer, an dessen Dreistigkeit und Verstand man sich verbrennt. Meine Taktik beim Erobern von Frauenherzen erinnerte an das Motiv einer Entführung: schlangenhaft, betörend, Rauch in die Augen blasen, sich hinter den Spiegeln verstecken …
(Doch mit einer solchen Selbsteinschätzung – *schlangenhaft*, haha, *betörend* – macht man keine große Beute. Solche wie mich ertappt man sogar auf dem Kolchosfeld mit einem Eimer Kartoffeln.)
Hozza Dralla sah sich als meine Gegnerin. Sie hatte den Verstand einer Kriminalistin und Analytikerin, war eine Kennerin des Objekts ihrer Begierde. Sie drang wie Wasser in alle Ritzen und Rillen, kalkulierte im vorhinein meine Worte, meine Logik. Sie war eine Ermittlerin, die ihr ganzes Leben einem Ziel widmen konnte. Tag und Nacht jagte sie mit gleichem Erfolg. Ich hatte Angst vor ihr, denn ich

wußte, meine ganze Maskerade war für sie ein Witz, einfach lächerlich.

An jenem Abend führten uns zwei Wege von unterschiedlichen Seiten auf den gemeinsamen Gipfel. Ich ließ mich von einem Jäger fangen, der einverstanden war, sich von einem wilden Tier rauben zu lassen – und so wurde der Jäger geraubt und das Tier erlegt. Das Brunftverhalten von Manguste und Kobra.

Die Worte des weisen Chuang-Tzu, dessen Abhandlungen, grün eingebunden, oben im dritten Regal der mittleren Sektion standen, lauteten: »Erster Schritt zur taoistischen Weisheit – einen Tiger an den Eiern schnappen. Zweiter Schritt – nicht hinterfragen, was dich dazu getrieben hat, sondern Klarheit gewinnen: den Tiger freilassen oder nicht?«

Wir liefen beim Klo ineinander – ich kam raus, sie hatte es eilig, reinzukommen. Vielleicht war es ein geheimnisvoller Strahl, der idiotische Situationen wie diese absichtlich auf uns projizierte.

Hozza schnappte mich am Kragen, zog meinen Kopf zu ihren Lippen und überschrie die Musik: »Dort oben! Ist mein Tisch! Ich komme gleich!« Die kühle Hand, leicht und biegsam, glitt von meinem Hals, Hozza verschwand ins Klo und hinterließ einen Hauch des mir bereits bekannten Parfums.

Nachdem ich über die Treppe auf den Balkon gegangen war, sah ich auf dem Tisch in der Ecke ihr kirgisisches Felltäschchen liegen – ein unglaublich modisches Ding, aber es einfach so hier liegenzulassen? Ach, heilige Einfalt. Bei uns sind schon ein paar Handtaschen weggekommen, die Verkäufer haben sogar versucht, dem Übeltäter aufzulauern, ohne Erfolg.

Hozza kehrte gutgelaunt zurück, sie hatte sich frisch gemacht. Wimperntusche, neutraler Lippenstift, ein wenig Lidschatten – dezenter Stil. Bei Hozza sah er sehr europäisch aus, so machen es wahrscheinlich junge Berlinerinnen oder Pariserinnen. Und dieser Duft ... mmh, ein Duft, der mich in Zukunft wohl noch hartnäckiger verfolgen würde als seine Besitzerin.

Ihre Augen waren gereizt vom Zigarettenrauch. Hozza steckte sich eine Zigarette an der vorigen an.

»Bist du nicht hungrig?« fragte sie. Wenn man mich überraschen wollte, dann genau so. Eine solche Fürsorge überwältigte mich, und obwohl ich hungrig war wie ein Wolf, schüttelte ich den Kopf.

»Ich hab dort ... in der Küche ... wir haben was bekommen ...«

»Dann laß uns tanzen!« sagte sie, nahm mich an der Hand und zog mich hinunter, wo es *voll abging*. Und wieder war ich in der Defensive! Zum letztenmal hatte ich getanzt, als ich in Midni Buky noch mit verschiedenen Olja Wyschenkas herumgemacht habe, zu Techno a là »Scooter« oder »Phantom-2«.

Wieder rollte eine heiße Welle durch meinen Körper und schlug mir in die Kniekehlen, fast hätten meine Beine nachgegeben. Überall lag trockenes Laub, das Igel und seine Freunde gebracht hatten, und auf den quadratischen Tischchen standen »ewige« Lichtlein. Unmenschlicher IDM ertönte, stachelig und tief, mit durchdringenden Pausen. Wir waren die einzigen auf der Tanzfläche. Kurz darauf wurde der Rhythmus karg, als käme ein Haufen Tausendfüßer unter einem Stein hervor. Das Stroboskop blitzte, die Augen schmerzten: DJ-Wechsel. Ich sah, wie »a man« namens Gans das Pult verließ und das Staffelholz an Igel, den Maître des Lemberger Minimal, übergab.

Ohne auf mich zu warten, begann Hozza mikroskopisch zuckend herumzuhüpfen, *vor den Augen des verblüfften Publikums*, wie ein russischer Klassiker schrieb. Es war Teil unserer geheimen Verfolgungsjagd, falls ich also wirklich wollte, was ich wollte, – und der weise Chuang-Tzu derartige Wünsche nicht umsonst mit einem ungerauchten Joint der Sorte »Mandschurei« verglich – mußte ich wirklich Gas geben.

17.

Die Musik blieb dem eher unterschwelligen Rhythmus treu, die Tanzenden jedoch wechselten das Tempo. Die verliebten Paare begannen eng zu tanzen, wie koagulierende Erythrozyten, so steht es in *Biology* von K. Willy, das in der oberen Reihe beim Fenster gestanden hatte und das, ganz klar von wem, gestohlen wurde (wir kennen dich!).

Entschlossen umschlang Hozza meinen Hals, meine Hände faßten sie zart an der Taille. Als ich sie berührte, erfüllte mich ein Gefühl der Schwerelosigkeit, als wäre sie keine Frau, sondern ein Phantom. Sie war so groß wie ich, vielleicht etwas kleiner. Ich hatte noch nie mit großen Frauen zu tun gehabt, aber es war schön und praktisch. Noch dazu spürte ich, wie dünn sie in Wirklichkeit war, diese Hozza... Hozzonka? Wie konnte man ihren Namen sonst verniedlichen?

»Du hast eine... echt tolle Figur!« brüllte ich in die Musik.

In ihrer Gegenwart hatte ich immer das Gefühl, Blödsinn zu reden, ständig voll daneben.

»WAS?« schrie sie und schmiegte ihre Brust an mich, um besser hören zu können.

Ich schüttle den Kopf, als wollte ich sagen, nicht so wichtig. Sie sieht mir ins Gesicht, ihre Züge sind wunderbar korrekt. ›Wahrhaftig schön‹, denke ich, ›so eine hab ich noch nie gesehen. Wie man's auch dreht, von allen Seiten hübsch und nett.‹

»Gehen wir zu mir!« schreit sie, als die Musik wieder *groovy* wird. »Wir ruhen uns ein bißchen aus und kommen wieder! Hängen die ganze Nacht hier ab, okay? Um vier kommt ein Kumpel von mir! Wird auch auflegen!«

Ich nicke wieder, wir lösen die Umarmung, und

(*die Zeit ändert ihre Krümmung*)

Hozza holt ihre Tasche. Hinter dem Tresen vergnügt sich Gagarin im Takt der Musik. Mit dem Kinn im Rhythmus wippend, reicht er mir meine Jacke. Er darf's mir nicht übelnehmen, daß ich es ihm nicht ins Gesicht sage, aber mit seiner Mimik ähnelte er einem Gegenstand des Caféinterieurs. Einem Hocker zum Beispiel.

18.

Trotz der Ruhe auf der Straße, die im Gegensatz zu den Dezibel des Minimal House ohrenbetäubend war, wollte sich kein Gespräch entwickeln. Es gelang mir nicht einmal, unmenschliche Müdigkeit vorzutäuschen, die jede Unterhaltung zunichte macht. Nur gut, daß wir uns gegenseitig so sehr spürten.

Es war nicht weit. Ihr Atelier befand sich im Keller. Während meiner Leiden im Underground des Cafés hatte ich eine Aversion gegen Keller entwickelt. Aber ihre Höhle machte sofort beim Hereinkommen einen positiven Eindruck. Die Luft war trocken und heiß, für Lemberger Keller eine große Seltenheit. Eine moderne Klimaanlage, nichts weiter. Ich folgte ihr durch einen langen, weißen Gang mit niedriger Decke. An der Wand stand Hozzas Schuhwerk – Stiefel, Halbschuhe, Sportschuhe, Mokassins, Pantoffeln, irgendwelche Kothurnen und so weiter. Auf einen Wink der Gastgeberin tauschte ich meine Schuhe gegen Pantoffeln, die sie mir anbot, sie waren hart und kalt. Der Boden hatte leider keine Heizung, dafür aber ein fröhliches Muster.

»Hab ich selbst gelegt«, prahlte Hozza. »Smalten. Das ist Quetzalcóatl.«

Ich tat so, als hätte ich jeden Tag mit Smalten zu tun, und auch mit Quetzalcóatl. Darauf bedacht, nicht auf die aus buntem Glas gelegte Schlange zu treten, folgte ich Hozza.

Ein großer, weißer Raum mit abgehängter Decke und Steinboden. Mindestens fünf Quellen gedämpften Lichts, wie in einer Galerie. Hozza betätigte einen Schalter, und über den Fotografien entlang der Wände erstrahlten Balken. Auf allen Fotografien war sie zu sehen. Auf der Straße. Mit Hut. Im Fenster. Über die Schulter schauend. Hier im Pyjama. Da mit einem Herrensakko auf der Schulter. Dort ein Porträt en face, leicht geöffneter Mund, es vermittelte den Eindruck einer Sechzehnjährigen. Eine trügerisch einfache Fotografie. Solche gehen in die Geschichte ein. Besonders bewegte mich eine monochrome Etüde. Hozza sitzt auf dem Bett, eine Decke umgeworfen, und weint.

Verzaubert löse ich den Blick von der entblößten Brust, die ins Bild geraten war, und dem vor Bitterkeit verzogenen Mund, ebenso erotisch wie die Brust. Durch das Fenster fällt ein dünner Lichtstrahl auf das zerknitterte Laken. Ein starkes Foto, irgendwie sogar böse. Als ich begriff, welche komplexe Beziehung den Fotografen und sie verbunden haben mußte, überfiel mich die Eifersucht. Ich bin hier, und sie dort. Zwei Welten.

»Das sind Arbeiten von Hugo Lomov. Nie von ihm gehört?«

Ich verstand Hugolomo, verdienter Künstler der Republik Tonga, dort gehört er auch hin.

»Ziemlich bekannt in den Staaten. Ist auch Kanadier, aus Quebec. Komm schon her, an mir kannst du dich noch satt sehen. Ich zeige dir, was ich male.«

19.

Nachdem ich an unserem ersten gemeinsamen Abend von Hozza erfahren hatte, daß es so etwas wie abstrakte Malerei gibt, war ich gezwungen, mich dafür zu interessieren, um nicht blöd dazustehen. Daher hatte ich schon eine Ahnung, wie diese Art von Kunst aussieht. In unserer Buchhandlung gab es Bildbände von Kandinsky, Paul Klee, Max Ernst. Ich kam bei diesem Zeug einfach nicht mit, ein Jammer.

Ich ging auf Nummer Sicher – setzte gleichermaßen auf meine Unbeschlagenheit und ihre Professionalität. Einfach genial.

»Wie kriegst du so was hin?« war meine erste Frage, zugleich der Versuch, Hozza und ihre Arbeiten einander ge-

genüberzustellen. So ein Mädchen und solche... *Sachen.*
Dafür gibt es nur ein Wort: unmöglich. Un-mög-lich. ›Sie
gehört mir‹, spukte es in meinem Kopf herum.

»Sag ich nicht. So was fragt man auch nicht. Ich kann's
einfach... Das hier habe ich absichtlich in großem Format
probiert. Ich wollte herausfinden, ob ich mit einem Maler-
pinsel umgehen kann.«

Zuerst sah ich nur hieroglyphenartige Schnörkel auf der
Leinwand. Dann legte sich in meinem Kopf plötzlich ein
Schalter um, und auf dem Bild erschien ein alter chinesi-
scher Fischer mit dreieckiger Kopfbedeckung, er zog ein
Netz aus dem Meer. Verblüffend schlicht, nur schwarz und
weiß. Ein einziger schwungvoller Pinselstrich – und eine
ganze Welt entsteht. *Impossible!*

»Und jetzt vergleich es mit dem hier, das ist ein Aquarell.
Was siehst du da?«

Oh, das war etwas vollkommen anderes. Ein Bogen aus der
Mappe, die Hozza vom Couchtisch neben sich genommen
hatte.

»Hier ist ein Tal oder so, blaßgrau, hier regnet es über den
Hügeln, und dort im Hintergrund sind Felsen. Am Horizont ist Nacht. Schön, sehr schön. Wahnsinn, total interessant!«

»Und so?« Hozza drehte das Bild um 90 Grad.

»Und so... Hey-hey-hey! Was für ein Adler! Was für ein
stolzer Vogel!«

»Es passiert einfach so. Da hatte ich schlimme Tage...
Nicht, was du denkst. Da war einer echt arschig zu mir...
ja, arschig. Siehst du, alles ist schwarz und zerfließt. Bei uns
ist damals auch alles auseinandergegangen...«

Ohne weiter ins Detail zu gehen, öffnete Hozza die Skiz-
zenmappe, und wir sahen uns das nächste Bild an, es war in

Farbe. Sofort sah ich Wellen in Blau und Gelb. Dann trat ein felsiger Strand unter tiefblauem Himmel hervor. Ein sehr ruhiges Bild, richtig gutes Wetter.

»Das sollte ein Experiment mit der ukrainischen Flagge werden. Aber es ist nicht gelungen. Hinter Glas ist es viel besser. Und diese Arbeiten da«, führte sie mich weiter, zu Bildern in einer für mich alltäglicheren Größe, »die werden mit einem Schlag gemacht.«

»Wie beim Kung-Fu?« fragte ich nach und sog etwas vollkommen Unbegreifliches, aber höchst Originelles in mich ein.

»Ja. Zuerst trage ich Farbe auf. Dann ein Schlag mit dem Spachtel – und fertig ist das Bild. Wenn du mehr als drei Schläge brauchst, bist du kein guter Künstler. Schau genau hin. Siehst du, wie viele kleine Details da sind? Das fälscht keiner. Es geht von selbst – entweder es gelingt, oder es gelingt nicht.«

Ich schwieg beeindruckt und versuchte, mir diesen Reichtum an Nuancen von Form und Farbe einzuprägen.

»Deshalb...«, Hozza zog ein Päckchen Zigaretten hervor und bot mir eine an. Ich nahm die Spende dankbar entgegen. »... Hier kann man rauchen, es gibt einen Ventilator... Deshalb denke ich persönlich, daß jeder, der mehr als drei Schläge braucht, kein echter Künstler ist.«

»Und du bist eine echte Künstlerin?« interessierte ich mich.

»Wie du siehst«, antwortete sie ohne falsche Bescheidenheit, und, Teufel auch, von dieser Minute an war ich überzeugt: Hozza ist eine große Künstlerin.

Hozza dimmte das Licht. Wir setzten uns in tiefe Rattansessel in der Ecke der Galerie. Ein Couchtisch, halb aus Glas, halb aus Rattan, überhäuft mit Dias und in einzelne

Bilder zerschnittenen Negativstreifen, es sah nett aus. Die knarrenden Sessel waren mit Kissen ausgelegt und wunderbar gemütlich. Hozza drehte ihren Sessel so, daß sie mir ihr Profil zuwandte. So mußte sie sich nicht jedesmal zum Aschenbecher auf dem Tisch beugen, sondern nur die Hand ausstrecken und aschen. Ich machte es ihr nach, das Gesicht in die entgegengesetzte Richtung gewandt, – so blickten wir einander wieder an, saßen nur etwas versetzt. Über uns leuchtete ein kleiner heller Lampion, stilles, beruhigendes Licht. An der Wand gegenüber hing eine wunderschöne positive Abstraktion, weizengelbe und rote Spritzer, geflochten zu Wellen, die auseinanderlaufen. Sind Kunstwerke wirklich mit einer solchen Leichtigkeit zu machen? Mit zwei, drei schwungvollen Bewegungen?

»Das ist so ähnlich. Ein Pinselschlag mit Tusche, ein Pinselschlag mit Wasser. Das ist alles. Es heißt ›Die Endlosigkeit des Moments‹.«

»Kannst du Gedanken lesen?« scherzte ich. Sie lachte zufrieden.

»Sogar die größten Meister der Renaissance waren nur Handwerker, das ist meine subjektive Meinung. Die Impressionisten waren auch Handwerker. Sie haben kopiert, wie Maschinen, wie Fotoapparate. Die Abstraktionisten und Kubisten sind da schon lebendiger. Aber irgendwie trotzdem karg, dürftig... Ohne Schwung. Reiner Selbstzweck, pardon. Aber was soll man tun. Ich weiß, wie es ist, wenn man versucht, die Sache selbst in die Hand zu nehmen«, hier verstand ich nicht ganz, worauf sie hinaus wollte.

Hozza fuhr fort:

»Drei Schläge – das ist genug, um zu sehen, wer du bist und wo du stehst. Ich sage nicht, daß es genau drei Schläge sein müssen, ich versteife mich nicht auf Zahlen. Das Bild muß dich führen. Und du mußt spontan sein, wenn du es zu etwas bringen willst. Neben der Technik mit den drei Schlägen, lasse ich auch noch die drei Schläge der Vorstellung gelten. Du machst drei Striche und siehst, es ist im Grunde nur einer. Dann machst du noch drei Schläge, und noch drei. Und hast eine dreifache Komposition. Der erste Schlag ist die Offenbarung. Der zweite – die Bestätigung. Und der dritte – ein Schritt voran ...«

20.

Ich hörte ihr zu, wie ich mir selbst zuhören würde. Ich hatte mich noch nie für Malerei interessiert, hatte mir in hundert Jahren nicht überlegen müssen, ob ich die Künstler der Renaissance für Künstler hielt oder doch eher für Handwerker. Trotzdem konnte ich jedes ihrer noch ungesagten Worte bestätigen, wußte wahrscheinlich, daß es traf, wohin es sollte, dorthin nämlich, wo in mir schon ein leeres Kämmerchen bereit stand. Sie konnte Unsinn labern, aber sogar Unsinn war aus ihrem Mund Balsam für meine Seele. ›Es gibt also doch phantastische Menschen auf dieser Welt, die treffen, ohne zu zielen‹, wunderte ich mich. Details aus ihrer Biographie, die Kommentare dazu, Geschichten, die ihr im Leben zugestoßen waren; all das erschien mir schmerzhaft vertraut, als hätten wir uns schon einmal gekannt.
Und dann dachte ich erneut: ›Das ist die, die ich mitnehme.‹
Hozza rauchte zu Ende und ging durch einen dunklen Gang nach links in die Küche, die genauso groß war wie das Atelier. Sie machte Musik an. Die Musik war nicht laut,

aber gleichmäßig. Vielleicht gab es in der Wohnung verteilt ein paar Lautsprecher, in verschiedenen Zimmern. Es war etwas Melodisches und Rhythmisches, mit weichen tiefen Bässen. Auch Minimal, dank der heutigen DJs hatte ich gelernt, es zu erkennen. Beeindruckt von der Atmosphäre im Atelier, erschien mir die Musik genauso wie Hozza – rein und schön.

Ich blickte mich um. Künstler schütten beim Malen große Mengen an Energie aus, daher wird ihre Arbeitsumgebung von Gedanken überzogen wie von einem Spinnennetz. In Hozzas Raum fühlte ich mich behaglich, um sie herum war es frisch und rein.

Sie kehrte mit einer angebrochenen Flasche »Martini« zurück, direkt aus dem Kühlschrank, von der Kälte beschlagen. Sie nahm einen Schluck aus der Flasche und reichte sie mir. Mein Magen knurrte – ich wollte nichts trinken, sondern nur etwas zu beißen. Trotzdem nahm ich einen kräftigen Schluck. Der »Martini« war süß und wärmend. Sofort regte sich der Wunsch, eine Zigarette anzustecken und mehr von dieser duftenden Schönheit zu kosten. In ihrem Atelier fühlte ich mich geborgen. Wir hatten es beide nicht eilig, besonders ich nicht: Anstatt die Zeit in Akops Wohnung zu verbringen, enjoyte ich mein life lieber hier.

Noch einmal nippte ich am »Martini« und lauschte, wie meine Innereien geschmeidiger wurden. Auch Hozza hatte schon einen sitzen, sie hatte bereits im Café gut gebechert.

»Kennst du Leonardo da Vinci? Oder Michelangelo? Kennst du die?! Super. Hast dich wahrscheinlich vorbereitet, bevor du Bilder angucken gekommen bist?« Hozza lachte. »Sie sind große Künstler, aber keine Schöpfer. Sie sind *Abbildende*. Was sie sahen, haben sie auch gemalt. Sie haben nichts Neues für das Auge geschaffen. Nichts Sensationelles, nichts Jenseitiges. Und das Nicht-Figurative – ich wollte dich unbedingt in dieses Geheimnis einweihen, habe mich auch vorbereitet – das Nicht-Figurative gibt die Möglichkeit, frei zu sein im eigenen Schaffen. Du kannst machen, was du willst. Das Wichtigste ist, sich nicht selbst einzuengen. Schaffen bedeutet Selbstbestimmtheit. Spontaneität. Das ist Freiheit. Verstehst du, was ich meine?«

»Ich verstehe, was du meinst«, wiederholte ich. Der »Martini« fuhr mir in die Beine.

»Es gibt eine Sache, die heißt Abstraktion.« Hozza machte eine lustige Geste mit den Fingern, als gäbe sie dem Wort »Pfötchen«. »Die Abstraktion selbst sagt nichts aus. Jeder muß für sich etwas darin finden. Je abstrakter du wirst, desto besser kannst du wiedergeben, was dir vorschwebt. Und desto weniger Bedingtheit fesselt dich. Du kannst das Unmögliche erreichen.«

Die plötzliche Erkenntnis, wie perfekt alles war, versetzte mich in Aufregung.

»Du *siehst*!« rief ich.

»Sehe was?«

»Ich erkenne es an deinen Bildern. Ich *sehe*, daß du *siehst*, aber *siehst* du, daß du *siehst*?«

Sie brüllte los.

»Du bist cool. Total gesammelt und konzentriert. Aber hier kannst du dich gehenlassen«, und Hozza machte etwas mit ihrem Auge, zwinkerte oder rollte irgendwie damit, daß ein Kribbeln über meinen Bauch lief. Hitze stieg in mir auf. »Hier, trink aus.«

Nachdem ich die Flasche geleert hatte, versuchte ich, noch einmal zu erklären. »Verstehst du, es gibt Menschen, deren Augen leuchten, wie bei Gagarin. Sie sehen ... Ihre Augen leuchten ... wirklich!«

Hozza lachte wieder. Sie verließ ihren Sessel und setzte sich auf meinen Schoß. Ich vergaß endgültig alle geistreichen Worte, die ich für sie vorbereitet hatte. Sie legte ihren Arm um meinen Hals und drückte mich an sich. Sie roch immer noch verführerisch.

»So ein Lustiger! Redet und redet!« raunte sie und erlaubte mir, meine Hand unter ihren BH zu schieben. Ein Knopf, ein zweiter, und schon ging die Bluse auf. Sobald ich ihren BH heruntergerissen hatte, fiel ich wie ein Kind in die Wärme ihrer Brüste.

Aber weiter hatte ich wie ein Mann zu handeln, nicht wie ein Sohn.

Eins, und ihre Pobacken sind nackt, zwei, das Höschen rutscht zu den Knien, drei, wir pressen unsere Oberschenkel aneinander.

Eins, ein stechender Schmerz in der Latte, zwei, wie ein leichter Schlag mit dem Spachtel, drei, alle Farben ergießen sich.

Eins, der Wirbelsturm nähert sich, zwei, die Finger bohren sich in die Haut, drei, ich entleere mich in einem herben, brennend heißen Schwall.

Es war, als erkennten sich unsere Körper nach einer langen Trennung wieder. Ich hielt sie auf dem Schoß, weich und *erobert*, sog den Geruch ein, der über unseren Körpern stand. Von jetzt an würde ich ihre geheimen weiblichen Ingredienzien unter allen Düften erkennen, ihr vieldeutiges *Geheimnis*, das alle Parfums verblassen ließ.

Hozza führte mich an der Hand in ihr Schlafzimmer, ich versuchte, mich auf eine weitere Heldentat einzustimmen. Aber bevor ich noch die zweite Socke abstreifen konnte, sah ich, daß sie schon in einen betrunkenen Schlaf gefallen war. Ich legte mich neben sie und schlief augenblicklich ein.

21.

Am Morgen bellte meine Armbanduhr los. Es war wieder Zeit, zu meiner Schicht zu gehen. Ich stellte den Wecker ab und verspürte, wie sehr mich die Arbeit bereits ankotzte. Hozza schlief auf dem Bauch, die Nase in einem witzigen, grünen Kissen vergraben. Ich beschloß, sie nicht zu wecken.

Ohne im Gang Licht zu machen, fand ich die Tür zu Bad und Klo. Ich schloß mich ein und versuchte, mit Hilfe von Wasserprozeduren zu mir zu kommen. Unter der Dusche wusch ich den Zigarettengeruch von meiner Haut. Mit einem schmerzlich angenehmen Gefühl in der Brust trocknete ich mich mit Hozzas Handtuch ab, genoß den Geruch. Als mein Blick über ihre Pflegeaccessoires glitt – Shampoos, Cremes, exotische Balsame – kam süße Erregung in mir hoch. Unter dem Handtuch auf der Heizungsspirale hing ein frisch gewaschenes Höschen.

Die Situation und der Geruch machten mich ungewöhnlich empfindsam, und ich verließ das Bad so schnell wie möglich. Gerade genug Zeit, um zu meiner Schicht zu laufen. Die Tür schloß sich leise hinter mir, und ich schlüpfte aus dem Keller in die vor Tagesanbruch graue Luft.

Siebtes Kapitel

Abschied und Vergessen.
Versuch eines abstrakten Gefasels

1.

Wie zum Trotz zogen sich die Stunden dieses Tages schrecklich in die Länge. Ich wartete die ganze Zeit, daß sie endlich auftauchte. Bei jedem Besucher hüpfte mein Herz, aber jedesmal war es jemand anders. Ganz von selbst stürzten sich meine Gedanken auf die Ereignisse des gestrigen Abends, betasteten jedes stechende Detail, jede brennende Nuance unserer Zeit zu zweit. In nur vier Stunden ging mir *jede Menge* unnützes Zeug durch den Kopf (sie ist weg! hat mich nur ausgenutzt! hat einen andern! bereut alles! nein, sie hat sich doch in der Nacht an mich gekuschelt! was für eine Schlampe, kuschelt sich an jeden ran! sie will alles vergessen, so schnell wie möglich! sie kann nicht aus der Wohnung!). Beinahe begann ich, sie zu hassen. Ein einfacher Blick auf die Uhr – gerade mal zehn Uhr morgens – zeigte, daß ich mit meinen üblen Vermutungen zu weit gegangen war. Hozza schlief vielleicht noch.

Aber das konnte mich nicht beruhigen. Ich bekam Panik, weil ich mir diese Woche so viele Schichten aufgehalst hatte, ich wollte mir die nächste ein bißchen freihalten.

Nachdem der noch schläfrige Gagarin zur Mittagsschicht erschienen war, nachdem wir eine Tasse Kaffee getrunken und in der gesegneten Mittagsstille eine Zigarette geraucht hatten, spürte ich, wie sich Kraft und Ruhe ausbreiteten.

Mir war plötzlich egal, ob sie kommt oder nicht – es ist, wie es ist.

Gagarin saß mir gegenüber, lässig und entspannt, er lächelte, als könnte er den Strom meiner Gedanken, der in seiner Gegenwart dünner wurde, bestens verfolgen, scheinbar gefiel ihm das sehr.

2.

Es vergingen zwei Tage und zwei Nächte. Ich verließ das Café praktisch nicht. Ich schuftete wie ein Nigger und das half, nicht an die verschollene Hozza Dralla zu denken, die Abstraktionistin aus Kanada, die ich allem Anschein nach nie wieder zu Gesicht bekommen würde. Wahrscheinlich hatte ich sie mir auch nur ausgedacht, oder?

Ich hielt es nicht aus und weihte Jura in die Sache ein.

Das geschah, wie immer, in der Nacht.

3.

»Sie ruiniert dich«, sagte Gagarin, als wir nach meiner Beichte hinausgingen, um zu rauchen. »Sie paßt nicht zu dir. Du brauchst sie nicht.«

Ich schwieg, weniger aus Zustimmung als aus Respekt vor meinem Kumpel.

»Und sie braucht dich nicht. Es ist besser für euch beide, daß ihr euch gegenseitig nicht braucht.«

Ich schwieg wieder. Gagarin fuhr fort:

»Ich kann mich gut an sie erinnern. Sie war schon bei der Eröffnung hier. Sticht ins Auge. Soll ich dir ihre Zukunft vorhersagen?«

»Okay«, stimmte ich lustlos zu. Gagarin gelangen solche Dinge oft, obwohl er sie aus reinem Spaß machte.

»Sie wird berühmt werden. Ausstellungen auf anderen Kontinenten.«

»Es gibt schon eine Ausstellung in Kanada.«

»Solange sie jung ist, wird sie unglaublich bekannt sein. Jeder wird ein Stückchen von ihrem Glück für sich abzweigen wollen. Zuerst wird sie denken, es sei andersrum – daß sie alle bescheißen kann. Aber das geht nicht lange so. Bis fünfunddreißig etwa. Danach beginnt sie zu trinken, vielleicht wird sie schizophren. Das steht ihr ins Gesicht geschrieben, hast du es nicht bemerkt? Frag mal, ob es in ihrer Familie psychische Erkrankungen gab.«

»Bei ihrer Mutter.«

»Das ist mir sofort aufgefallen: dieser trübe Fleck mit scharfen, schwarzen Konturen... Aber das ist unwichtig. Sie beginnt zu trinken. Sie wird jung sterben, wenn auch auf einem anderen Kontinent und steinreich. Vielleicht setzt sie sich betrunken ans Steuer. Oder sie verliert alle Hoffnung und legt selbst Hand an sich. Weißt du, warum es so aussieht?«

»Warum?«

»Weil sie denkt, sie hätte viel Zeit. Die Zeit rächt sich für so eine Einstellung, und eines Tages wird sie sie mit ihren kalten Rädern überrollen.«

Ich konnte nicht widersprechen. Hozzas Hauptbeschäftigung war das Zeit-Totschlagen. An jenem Abend hatte sie mir erzählt, daß sie oft in ferne Länder reist, die ich nur auf der Weltkarte kannte: Malta, Zypern, Marokko, Borneo. Das bourgeoise Europa haßte sie, und deshalb fuhr sie oft nach Paris und Berlin – um sich mit den abscheulichen Elixieren dieser Welt aufzutanken. Man mußte nicht zehn

Jahre mit ihr zusammenleben, um ihre Langeweile zu erkennen. Eine schwere, erstickende Langeweile, die nur von der nächsten Reise für gewisse Zeit unterbrochen werden konnte.

Ich seufzte.

»Und was soll ich tun?«

»Ich sage ja: Ein Glück, daß ihr kein Paar seid.« Gagarin sprach mit gedämpfter Stimme weiter, als wäre er ein alter Griesgram: »Du bist ein Haufen Scheiße, und sie ist eine Schönheit. Ihr vögelt und geht wieder getrennte Wege.«

Das sollte lustig klingen, machte mich aber traurig. Ich konnte Gagarin keinen Vorwurf machen. Alles, was er gesagt hatte, war auch mir gleich zu Beginn aufgefallen. Die Spezialeinheiten haben eine Technik entwickelt, wie man einen Menschen in Sekunden durchschaut. Sie erinnerte an mein »Hineinschauen in das Gedächtnis«. Ein Blick – und du weißt alles über eine Person. Die Genauigkeit der Technik liegt zwischen zwei und 99 %, und ist umgekehrt proportional zum Interesse am Ergebnis. Je größer dein Interesse, desto größer die Erwartungen, und desto weniger kann man dem Ergebnis trauen. Jura kannte solche Kniffe zuhauf.

Er fuhr fort:

»Ich kann dir keinen Rat geben. Die Entscheidung liegt ganz bei dir. Du kannst mit ihr zusammensein und mit allen Kräften versuchen, an ihrer Seite zu bleiben. Es wird leicht sein mit ihr und unbeschwert. Aber weißt du, was für eine Unbeschwertheit das ist? Wenn du die Wohnung verspielt hast, und du fühlst dich so leicht, daß dir schwindlig wird. Eine schlechte Unbeschwertheit ist das. Du darfst es nicht leicht haben. Du mußt es schwer haben, damit du deinen Hintern bewegst«, wiederholte er mit Nachdruck.

»Will Deresch mich verarschen?«

»Nur im Guten.« Er nahm einen Zug. »Denk drüber nach, denk wie ein Erwachsener. Welche Möglichkeiten hast du. Entweder du verläßt den Film, oder du schläfst ein. Oder du versuchst, sie zusammen mit dir da rauszuholen. Was du wahrscheinlich auch tun wirst. Aber das endet in einer Katastrophe.«

Schwermut erfaßte mich, als ich für einen Moment abschweifte und mir nur *vorstellte*, daß sich unsere Wege trennen könnten.

Die leere Krywa Lypa Gasse, Jura, zwei Zigaretten und die dritte Nacht. Der Winter kam.

4.

»Der Winter kommt«, flüsterte J. »Ich gehe weg von hier.«

»In den Süden?«

»Noch weiter. Es betrifft unser *Gespräch*.«

5.

»Du kommst nicht zurück?«

»Es hat keinen Sinn mehr. Unsere Leute haben auf allen Schlachtfeldern gesiegt. Ich löse die Fronten auf. Wir sehen uns nicht wieder... in diesem Gedächtnis...«

»Vielleicht irgendwann? Irgendwo?«

»Vielleicht. In der WIRKLICHKEIT ist nichts unmöglich.«

6.

Die Reglosigkeit der Herbstnacht hatte etwas Verzweifeltes. Eigentlich müßte es schneien, aber der Schnee will nicht. Die Luft ist zu warm, eine Antizyklone aus Italien. Treibhauseffekt in den mittleren Breiten. Die falschen Klimarhythmen erinnern an Steilhänge. Dieser Herbst ist eine Hochebene, die am Abgrund des Frostes abbricht.

Gagarin verschwand, wie er aufgetaucht war: ohne Vorwarnung, ohne sich zu verabschieden. Es ist sogar besser, wenn man sich nicht verabschiedet. Als wäre niemand dagewesen.

Man kann alles vergessen, wenn man tief Atem holt.

»Ich gehe in die Kälte«, flüstert er. »In das offene Licht.«

»Und was bleibt von dir zurück?«

»Die Erinnerung. Ein Geschmack.«

Pause.

»Ich habe ein Geschenk für dich. Drei Tage.«

7.

Ein Geschmack.

Ich erwachte wie aus dem Schlaf und wiederholte: »Ein Geschmack.« Ein heftiger Wind zerrte an mir. Ich war allein.

Ein Geschmack. Ich stand einsam vor dem »Offenen Café« und versuchte mich zu erinnern, was eigentlich diesen Trübsinn mit Beigeschmack von Tundra in meiner Seele hervorgerufen hatte. Es mußte mit Herbst und Kälte zu tun haben. Mit dem Hinausgehen in die Kälte.

Auf der Straße war es für Ende November ungewöhnlich

warm. Ich versuche, die Geschehnisse der letzten zehn Minuten abzurufen, aber irgendwie paßt nichts zusammen.
*Ich hatte wieder allein Nachtschicht... dann ging ich mit
jemandem hinaus rauchen... nein, ich bin allein gegangen... Gleich hab ich's – irgendwas ist durch mein Gedächtnis gehuscht. Ich hab über irgendwas nachgedacht...
was vor mich hingeredet... komm schon, erinnere dich!*
Ich konnte es nicht. Da war nur der Abgrund der Hoffnungslosigkeit, die zu dieser Jahreszeit über unseren Breiten hängt.
Und ein Gefühl, als wäre ich wieder allein zurückgeblieben.

8.

Einige Tage nach diesem eigenartigen Gefühl der Verzweiflung bemerkte ich, daß mein gesamtes Denken eingefroren
war. Keine Gedanken, nur Entscheidungen und Taten.

Die Stadt erschien mir fremd in ihrer Künstlichkeit, an
meinen freien Tagen wanderte ich weit hinaus, bis zur
Rennbahn und weiter, auf die Felder. Mich verfolgten un-
deutliche, aber schmerzhafte Erinnerungen an etwas, das
nicht war. *Felder...* Sie riefen mich, erinnerten an etwas
Fernes, nicht von hier...
Am dritten Tag in diesem Zustand streifte ich im Ödland
hinter der Rennbahn umher. Ein hungriger, eiskalter Wind
wehte, tote Pflanzen rieben ihre rauhen Stengel aneinander.
Irgendwann stellte ich fest, daß ich mich weit von bewohn-
tem Gebiet entfernt hatte. Ungewöhnliche Stille herrschte
ringsum. Der Wind hatte sich gelegt, und der Himmel war
rund geworden. Mein Atem war kaum mehr wahrzuneh-

men. Schatten krochen heran, und plötzlich stürzte die Welt in meine Pupillen wie in Löcher, und legte

eine Tiefe frei, vor der die Beine versagen.

RELIEFZEIT

Es war, als hätte ich ein Geheimnis erspäht. Ich spürte das GEDÄCHTNIS als solches, spürte unsere Präsenz, die uns Sinn gibt. Was ich sah, war an sich bedeutungslos, im reichen Strom des Gedächtnisses war nur VERMEINTLICH BEKANNTES ZU ERAHNEN: Orte, Menschen, Ereignisse ... Trotzdem konnte man das Gesehene selbst nicht GEDÄCHTNIS nennen, denn es hatte kein Aussehen, stiftete keinen Sinn.

Ich begriff, daß vor mir, in einer gigantischen Wand ... die ZEIT selbst floß!

Ich kann nicht einmal sagen, daß ich die normalen Sinnesorgane gebrauchte, so außergewöhnlich war alles in diesem Moment. Als gäbe es mich da überhaupt nicht! Das Geräusch von Blitzlichtern, Flackern, das besondere, nie gekannte Gefühl von rasender Tiefe. Ein kolossales Strömen in allem ... alles fließt irgendwohin in die Unendlichkeit

9.

ich krümme mich. Von hinten beobachte ich, wie jemand ins Stoppelfeld kotzt. Ich raffe nicht: bin ich hier – oder bin ich dort? Wer sieht – der ist überall.

Die Nacht war hereingebrochen. Ich wischte mir über den Mund. Meine Augen sahen wieder wie Augen. Ich war von Finsternis umgeben, die nichts mit der chthonischen Dunkelheit des Zeitdickichts gemeinsam hatte. Obwohl ich mitten auf dem Feld fast einschlafe, zwinge ich mich dazu, mir bewußtzumachen, daß ich Zeuge von Bildern geworden war, die sich mit panischer Geschwindigkeit aus meinem Gedächtnis verflüchtigen. Es bleiben nur Löcher und ihre Widerspiegelungen, unmöglich einzufangen, jedes größer als ein Himmelskörper.

Das einzige Wort, das ich von dort mitbrachte, war »Pulsieren«. Andere Wörter trafen das Gesehene nicht. Es hat nichts mit Raum zu tun, es ist das Erleben. Es ist die unmittelbare Berührung mit dem Unmöglichen. Übrigens, was den Wortstamm »möglich« betrifft: eine *Möglichkeit* besteht nur da, wo noch nichts geschehen ist, und alles, was in Zukunft passieren wird, birgt in sich diesen bernsteinfarbenen, kohligen Feuerschein.

In Galizien sagt man: Das Meer und das Mögliche, »mozhe«*, sind tief und grenzenlos. Und dunkel, füge ich hinzu.

Die Reliefzeit ist wie das Meer und das Mögliche.

»Pulsieren. Das Pulsieren nicht vergessen«, brummte ich vor mich hin, der unverfälschte Geschmack kam mir bereits abhanden. Ich zwickte mich, um nicht zu vergessen. »Pulsieren!«

Wozu dieses Pulsieren? Ich habe keine Ahnung mehr.

Ich blieb noch ein bißchen liegen, fühlte mich zerschlagen, fast krank. Dann stand ich auf und ging los: langsam die Landstraße entlang, durch die Vororte, dann kam die Fabrik, die Podatkowa-Straße, der Stryjskyj-Park, der Markt, das Gebäude der biologischen Fakultät, bis ich am Schewtschenko-Prospekt war. Je tiefer ich in die menschliche Hektik eintauchte, desto normaler wurde die Welt. Elek-

---

* Polnisch/Galizisch: »może« (vielleicht/möglicherweise) und »morze« (Meer) sind gleichklingend. (A. d. Ü.)

trisches Licht ist die beste Medizin gegen Märchen. Der Lärm des Stadtzentrums, dunkle Gestalten auf den nächtlichen Straßen, unerträgliche Schmerzen in den verkrampften Händen.

Wie ein Zombie betrat ich das Café und schlüpfte unter der Bar hindurch in die Küche. In dem engen Raum war es hell, warm und heimelig. Der Dampf stand in Schwaden. Nadja grüßte mich, ich aber war unfähig, meinen Mund zu bewegen, nicht vor Kälte, in mir drin weigerte sich etwas zu sprechen. Während Pani Switlana, die Putzfrau, neben dem Schneidetisch ihre Suppe aß, ging ich zum Spülbecken und begann, das Geschirr zu spülen. Das heiße Wasser wärmte meine bläulichen Hände, die vertrauten Bewegungen ließen mich allmählich wieder zu mir kommen.

Nadja schaute zur Tür herein.

»Hey, Frauenheld! Da fragt wer nach dir«, sagte sie mit einem hämischen Grinsen.

Ich schob meinen Kopf durch die Durchreiche. An der Bar saß eine mädchenhafte Gestalt in elegantem Blazer und langem Faltenrock. Auf dem Schoß hielt sie ein Täschchen, den Unterarm hatte sie auf den Tresen gelegt und in ihrer Hand qualmte eine Zigarette. Die Haare hatte sie achtlos im Nakken zusammengebunden, sie fielen ihr ins Gesicht. Natürlich war es Hozza Dralla. Ich zog den Kopf zurück.

»Eine Sekunde, ich trockne mir nur die Hände ab«, sagte ich zu Nadja und kehrte in die Küche zurück. Mein Herz wurde von einem siedenden Schwall erfaßt.

Endlich hatte die Putzfrau aufgegessen, und ich konnte den Rest abspülen. An der Bar – (der Barkeeper Igel sah in seiner karierten Schirmmütze überaus stylisch aus) – erschrak ich einen Moment: Vielleicht ist zwischen uns alles aus, und Hozza ist gekommen, um sich zu verabschieden?

Aber kaum hatte mich Hozza erblickt, drückte sie mich an sich. Ein paar Minuten saßen wir eng umschlungen da und schwiegen. Ich hatte einen Kloß im Hals (sie vielleicht auch), und wir warteten, bis der Krampf vorbeiging und wir wieder sprechen konnten.

»Weißt du«, flüsterte sie endlich, »du bist an dem Morgen so leise verschwunden... als hätte es dich gar nicht gegeben.«

»Als hättest du nur von mir geträumt?«

»Ja«, Hozza küßte mich. »Als hätte ich von dir geträumt. Liebling, du glaubst mir nicht, aber ich hab dich einfach vergessen! Ich bin auf und ab gelaufen, den Tränen nah, und kam einfach nicht dahinter, was ich vergessen hatte. Ich wußte, es ist etwas Wichtiges. Aber was? Vor einer Stunde bin ich durch die Stadt gegangen, und plötzlich ist es mir eingefallen! Verzeih mir bitte, verzeih mir, ja? So was passiert mir ab und zu!«

Mir war klar, wenn ich jetzt losheule, zwinge ich auch Hozza zu weinen. Ich umarmte sie noch einmal, und wir schmiegten uns wieder fest aneinander.

»Das macht nichts«, flüsterte ich. »Ich glaube dir. Mir passiert so was auch manchmal!«

10.

Ich hatte den ganzen Abend frei, sie auch. Wir saßen am selben Tisch wie vor ein paar Tagen. Kaum zu glauben – vor ein paar Tagen! – für mich waren Wochen vergangen. Auch die Zeit ist eine Figur meines Gegners, eine seiner Schlüsselfiguren. Erst jetzt kannte ich seinen Namen. Mein Schachgegner war der Tod.

So etwas hatte ich noch nie erlebt. Wir redeten und konnten nicht aufhören, die Worte strömten aus uns heraus wie Flüsse. Sie zerstreuten das Gefühl des Schicksalhaften, das ich in Hozzas Geständnis, sie habe mich vergessen, gespürt hatte. Es schien, als wären ihre Worte nur eine Metapher, aber in diesem Augenblick spürte ich echte Kälte. Die Kälte der Ewigkeit, die Kälte des Todes – von etwas, das nicht in unserer Macht liegt, versteht ihr?

Als wir verstummten, badete ich in ihren weichen, dunklen Blicken. Ich wollte irgendwie meine Dankbarkeit zeigen, nahm zärtlich ihre Hand und drückte sie.

Ich überlegte – sollte ich ihr von meinen Gefühlen erzählen? Von der »Kälte«? Von dem, was – o shit! ich hätte es fast vergessen! – was ich heute (HEUTE!) hinter der Rennbahn erlebt habe?

Irgendwo aus meinem Unterbewußtsein kamen Worte: *unsere Entscheidungen sind die Berührungspunkte mit der Wirklichkeit. Sie sind das, was existiert.* Hätte ich sofort von diesen Dingen erzählt, wäre alles ganz anders gekommen. Aber ich erzählte nicht. Ich wählte (VORÜBERGEHEND!) das Schweigen.

Unsere Entscheidungen sind das, was existiert. Sie formen das Flußbett, in dem der Strom des Lebens dahineilt.

Sie erzählte und erzählte, und ich lauschte und lauschte. Das Café füllte sich, und wir brachen auf.

Ohne es richtig zu merken, verließen wir das Café, unterwegs gingen wir in die Videothek, wo Hozza einen Film eines mir unbekannten Regisseurs mit spanischem Namen auswählte. Auf dem Weg zu ihr nach Hause kamen wir an der Pizzeria »Toronto« vorbei.

Während Hozza im Bad die Hände wusch, studierte ich

ihre Küchenutensilien, verglich die Besonderheiten der Küche mit ihrer Besitzerin.

»Ich koch uns Kartoffeln, gut?« rief ich Hozza zu, im Badezimmer plätscherte das Wasser.

»Okay«, gab sie zurück. »Nimm die Calamari aus dem Eiskasten!«

»Du hast Calamari?« stieß ich überrascht aus. »Wie bereitet man die zu?«

»Ich zeig's dir!« rief sie aus dem Bad. Putzte sie die Wanne? »Zuerst stell einen Topf mit Wasser auf, es muß kochen! Dann schau nach, ob im Kühlschrank noch eine Avocado ist...«

Während ich ihren Anweisungen folgte, kam Hozza in die Küche, sie trug jetzt ein Shirt und karierte Bermudashorts. Sie roch nach kühler Frische. So leicht gekleidet sah sie verdammt appetitlich aus. Hozza erhaschte meinen beiläufigen Blick und umschlang mich mit den Armen. Drückte ihre Schenkel an meine.

Die Calamari mußten eine halbe Stunde warten.

Im Kühlschrank war keine Avocado. Das sei nicht schlimm, meinte Hozza, es gehe auch ohne.

»Wir sind ja keine Diplomatenkinder«, scherzte sie. »Und überhaupt passen Avocados besser zu Tintenfisch, besonders mit Tomatenpaste. Irgendwann zeig ich dir, wie man aus Tintenfisch Suppe auf Mosambiker Art macht.«

»Wow, du warst in Mosambik?«

»Auf der Durchreise, als ich in Südafrika war. Hab mir im Nationalpark Löwen angeschaut. Das erzähl ich dir ein andermal. Man nimmt einen Tintenfisch, zerlegt ihn – Beine, Kopf –, wirft alles in kochendes Wasser und läßt es ein bißchen köcheln. Dann gibt man Tomatenpaste dazu, schneidet eine Zwiebel, dazu das Fleisch einer Avocado, salzen, pfeffern...«

Ich bestand darauf, als Beilage ein paar Kartoffeln zu kochen, hatte Angst, die Calamari könnten mir im Hals stekkenbleiben. Bei dem Gedanken, daß ich gleich Mollusken essen müßte, lief es mir kalt über den Rücken.

In der Zwischenzeit brachte mir Hozza bei, wie man Calamari ausnimmt. Man wirft sie zuerst in kochendes Wasser und muß sie dann schnell unter kaltes halten. So geht die harte Schale leichter ab. Alles Weitere ist idiotensicher – man brät die Tiere in Öl an, et voilá.

Zum Glück erwiesen sich die fertigen Calamari als etwas, das mich nicht überforderte. Mit Rahm serviert, erinnerten sie an gebratene Schweinsohren, sowohl im Aussehen als auch im Geschmack.

Nach dem Abendessen beschlossen wir, ein gemeinsames Bad zu nehmen. Ein Segen, daß Hozzas Badewanne so groß war. Schon beim letztenmal war mir bei den langen Reihen von Schaumbädern und Gels klar geworden, daß Hozza im Baden ein Profi und ganz allgemein eine Reinlichkeitsfanatikerin war.

Hozza redete viel. Sie hatte eine unerschöpfliche Energie, und fand zu allem einen Kommentar, den sie sogleich mit einer passenden Geschichte aus ihrem Leben ergänzte. Ich mußte nur die angenehme Musik loben, die aus den Lautsprechern tönte, und schon erfuhr ich, daß ihr Freund sie in einem Studio in Andorra aufgenommen hatte – ein DJ, ein »normaler Kerl«, leider nimmt er zuviel Antidepressiva.

»Dort in Andorra haben alle schwere Depressionen, die Stadt befindet sich in einer tiefen Schlucht, und die Felsen drücken, rund um die Uhr, das ganze Jahr hindurch. Alle Andorraner sind furchtbar bedrückt, es ist unmöglich, sich mit ihnen zu unterhalten. Besonders im Winter. Du weißt ja, dort sind die Pyrenäen, ein ewiges Frieren. Letztes Jahr war ich übrigens in Andorra Ski laufen, mit meinen Freunden aus der Schweiz, sie sind Kletterer, noch jung, aber schon professionelle Kletterer, sie haben ein dreijähriges Programm zur Vorbereitung auf eine Mount-Everest-Besteigung ausgearbeitet, eine bestimmte Kombination aus Übungen, Fitneß, Makrobiotik, Elementen von Yoga und einem speziellen mentalen Training. Das alles ist echt holistisch, sie haben einen holistischen Zugang, you understand? Apropos mentales Training. Als ich in Manhattan gewohnt habe, hab ich an einem Seminar teilgenommen, rat mal, bei wem!?«

Ihre völlig ungebremsten Gedanken spazierten frei durch ihren gesamten Erfahrungsschatz, beluden mich mit detaillierten, aber kaum strukturierten Informationen über Ereignisse, Menschen und Zeiten, in denen wir, wie sich herausstellte, lebten.

Ich lag im heißen, schaumigen Wasser, aromatisiert mit Thymian- und Limettenöl, und erlaubte mir, mich einfach entspannen zu lassen, Musik zu hören und mit halbem Ohr Hozzas Wortschwall zu lauschen. Ich dachte ständig – wie kann ein einziger Tag eine ganze Woche in sich bergen? Ich habe heute so viel erlebt, kann mich kaum an alles erinnern. Was bringt die Zeit dazu, sich zu dehnen und zu schrumpfen? Wo liegt der Grund für diese Erscheinungen? Und dann hörte ich auch auf, darüber nachzudenken – mein Körper wurde weich und der Kopf leer. Auch Hozza verstummte, sie hatte endgültig genug geredet. Wir befanden uns in einem Zustand reiner Spontaneität, in dem es weder Vergangenheit noch Zukunft gab, nur noch den gegenwärtigen Moment. Ich entspannte mich so sehr, daß ich mich für eine Sekunde ausklinkte und einen sehr kurzen, man könnte sagen, einen Blitztraum hatte.

Ich sitze auf dem Balkon des »Offenen Cafés« mit einem Menschen, der mir sehr nahesteht, einem jungen Mann, aber älter als ich, mit Brille. Er sagt feierlich zu mir:

»Wenn du jede deiner Entscheidungen abwägst wie Diamantstaub, Körnchen um Körnchen, führen dich die Entscheidungen bis ins Herz des Geheimnisses – das ist ihr Zauber. Sie führen dich an einen Ort und in eine Zeit, wo sich deine Befehle und Entscheidungen von selbst an die Wirklichkeit richten können. Dann erblickst du das schmale, aber einzige Tor in die Wirklichkeit der FREIHEIT. Eine Wirklichkeit ohne Vergangenheit hat auch keine Zukunft. Es gibt nur sie allein, die nackte und unverhüllte FREIHEIT der WIRKLICHKEIT. Sie ist dein WILLE ...«

Ich zuckte zusammen, spritzte ein bißchen Schaum auf die Kacheln. Hozza hob verwundert die Augenbrauen.

»Is efrising olrajt?«

Ich nickte, obwohl mein Herz noch immer pochte. Ich holte Atem. Kurze Träume sind sehr intensiv.

»Komm, Häschen, ich geb dir einen Kuß«, sagte ich und wir wechselten in die klassische Stellung: der Mann oben, die Frau unten. Unsere Zungen badeten im gemeinsamen Speichel, ihre Finger zerfurchten meine Pobacken, und ich berührte so sanft, wie ich es nur konnte, ihre festen Brüste. Als sich unsere Lippen voneinander lösten, war bedeutend weniger Wasser in der Wanne, dafür um so mehr auf dem Boden, und ich war bereits maximal erregt. Sie antwortete flüsternd:

»Laß uns rausklettern ... Machen im Bett weiter. Ich weiß da was Schönes für dich ...«

Sich ohne Angst lieben, ohne Hindernisse, ohne die Hoffnung, geschont zu werden. Die Masken abwerfen.
Wenn ich lernen könnte, so authentisch zu leben, wie ich mit ihr Liebe machte. Leidenschaftlich leben, sich bis zum letzten verausgaben, ohne Angst vor Verlust, vor Armut. Ohne Kummer leben, auf dem Wellenkamm, dem äußersten Scheitelpunkt, ohne Scham leben, zielstrebig, stürmisch, elektrifizierend. Hozza Dralla war so, wie ich sein wollte. In ihrer Gesellschaft schien es, als könnte auch ich dem Leben mit Leidenschaft begegnen, als könnte auch ich so herzlich sein, so stürmisch, als könnte auch ich schön sein vor den Augen des NICHTS.

11.

Von da an entwickelte sich unsere Beziehung rasant.
Hozza war ein einzigartiger Mensch, ihre Art konnte und mußte man als raffiniert bezeichnen, als rassig sogar, denn wer ist es, wenn nicht sie? Unterhaltungen mit ihr wurden nie zur Qual, wie es im Umgang mit anderen Leuten öfter der Fall ist. Auf die High Society fuhr sie nicht ab. Ich hatte den Eindruck, Hozza war von ihrer eigenen Auserwähltheit schwer übersättigt, übersättigt mit Gesprächen über höhere Dinge und mit subtilen Informationen. In ihrem Leben hatte eine Phase begonnen, in der sie nicht mehr nehmen konnte, sondern *geben* mußte. Und, gütiger Gott, wie sie mich beschenkte! Noch niemand hat mich mit solcher Aufmerksamkeit, Liebe und einfach Freundschaftlichkeit behandelt. Mit ihr zusammenzusein war ein Fest. Ihr zu lauschen eine reine Freude. Wie sie die Worte wählte, das Thema lenkte, Akzente und Pausen setzte – das machte ihr

niemand nach. Sie war stürmisch und farbenfroh. Voller Energie und ökologisch rein. Nach Hozza Dralla war es mit anderen Leuten schal und uninteressant – oder sogar toxisch. Als sie verschwand, fand ich mich in der Welt der Menschen wieder, die nicht wissen, daß sie schlafen.

Mit echter Verwunderung stellte ich fest, daß zwischen uns ein Unterschied von nicht mehr und nicht weniger als *sieben Jahren* bestand. Ich hatte gedacht, daß Hozza einfach sehr erfahren wirkte, weil sie Ausländerin war. Na ja, höchstens zwei Jahre älter als ich. Auch Hozza war baff, als sie erfuhr, daß ich gerade mal zwanzig war. Das muß ich wohl als Kompliment verstehen – glaubt man Hozza, gebe ich unrasiert einen gestandenen Mann, haha.

12.

Seien wir mal ganz ehrlich. Schon als wir uns zum erstenmal über den Weg liefen, reichten mir ein paar Blicke, um intuitiv zu verstehen: Dieser Mensch ist bereit, meinen Weg zu gehen. Sie ist aus demselben Stoff gemacht wie ich. Hozza konnte bereits erahnen, was ich unmittelbar sah. Sie wird mir ein wundervoller Kompagnon. O ja, wir haben einen langen, langen Weg vor uns, und er beginnt mit einer Szene aus meinem Gedächtnis.
Ohne Hozza schon in mein Geheimnis eingeweiht zu haben, begann ich, sie langsam darauf vorzubereiten. Ich tat es ohne Eile. Wir hatten ja genug anderes, womit wir uns in der Zwischenzeit beschäftigen konnten, um so mehr, als mir die Kichererbsen aus dem Café erklärt hatten, was »die Pille« ist.

Unsere Beziehung wurde wirklich innig – das zeigte sich bei unseren Treffen. Gedanken erraten, Dinge synchron tun. Telepathie auf der Ebene unausgesprochener Sätze. Wir brauchten keine Masken mehr, außer vielleicht als Accessoires in unserem kleinen Intimtheater.

Hozzas Bilder zerstreuten meine letzten Zweifel, ob ich ihr von meinem Gedächtnis erzählen sollte. Der Großteil ihrer Arbeiten war in einem Studio bei Montreal entstanden, wo sie extra wegen der speziellen Lichtverhältnisse hingefahren war.

In Lemberg hingegen malte Hozza selten. Seit wir uns kannten, waren nur zwei Bilder entstanden: auf grundierter Leinwand im Format 132 × 132 cm, hauptsächlich Schwarz und blasses Hellblau mit dünnen, roten und weizengelben Pinselstrichen. Möglicherweise waren diese Arbeiten ihre besten. Sie strahlten Licht aus.

Worte sind hier machtlos, soviel ist klar. Eine von konkreten Formen freie Abstraktion, Linien und Pinselstriche. Minimalistisch, vergeistigt. Durchsichtig. Und das Wichtigste – luftig und keine Kopfgeburt. Meinem Verständnis nach war das, soweit möglich, eine sehr genaue Darstellung der RELIEFZEIT.

Ihre Motive muß man wohl geistlich nennen. Bestimmt würde ein gläubiger Mensch mit dem entsprechenden Horizont sie als abstrakte Ikonen bezeichnen. Oder sogar als Ikonen des Abstrakten, aber das würde wohl eher ein Ungläubiger sagen. Und wirklich, wieso sollte man ihre Bilder nicht für Ikonenmalerei halten?

Schon deswegen nicht, weil ihre Bilder zu abstrakt waren – in einer solchen Ikone könnte der Klient nicht nur seinen

Chef erkennen, sondern auch einen der Trust-Konkurrenten, das ist für die Firma nicht gut, pinselklar.

Wie ihre künstlerischen Techniken verrieten, hatte sich Hozza eine Zeitlang für japanische Kalligraphie begeistert. In New York hatte sie spezielle Meisterkurse besucht. Ihren eigenen Beteuerungen zufolge aber ohne merkbaren Erfolg. Statt dessen machte sich in ihren Arbeiten etwas Hieroglyphisches bemerkbar – das Gefühl von etwas Unaussprechlichem, einer überwältigenden Lakonie.

Vielleicht bin ich in bezug auf ihr Schaffen zu emotional, denn ich war tief beeindruckt vom Kontakt mit der Urheberin. Es gab auch mittelmäßige Bilder von Hozza, ebenfalls nicht schlecht – »Terra Insomnia« zum Beispiel, oder »Amakam« – aber sie verströmten die Plakativität des Suprematismus. Ihnen fehlte der Enthusiasmus, der den *besonderen Bildern* eigen war: »Misted Mirror«, »Sorrow« oder »Intent!«.

13.

Hozza Dralla hatte gute Verbindungen zur ukrainischen Diaspora in Paris und Toronto. Auf ihre Eltern durfte man sie nicht ansprechen. Ihre Mutter war schizophren, befand sich zur stationären Behandlung in Basel. Ihr Vater war Diplomat, oder weiß der Pfeffer was für ein Bonze in unserer Botschaft in Kanada.

Ich war mir darüber im klaren, daß unser Kontakt nur von ihrem, Hozza Drallas gutem Willen abhing. Das wurde nicht laut verkündet, aber auch nicht verheimlicht. Sie hatte eine Greencard und besaß die kanadische Staatsbürgerschaft. Sie konnte jederzeit in ihr Montreal fahren, wo sie *downtown* eine Wohnung besaß und ein Studio in den *suburbs*. Das fröhliche Mädchen Hozza Dralla, das um die ganze Welt fliegen, Schals in Paris und Handtäschchen in Bischkek kaufen konnte.

Ich bemühte mich, nicht an ihr Geld zu denken, das wäre Verrat am Menschen gewesen. Aber sie erzählte selbst, daß ihre Bilder in der »Galerie d'Art Abstrait« in Paris und der etablierten Galerie »Stronger« in Montreal verkauft wurden. Darüber hinaus hatte sie eine Dauerausstellung irgendwo in New York, Manhattan.

Die erwähnten Details aus ihrer Biographie gaben unserer Beziehung einen Wermutstropfen bei. Hozza war als Diplomatentochter erzogen worden. Wahrscheinlich hatte sie ein Kindermädchen oder sogar eine Gouvernante gehabt, keine Ahnung, wie das in diesen Kreisen so üblich ist. Der Wermutstropfen war das Wissen, daß Hozza alles konnte, alles aus eigener Kraft erreicht hatte. Bei Gesprächen mit ihr spürte ich, daß sie mich vom Kontinent ihrer Errungenschaften aus betrachtete, auch wenn sie sich bemühte, es nicht zu zeigen.

Aber man darf sich nicht pausenlos beschweren wie eine alte Baba. Hozza gab mehr, als man nur irgendwie hätte nehmen können. Sogar ich lernte etwas, und das ganz beiläufig. Neben ihr wirkte meine Kulturlosigkeit trotz allem wie eine Beleidigung. Wenn wir zusammen waren, verschlang ich Hozza mit Blicken, verfolgte ihre Gesten, ihre Stilistik, fing ihre Intonation ein, sog sie in mir auf. Ich behaupte nicht, daß man nun tiefsinnige Gespräche über gescheite Dinge mit mir führen konnte – dafür mußte man viele Bücher gelesen haben, ich aber hatte sie nur »fotografiert« und die Denkarbeit auf »später« verschoben.

Um das Bild zu vervollständigen: Hozza ist ein bißchen verwöhnt. Nicht ein bißchen, sogar ordentlich verwöhnt. Verschwenderisch, leichtsinnig, arrogant, selbstsicher. Weiter? Unaufmerksam, hochmütig, spöttisch... unausgeglichen, hysterisch.

Vielleicht bin ich zu streng? Nicht nur einmal habe ich mich bei der Vorstellung ertappt, wie ich ihr helfen werde, diese Schwächen Schritt für Schritt in reife Charakterzüge umzuwandeln, wie ich ihr die Weisheit der Schwarzerde-Bauern nahebringen werde. Ich spürte den matten Messinggeschmack des Sieges auf meiner Zunge.

14.

Hozza »sprühte« nur so vor Art-Chaos, sie sah sich unmäßig viele Filme an. Sie wollte ein Festival des Independentfilms im »Offenen Café« organisieren und dachte sogar daran, einen der fetzigen jungen Regisseure aus Europa herzukarren, mit denen sie befreundet war. Durch Hozza kam auch ich auf den Geschmack, und wir sprachen oft über Filme, die sie ausgesucht hatte. Obwohl Hozza elektrische Geräte zuhauf besaß, hatte sie keinen Fernseher, die Filme schauten wir immer in ihrem Schlafzimmer, auf dem Bauch vor dem Laptop liegend.

Wie viele andere Dinge, die zu Beginn einfach passierten, wurde dies zu einer Art Ritual, dessen richtige Ausführung versprach, angenehme Augenblicke der Vergangenheit zurückzubringen, und sei es nur für kurze Zeit.

Auf jeden Fall verdient Hozzas Schlafzimmer eine eigene Erwähnung. Vielleicht ist es in Wahrheit vollkommen uninteressant, aber ihr versteht – mich verbinden sehr persönliche Erinnerungen mit diesem Zimmer. Ich habe noch nie etwas Vergleichbares gesehen.

Eine Wand war schlampig ockerrot gestrichen, die zweite, ebenso schlampig, schwarz. Die zwei anderen hatten einen angenehmen beige-grauen Farbton. Ich begriff schon automatisch, die Schlampigkeit war Stil, und die Dreifarbigkeit der Einfluß von Malewitsch. Vorbilder hinterlassen ihre Spuren.

Auf dem Teppichboden in der Ecke des leeren Zimmers lag eine orthopädische Matratze, 0,45 × 1,9 × 2,5 m, an der okkerfarbenen Wand. Fast unter der Zimmerdecke, auf Gehsteigniveau, befand sich ein Fenster, daneben ein Wandschrank, in dem Hozza ihre Kollektion aufbewahrte: Hozza sammelte Designerbettwäsche. Auf dem Boden lagen ein paar abgegriffene, englische Taschenbücher herum. Aber – eine Matratze und nackte Wände. Und aus. Himmlischer Minimalismus.

Ihr Stil gefiel mir so sehr, daß ich beschloß: Müßte ich einmal allein wohnen, wird die Schlafzimmerausstattung analog sein. Eine Matratze und nackte Wände. Und aus. Himmlischer Minimalismus. (Aber halt! Wann werde ich denn alleine wohnen müssen? Ich habe nicht vor, Hozza gehen zu lassen!)

An jenem Abend lagen wir lange zusammen im Bett und redeten. Wir hatten uns den Film eines chinesischen Regisseurs ausgeborgt, der Streifen hieß *Hero*, mit Jet Li, ich kannte ihn von früheren Filmabenden bei Hozza. Typisch chinesische Ästhetik: Ruhe in der Bewegung und Bewegung in der Ruhe. Der Streifen handelte von der alten chinesischen Geschichte: von Feindschaften im Reich der Mitte, von einem Herrscher, der über alle Reiche regieren will, und einem Helden, der sein Leben lassen muß. Während ich verfolgte, wie sich herrliche Landschaften mit auserlesenen Cheongsams abwechselten, dachte ich unwillkürlich an Hozza und ihre Liebe zu ausgefallenen Laken.

Ich weiß nicht, womit uns dieser Film verzauberte, aber nachher zog es sowohl Hozza als auch mich zu »philosophischen Themen«. Wir wurden Opfer dieser Laune, wenn man etwas sehr Persönliches mit einem Menschen teilen, sich öffnen will, dem anderen etwas von sich erzählen will, was man noch niemandem erzählt hat.

»Weißt du«, begann Hozza, »manchmal frage ich mich: Wohin gehe ich? Wieso gehe ich dorthin? Und wohin *würde* ich gerne gehen? Du verstehst mich doch . . .«

»Ja klar . . .«, nickte ich und dachte bei mir: ›Da ist sie, die hinterfotzige Laune der Aufrichtigkeit um halb drei nachts!‹

»Ich habe alles. Aber es ist alles irgendwie . . . nicht so, wie es von weitem aussieht, verstehst du? Ich weiß nicht, was ich jetzt tun soll, wo ich doch alles habe. Ich kann niemandem davon erzählen, weil jemand anders kaum verstehen würde, wie das ist: alles zu haben und unzufrieden zu sein. Das macht mir zu schaffen.« Hozza verzog das Gesicht und blickte zur Seite. »Es macht mir zu schaffen, und ich weiß nicht, wie ich damit umgehen soll. Manchmal will ich alles hinschmeißen. Von neuem beginnen. Manchmal will ich ins Kloster flüchten, um nicht nachdenken zu müssen, wie weiter leben. Manchmal will ich auf einer einsamen Insel sein, um nie wieder einen Menschen sehen zu müssen. Manchmal . . . ich weiß, das ist naiv . . .«

»Nein, nein, ich lache nicht deswegen, sprich weiter . . .«

»Manchmal will ich mich einfach vergessen und glauben,

daß ich ein armes Mädchen bin, das nicht weiß, wie man erwachsen wird, das Angst hat, niemand würde es heiraten, das Angst vor dem Alleinsein hat...«

Hozza verzog den Mund zu einem komischen Lächeln. Ich sah Tränen auf ihren Wimpern.

»Ich will manchmal einfach ein Mensch... sein... aber ich kann nicht. Ich bin nicht so.«

Sie wischte sich die Tränen von den Wangen. Ich nahm ihre Hand.

»Es gibt einen Ausweg«, sagte ich nach einer Pause. »Ich verstehe dich. Verstehe, was du meinst. Ich erlebe sozusagen etwas sehr Ähnliches. Darum habe ich auch gelacht, du hast einfach meine Gedanken gelesen.«

»Aber du hast doch all das, was ich habe, gar nicht? Du müßtest es doch wollen...«

»Stell dir vor, mir ist sogar das, was ich habe, zu viel. Und genaugenommen gehört es gar nicht mir. Ich habe etwas, von dem ich dir nicht erzählt habe. Ich erzähle niemandem davon.«

»Du hast Familie, Kinder?!« Hozza lachte schon wieder. Sie konnte also doch nicht traurig sein.

»Etwas viel Schlimmeres. Ein phänomenales Gedächtnis.«

»Wie – ein phänomenales Gedächtnis?«

»Na ja, ich kann mir alles merken. Noch nie von so Leuten gehört? Die treten im Zirkus auf, zeigen Kunststücke. Soweit ich gehört habe, sind es hauptsächlich Inder. Du weißt nicht zufällig, warum?«

»Ai haf nou ajdia...«, Hozza setzte sich auf, und ihre nackten Brüste überzogen sich mit Gänsehaut. Um nicht zu frieren, hüllte sie sich in eine Decke. Ihre ulkige Miene sollte Ungläubigkeit bedeuten.

»Willst du sagen, daß du so einer bist wie aus dem Guinness Buch der Rekorde? Komm, zeig mir einen Trick!«

Ich schlug ihr vor, mir einen Abschnitt aus einem beliebigen Buch vorzulesen. Sie durchstöberte kurz ihren Laptop und wählte einen Abschnitt aus *Über das Geistige in der Kunst* von W. Kandinsky. Ich wiederholte ihn Wort für Wort, Hozza verfolgte den Text dabei auf dem Monitor.

Hozza las noch einen Abschnitt vor, nun eine ganze Seite, und ich wiederholte auch ihn ohne Unsicherheiten, zum Spaß trug ich den ersten Abschnitt, über die Farben, noch einmal vor. Hozza gefiel dieses Spiel. Wir hätten einander noch lange geprüft, wenn ich es nicht rechtzeitig gestoppt hätte. Fürs erste war es genug.

»Erzähl mir, wie das kommt«, bat sie, »daß ein Bauerntölpel wie du so eine Maschine im Kopf hat?«

»Nichts einfacher als das«, antwortete ich, »ich kann mich an alles erinnern.«

»Niemand kann sich an alles erinnern!«

Nach kurzem Nachdenken stimmte ich zu, daß ich mich nicht an alles erinnern könne, aber an sehr viel und ziemlich genau.

»Viele, viele Terabyte an Information. Wie ein Computer.«

Hozza saß in die Decke gehüllt da und blickte mich an, ich lag, ein großes aquamarinblaues Knuddelkissen unter meinem Kopf, und schwieg. Hozza fragte, wie das sei: sich an alles erinnern zu können und nichts zu verwechseln.

»Ähnlich wie die Finger an der Hand«, fand ich einen Vergleich. »Vielleicht hast du irgendwann in der Kindheit den Zeigefinger mit dem Daumen verwechselt, aber jetzt passiert das nicht mehr.«

»Stört es dich nicht? Ich habe gehört, daß es solchen Menschen sehr schwer fällt, sich auf eine Sache zu konzentrieren.«

»Nein. Es ist okay. Ich hab mich angepaßt. Es ist einfach eine neue Dimension.«

Ich schwieg einen Moment, dachte nach, was ich sagen und womit ich besser noch warten sollte.

»Mir kommt es so vor, als müsse es so sein. Jeder muß sich diese Dimension erschließen und lernen, in ihr zu handeln.«

»Und wie ist es, sie zu spüren?«

Mir wurde unbehaglich.

»Das sind sehr subtile Dinge, verstehst du. Man darf nicht alles wortwörtlich nehmen. Diese Gedächtnisdimension ist nicht irgendwo hinter dem Horizont. Sie ist hier und jetzt. Du fühlst sie rajt nou. Sie dient als Hintergrund für alles: für jedes Ding, jeden Gedanken, jedes Gefühl. Hast du nicht bemerkt, wie in der Küche Wasser durch die Rohre geflossen ist, während wir den Film gesehen haben?«

Sie schüttelte den Kopf.

»Aber jetzt, nachdem ich deine Aufmerksamkeit darauf gelenkt habe, wirst du dieses Geräusch registrieren. Genauso ist es mit dem Gedächtnis. Es bildet den Hintergrund für jeden unserer Tage. Es beinhaltet alles, was du jemals erlebt hast, und noch viel mehr. Es genügt, ihn einmal zu bemerken, und du verlierst ihn nie wieder. Du prägst ihn dir ein, diesen Geschmack. Ein Geschmack für alles.«

Irgend etwas berührte mein Gedächtnis, als ich diese Worte aussprach. Vielleicht hatte ich sie von jemandem gehört? Aber das war unwahrscheinlich. Nur eine Person, die weiß, wovon sie spricht, hätte sie sagen können. Und ich kann mich an so jemanden nicht erinnern.

»Solange du diesen Hintergrund nicht selbst bemerkst, lebst du nicht, sondern vegetierst in Träumen dahin.«

»Ich vegetiere also in Träumen dahin?«

»Nein, wieso denn ... Du malst. Dich hält das Malen wach. Mich – das Erinnern. Es gibt viele Wege. Der Geschmack ist derselbe.«

Eine Pause entstand. Ich spürte eine gewisse Verzweiflung. Umsonst hatte ich der Laune der Aufrichtigkeit nachgegeben. Es ist immer so: Du erzählst zuviel, und dann bereust du es. Ich hätte nicht voreilig sein dürfen, sondern mich ordentlich vorbereiten sollen. Es war Zeit, das Gespräch ins Lächerliche zu ziehen.

»Also, Hozza, ich habe dir mein Geheimnis offenbart. Jetzt offenbarst du mir deins.«

»Welches Geheimnis?«

»Was siehst du, wenn du malst?«

»Ich sehe das, was ich male.«

»Also...«, ich versank kurz in Gedanken. »Ich sage dir jetzt was. Du wirst vielleicht nicht gleich verstehen, wieso und wozu ... erschrick nicht, gut?«

»Okay, ich bin bereit.«

»Verstehst du, es gibt Menschen, die nicht nur schauen, sondern sehen. Das kann man an ihren Augen erkennen. Wenn die Augen eines Menschen gelblich leuchten, bedeutet es, er sieht ... wie ein Künstler eben. Kreativ, oder ... abstrakt. Sieht, was, wie und wo ... wie kann man das noch erklären ... Na ja, und wenn die Augen weiß leuchten, dann ist er Alkoholiker. Haha.«

Sie begann mich zu beißen und meine Haut am Bauch zu kneten. Das hieß, Hozza hatte einen ihrer wahnsinnigen Anfälle. Ich kannte das schon: Gleich wird sie mich anmachen. Unser abstraktes Gelaber war erschöpft.

Hozza zog mir die Decke weg. Ich war nackt und ansehnlich. Sie, auch nackt, setzte sich auf meine Ansehnlichkeit, und wippte auf und nieder.

»Okay, Pjatotschkin. Wir spielen hier nicht Mikado«, sie drückte meine Schultern ins Kissen, und ich lachte los. »Sag's geradeheraus, was willst du von mir?« Sie schmiegte sich fester an mich und begann ihre Oberschenkel zu bewegen. Ich atmete kräftig durch die Nase ein.

Nicht umsonst sagen die weisen Taoisten (blaues Heftchen im Extraregal unten rechts im »Offenen Café«): das männliche Yang ist endlich, das weibliche Yin hingegen unbegrenzt. Die letzten Tropfen meines endlichen Yang auf dem aquamarinblauen Laken waren noch nicht getrocknet, als Hozza Dralla schon wegdämmerte. Ich sog ihren Geruch ein, um sie tiefer in mir behalten zu können.

15.

Nachdem sie mir ihr Geheimnis offenbart hatte, wurde »Mein Gott, geht mir das alles auf den Zeiger« Leitmotiv ihres Seufzens.

Unter »das alles« verstand sie sogenannte Freunde, ihr Umfeld. Auch hier, in Lemberg, hatte sie »Freunde« bis zum Gehtnichtmehr, wie dann erst in anderen Städten, wo es mehr Nachtclubs gibt und der Phantasie keine Grenzen gesetzt sind. Mein Herz tat weh, wenn ich mir vorstellte, was sie ohne mich anstellen konnte.

Hozza stank es mordsmäßig, von allen gekannt zu werden und praktisch niemanden zu kennen. Ihr fehlte die Zeit, erklärte sie, um echte Freundschaften zu führen (wie mit mir). Aber die Anzahl ihrer Bekannten stieg unaufhaltsam.

Andere junge Talente strebten danach, mit ihr befreundet zu sein, sich ein Quentchen von ihrem Massel, ihrem Erfolg abzuzweigen, ihre Aufmerksamkeit zu gewinnen, sich fürs eigene Glück ein Stückchen von ihr abzuzwacken.

»Du kannst dir gar nicht vorstellen, wie deprimierend das ist«, erzählte sie vertrauensselig. »Je mehr *Bekannte* du hast, desto weniger *Freunde* sind darunter. Auf hundert Bekannte kommen eins Komma dreiunddreißig richtige Freunde. Danach wird es noch schlimmer. Nach tausend Bekannten kommen auf alle weiteren hundert Bekannte überhaupt nur noch null Komma ein paar zerquetschte Freunde mit einer mittleren Abweichung von einem halben Menschen...«

In ihrer Freizeit hatte sie mal versucht, eine Liste absolut aller Leute zusammenzustellen, die sie je kennengelernt hatte. Ihren Berechnungen zufolge machte ein statistisch durchschnittlicher Mensch bis zum 35. Lebensjahr siebenhundert Bekanntschaften. Sie selbst zählte zweieinhalb Tausend. Wir spielten ein bißchen mit den Zahlen und kamen zu folgendem Ergebnis.

Multipliziert man die Anzahl der Bekannten (St.) mit dem Wert der jeweiligen Bekanntschaft in Dollar (manche sind einen Pappenstiel wert, andere ein Verlustgeschäft, manche, wie ich, sind Millionen wert) und addiert dann alles, erhalten wir den Gesamtgewinn aus unseren Kontakten zu einem bestimmten Zeitpunkt der Existenz. In einem Diagramm dargestellt, erinnert die Sache an die Schwankungen des Dollarkurses oder an ein Kardiogramm, bei dem die Phasen beschleunigten Herzschlags jenen Bekanntschaften entsprechen, die mehr Erregung hervorrufen, was in der Sprache von bucks und sterlings einen Zustrom ausländischer Investitionen bedeutet.

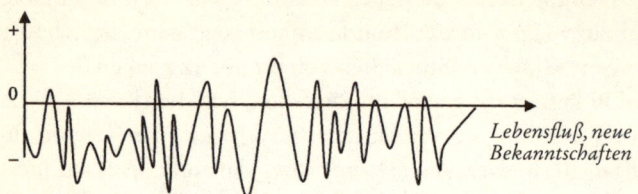

Grad des Ein-
verständnisses

Lebensfluß, neue
Bekanntschaften

Zum jetzigen Zeitpunkt unserer Beziehung versprachen
die beiderseitigen finanziellen Einlagen eine Ausschüttung
von Kardiobucks in eine mächtige Holding, mit Leasing,
Petting und Factoring »just-in-time«.

Ohne Witz. Ich verstand ausgezeichnet, was Angst vor einer Überschwemmung mit »Bekannten« bedeutete. Darüber hinaus verstand ich, wieso sie von allen so geliebt
wurde. Auch mir war meine Ration Aufmerksamkeit zu
klein. Was ist das schon, einen Abend in der Woche mit
dem geliebten Menschen zu verbringen? Ich wollte, daß sie
den ganzen Tag im Café sitzt, ihren reservierten VIP-Tisch
hat, an den ich alle Viertelstunde eine neue Tasse Sencha,
ein Glas Bier oder einen frischen »Bardak«-Salat bringe.
Oder bevorzugt sie das Clubsandwich B. L. T.? Ich sah sie
an und stellte mir vor, wie Hozza in Bergsteigerkluft aussieht – im Sommer müssen wir unbedingt zu mir in die
Berge fahren, für ein paar Wochen, mit Zelt. Uns ein bißchen in den Wäldern rumtreiben, uns splitternackt in die
Sonne legen.

Und dann geht's zu den Schatzki Seen, im August ist es dort
am schönsten. Schluß mit Europa, soll sie sich doch an der
prächtigen Ukraine erfreuen. Wir werden uns in einem

schäbigen Pensionszimmer auf dem quietschenden Bett
lieben... aber zuerst stehend, am Fenster.
Ich werde für sie sorgen, und sie soll mich dafür lieben und
respektieren, und *mein Mann* zu mir sagen.
Das genügt – *wenn sie nur mich allein lieben wird.*

Aber so war es nicht. Hozza trieb sich tagelang herum. Wir
trafen uns in der zweiten Wochenhälfte, meist Donnerstag
abend, um die Zeit bis Montag gemeinsam zu verbringen.
Was tat sie in der übrigen Zeit? Quälende Ahnungen über-
fielen mich, was andere Männer betraf – sie hatte so viele
Freunde! Alle wollten von ihr, wozu nur ich allein das
Recht hatte. Es tat verdammt weh, daran zu denken, sie
könnte einem anderen erlauben, mit den Lippen den feinen
Flaum ihrer Pobacken zu liebkosen, an der Haut unter ihren Achseln zu riechen, an ihren Brüsten zu knabbern, ihre
Taille zu berühren, dort, wo ihre empfindsamsten Stellen
waren, *ihre empfindsamsten Stellen*!

Daß ich mit ihr lebte und meinen Spachtel in sie tunkte,
hieß nicht, daß sie für immer mir allein gehören würde. Wie
tückisch das von ihr war! Was für ein gemeines Manöver!
Ich konnte nicht besitzen, was sich nicht besitzen ließ. Aber
wer hatte mir das gesagt: Sie besorgt's jedem, bekommt's
aber selbst von niemandem besorgt? Goldene Worte! Alle,
die ihn ihr reingeschoben hatten, meinten, Hozzas Umarmungen und Zärtlichkeiten seien eine gemütliche Fazenda,
wo man seine Sachen auspacken, rote Bete säen, einen
Baum pflanzen, mit einem Wort, Hausherr werden könne.
Aber sie waren keine Fazenda, und ich kapierte es zur selben Zeit wie alle anderen: zu spät. Hozza Dralla, die geile
Göre, hatte zwischen den Beinen ein Loch in die Leere, ins

Nichts, das man nicht plündern konnte, nicht anfüllen, von wo man nie wieder zurückkehrte. Eine Supermöse.

Hozza war der wertvollste Schatz in dieser Stadt, auf dieser kleinen Welt. Schwanzlose Makaken und Paviane – solche wie ich – machten blutrünstig Jagd auf sie. Hätte ich sie einem anderen überlassen können, wenn dieser Schatz doch in Wahrheit mir gehörte? Mir, *mir allein* (ich knirsche mit den Zähnen).

Ich hatte Angst vor den unsichtbaren und gefährlichen Konkurrenten. Vor den superfeinen Modebonzen mit Deko-Bärtchen. Vor den tiefsinnigen Intellektuellen, hübsch gekämmt und belesen. Vor den breitschultrigen Machos mit den fetten Brieftaschen und den tollen Schlitten. Ich hatte Angst vor älteren Herren und blutjungen Teenagern, von ihnen ging die größte Gefahr aus, denn nichts erweichte und bezirzte Hozza mehr als jugendliche Unschuld, die sie mit sich selbst füllen konnte. Alle, alle waren sie gegen mich – jeder eine Gefahr, jeder mein Feind.

Achtes Kapitel

Versuch eines abstrakten Gefasels II.
El Condor Pasa

1.

Natürlich hatte vorübergehend ich das Vorrecht. Denn ich stand ganz oben auf der Skala von Hozzas Sympathie. Wer, wenn nicht ich, wußte also von ihrer Unbeständigkeit? Die Situation verlangte eindeutig ein Eindringen in ihr Karma.

Denkt bloß nicht, daß ich ein Primitivling war und sie wie ein Territorium besitzen wollte. Ich wiederhole es noch einmal: Mein gesamtes Handeln war von der klaren Einsicht gelenkt, daß wir einfach zueinander gehörten. Hier meine Argumente.

Erstens – die Bilder. Eine Person, die *solche Sachen* malt, mußte die Reliefzeit, wie ich es nenne, deutlich spüren (wenn nicht sogar einmal *direkt gesehen haben*). Nicht umsonst, ja, nicht umsonst hatte Hozza ausgerechnet die *Abstraktion* zum Objekt ihres Talents gemacht, keine Frage. Daß sich Hozza an der Schwelle zum Relief befand, konnte man an ihrer Technik erkennen. An den entsprechenden Stimmungen, dem unverwechselbaren jenseitigen Kolorit, der Verbindung des Bekannten mit dem Unbekannten ... Und ihre unverfälschte Mehrdeutigkeit. Nein, es konnte nicht anders sein. Hozza war eine Seelenverwandte.

Zweitens – Hozzas Augen leuchteten, sie strahlten in einem intensiven Bernsteingrün. Dieser Farbton zeigt an, daß sich ein Mensch kurz vor der OFFENBARUNG der RELIEFZEIT befindet.

Drittens – unsere Begegnung und das Einverständnis zwischen uns konnten kein Zufall sein. Etwas Unergründliches hatte Hozza Dralla zu mir geführt, meine Absichten sollten die unseren werden. Darin sah ich, wenn man so will, das Pathos meiner persönlichen Weltraummission.

Jeder, der Zeuge der Reliefzeit wird, erinnert sich augenblicklich an die vielschichtigen Zeitformen des SEINS, und was das Wichtigste ist: er erinnert sich an die Notwendigkeit weiterzugehen, in die TIEFE, dem Ruf der Unendlichkeit zu folgen. Wenn also Hozza hinter den Kulissen des Wahnsinns die gigantische Welle des SEINS erblickt, die sich gleich hier auftürmt, wird sie mir aus freien Stücken folgen wollen. Wir würden zu zweit ferne Gebiete erkunden, zu zweit neue Gegenden bereisen, gemeinsam Zeuge von LEBEN und TOD werden. Ich hatte keinen sehnlicheren und geheimeren Wunsch, als das WISSEN über diese wundersame Welt mit jemandem zu teilen.

Ich hatte eine Vision, sie war romantisch und schmerzhaft.

Wir ziehen nach Kanada. Ich habe gehört, dort gibt es unendliche Weiten. Wir fahren eine Woche mit dem Auto, um uns herum nur Prärie und Horizont. Freiheit... Kanadische Weiten, würziger Nordwind. Es ist Herbst, ich nehme den Kieferngeruch wahr. Angeblich sind die kanadischen Platanen die höchsten auf der ganzen Welt. Uns wird es in diesem Land gutgehen. Ohne den ätzenden Rummel, in öder Provinzgefangenschaft, unter Fremden, wo niemand etwas von uns will. Jenseits von Kanada ist nichts. Nur das Ende der Welt. Ideale Bedingungen zum Forschen, für Kreativität, Experimente und für die wahre Liebe.

2.

Es kam ein wenig anders. Hozza erzählte mir, daß sie noch zwei Monate in der Ukraine sein würde, um dann nach Montreal zurückzukehren. Meine Knie wurden weich. ›Und was ist mit mir?‹ dachte ich. Die Mitteilung versetzte mich in Panik.

Es blieb keine Zeit. Ich mußte ihr innerhalb kürzester Frist etwas erklären, wofür es keine Worte gab, und es mußte so virtuos klingen, daß auch ich selbst es verstand.

Für unser schwieriges Gespräch wählte ich das Brachland hinter der Rennbahn, das mir schmerzhaft in Erinnerung geblieben war. Der abgelegene Ort erschien mir passend: Nur in der Ödnis bestand Hoffnung, niemandem über den Weg zu laufen, der unsere Konzentration stören könnte, weder einem von Hozzas Freunden, noch einem meiner Café-Kumpels. Die Angelegenheit war delikat und verantwortungsvoll – es war nicht leicht, Hozza zum Zuhören zu bringen. Sie hatte gerade eine Phase, in der es ihr leichter fiel, selbst zu sprechen. Blöd war auch, daß Hozza so zerstreut ist. Es wird schwer, sie länger bei der Stange zu halten. Aber ich werde mein Bestes geben.

Außerdem hatte ich nicht wenig Respekt vor ihr. Sie konnte mir richtig Angst machen, diese Hozza, vor allem, wenn sie die Logik ins Spiel brachte. Ein simples Argument reichte, und all meine trüben Ausführungen waren zerschlagen – so war es immer. Eigenartig, daß ein derart kreativer Mensch im Leben so erbarmungslos rational sein konnte.

Nicht umsonst wollte ich zu Fuß mit ihr zur Rennbahn gehen. Je müder, desto ausdauernder würde meine Schönheit sein.

Schon lange hatten wir die Angewohnheit, ausgedehnte Spaziergänge durch die Stadt zu machen. Für Hozza bot Lemberg Exotik ohne Ende. Sie verglich es mal mit Krakau, mal mit Prag, lachte aber immer, wenn jemand auch Paris hinzufügte:

»Lemberg als kleines Paris bezeichnen kann nur jemand, der das große Paris nicht gesehen hat.«

Ich hatte im voraus mit Vika (einer Kellnerin aus dem Café) abgesprochen, daß sie ab eins meine Schicht übernehmen würde. Es war Donnerstag, und Hozza erschien zehn Minuten, nachdem ich die Kasse übergeben hatte. Wir aßen zu Mittag, Hozza zahlte, ich machte mir nicht mehr die Mühe, sie mit Gewalt davon abhalten zu wollen. Sie hatte mir klar gemacht, daß – setzt man unsere Einnahmen und Ausgaben in ein Verhältnis zueinander – die Spitzengerichte im Café für sie billiger waren als für mich ein Päckchen Zigaretten. Jedesmal, wenn sich Hozza ins Gedächtnis rief, daß die Preise auf der Speisekarte in Hrywnja angegeben waren, freute sie sich und trampelte mit den Füßen. Wir bestellten Soljanka und Hühnerspieß mit Gemüse.

Satt und vergnügt, als wäre alles wie immer, zogen wir los. Hozza fragte nicht, wohin wir gingen, und ich freute mich, mit welcher Leichtigkeit sie mir folgte.

Es war Donnerstag, der zweite Donnerstag im Dezember. Das Wetter ließ dieses Jahr jedoch keinerlei Feiertagsstimmung aufkommen. In letzter Zeit, seit

(die Kälte gekommen war)

Hozza und ich zusammen waren, machte sich bei mir eine sonderbare Tendenz bemerkbar: Ich verlor das Zeitgefühl. Mein Gedächtnis spielte verrückt, und ich konnte nicht sicher sagen, welcher Tag gestern gewesen war. Vielleicht hatte es mit meiner Arbeit zu tun – jeden Tag dasselbe, es schien mir, als würde die Zeit stillstehen.

Wir kamen ins Industriegebiet hinter der Podatkowa-Straße. Zuerst passierten wir eine Fabrik für Baumaterialien, danach begannen die nackten Mauern der Lemberger Autofabrik.

Hozza sah sich verwundert um, sie wollte wissen, wohin ich sie führte. Ich beruhigte sie, sagte, ich wolle ihr die Rennbahn zeigen. Hozza erzählte, daß die Geschäftsleute in Kanada etwa so Marihuana rauchten, wie man bei uns Bier trinke. Zwar nicht in Gesellschaft und nicht beim Ausgehen, dafür zu Hause, vor dem Fernseher, einfach so. Sie erzählte, was für einen prächtigen botanischen Garten es in ihrer Stadt gebe und wie unglaublich viele Wolkenkratzer, und daß sie das Indianerreservat Kahnawake besucht habe ... Ihr Mund stand nicht still. Eine Flut von Eindrükken, eine Lawine von Geschichten.

Meine Rechnung ging trotzdem auf. Als wir den Stryjskyj-Busbahnhof hinter uns ließen, verstummte Hozza, sie begann tiefer zu atmen und fragte, ob es noch weit sei. Vom »Offenen Café« bis zur Rennbahn lief man mehr als eine Stunde, genug für Hozza, um müde zu werden. Es wehte ein schneidender Wind, und ich dachte schon, die Welt heiße meine Absichten nicht gut, als plötzlich die Sonne hervorkam. Wir sahen einen Sonnenuntergang in leuchtend roten Farbtönen.

»Wodka Finlandia«, kommentierte Hozza. Es war schön – der weiße Himmel und ein tiefroter Himmelskörper. Hozza zog ihren Schal fester.

Wir kamen zur Rennbahn, die zu Hozzas Enttäuschung leer und uninteressant war. Langsam gingen wir die Ebereschenallee entlang. Dann überquerten wir die trockene

Rennbahn und setzten uns auf die Holzabsperrung, um eine zu rauchen. Der Wind fuhr mir unter die Jacke und ließ mich frösteln. So schnell wie möglich wollte ich ins Warme, in ein Gebäude.

Ich ertappte mich bei dem Gedanken daran, umzukehren. Aber zurück gehen wir nicht zu Fuß, sondern wir fahren... Unterwegs springen wir in einen Laden, besorgen uns in der Feinkostabteilung was zu essen. Dann lassen wir Wasser in die Wanne laufen, und während das Essen auf kleiner Flamme vor sich hin köchelt, klettern wir mit kalten Gliedern in den Schaum, tauen auf, wärmen uns auf, heizen uns auf. Wir waschen uns gegenseitig mit Kindershampoo die Haare wie die Knirpse in der Werbung. Hozza gibt mir ihren warmen Bademantel und streift sich ein Nachthemd über ihren duftenden Körper. Ich bitte sie, das pinkfarbene zu nehmen, mit Tweety drauf, das mag ich am liebsten. Überall in der Wohnung kann man Musik hören, Hozza hat einen wunderbaren Geschmack, alles von Montrealer DJs, hat sie gesagt, von ihren Freunden, echt abgefahrene Typen. Bestimmt lieben wir uns auf ihren farbigen Laken: auf dem aquamarinblauen, dann auf dem silbernen, auf dem karminroten, auf dem schwarzen, dem gold-grünen, dem ockerfarbenen mit hellblauen Sonnenblumen... Eng umschlungen schlafen wir ein. Beim Küssen, ohne daß ich das erschlaffte Glied aus der Vagina ziehe, schlafen wir umschlungen ein...

Meine Zigarette erzitterte, und ich erwachte aus meiner Träumerei. Die braune kalte SONNE blickte mich an, wenn wir den Wissenschaftlern glauben, ist sie schwerer als alle Planeten unseres Sonnensystems zusammen.

Eine Sekunde lang überlegte ich: Vielleicht soll ich ihr nichts erzählen? Vielleicht sollte ich mir das alles aus dem

Kopf schlagen, vergessen, mich einkriegen? Das ist es doch, das Glück: Laken in der Farbe von Meereswellen und Montrealer Minimal House in Dolby Surround. Will ich das wirklich aufs Spiel setzen?

Denn nach unserem Gespräch wird nichts mehr an seinem Platz sein, wir werden nicht mehr dieselben sein – sie wird nicht mehr dieselbe sein. Bin ich wirklich bereit für diesen Schritt?

Und so eröffnete ich ihr, Hozza Dralla, am zweiten Donnerstag im Dezember, auf 49°50' nördlicher Länge, 24°00' südlicher Breite, 376 Meter über dem Meeresspiegel, als der Stern HR 7755 des Gestirns Schwan genau im Zenit stand, das wertvollste Wissen, das ich besaß.

3.

»Ich will dir ein paar Dinge erzählen«, begann ich langsam, jedes Wort behutsam wählend. Ich spürte, wie sich meine Stimme veränderte, gröber und trockener wurde, einen Befehlston annahm. »Hör mir bitte zu, als wären es die wichtigsten Worte in deinem Leben.«

Hozza nickte und spielte mit dem Feuerzeug. Ich nahm es ihr weg, ich wollte nicht, daß sie abgelenkt war.

»Ich beginne mit einer poetischen Präambel. Schau dich um. Die Welt entsteht unter unseren Blicken. Wenn du deinen Blick von traurig auf lustig stellst, ändert sich auch die Welt von traurig auf lustig. Wenn ein einzelner Mensch die Welt anders sieht, sagen wir, er sei komisch oder verrückt. Wenn Milliarden von Menschen die Welt anders sehen, nennen wir es eine andere Weltsicht.«

»Redest du von den Chinesen?« fragte sie.

»Nein, ich rede von etwas anderem. Je mehr Menschen

deine Weltsicht teilen, desto stärker glaubst du daran, daß die Welt tatsächlich so ist, wie du sie siehst. Aber, wie gesagt, das ist nur *deine* Sicht der Dinge. Die Welt entspricht der Summe von Tatsachen, die man unterschiedlich sehen kann. Der Grad der Freiheit eines Menschen läßt sich daran messen, von wie vielen Sichtweisen der Allgemeinheit er sich lösen kann, ohne Schaden zu nehmen. Die Tatsachen unterscheiden sich in dem Grad der Tiefe, mit dem sie an die Wirklichkeit herankommen. Nicht alle Dinge, die wir gewohnt sind zu sehen, existieren wirklich. Achte mal darauf. Theoretisch könnten wir die tiefsten Tatsachen der Wirklichkeit wahrnehmen.«

»Und praktisch?«

»Praktisch werden wir immer nur ein durch unsere Sichtweisen geprägtes Abbild der Welt wahrnehmen. Die Welt sieht nur deshalb so aus, wie sie aussieht, weil wir uns daran gewöhnt haben, sie so und so zu sehen. Unsere Sicht der Wirklichkeit bleibt an der Oberfläche der Tatsachen. Wir können die Welt für uns mit einem einzigen Satz beschreiben: ›Das versteht sich von selbst.‹ Wir haben unsere Sicht auf die Welt so eingerichtet, daß sie uns als der Gipfel der Banalität erscheint. Hör nur das Wort: *Wirklichkeit!* Man will sofort hinzufügen: *graue.* Diese Assoziation haben Millionen und Abermillionen von Bürgern, die breite Masse. Aber es ist ihre Entscheidung, Hozza, respektieren wir sie. Für uns beide ist wichtig: Der Mensch kann seine Perspektive wechseln. Zuerst im Kleinen. Es genügt, sich ein Jahr lang täglich zu sagen ›Ich weiß nicht, was die Welt ist‹, und der Fluch läßt nach. Du wirst dich auf neue Weise betrachten können. Und du verstehst – es gibt keinen Grund, die Welt wieder als *graue Wirklichkeit* zu sehen.

Auf diese Weise überwindet man die Magie der Masse. Man

macht die Wahrnehmung zu einem Willensakt. Wenn du beschließt, dich vom Schlaf der hypnotisierten Masse loszureißen, wirst du *die Welt* nicht besser *verstehen* als sie. Ganz im Gegenteil, dir wird bewußt werden, daß sowohl du als auch sie in ihren Urteilen über die Welt falschliegen. Aber die Masse wird sich das nie und nimmer eingestehen. Eure Wege trennen sich. Ich glaube, du kennst solche Situationen. Man steht am Nullpunkt.«

Hozza schwieg.

»Es gibt unterschiedliche Menschen, und den Nullpunkt erreichen nicht wenige. Dieser Punkt ist die absolute Freiheit. Wie sich ein Mensch hier verhält, hängt allein von ihm selbst, von seinem Charakter ab. Vielleicht schlägt er Schaufensterscheiben ein und scheißt mitten auf die Straße. Vielleicht geht er töten und schlachten. Vielleicht beginnt er zu prophezeien. Flüchtet in die Wüste. Oder vielleicht bleibt er dort, wo er ist, und niemand bemerkt etwas. Alles ist erlaubt. Es gibt niemanden, der dich braucht. Es gibt niemanden, der dich beobachtet. Es gibt keinen GROSSEN BRUDER.

Ein Mensch, der sich wirklich für das Leben interessiert, der ein Forscher und Künstler ist und abseits der Masse steht, denkt sich: ›Wie sehr kann ich die Welt *nicht kennen*? *Wie sehr* unterscheiden sich meine Vorstellungen der WIRKLICHKEIT von der wahren Lage der Dinge?‹ Davon, wie nüchtern und konsequent der Mensch seine kleine Entdeckung des Nullpunkts auf alle anderen Sphären des Erlebens überträgt, hängt ab, wie weit er tatsächlich in die Tiefe des *Existierenden* vordringen kann.«

»Warte. Und wenn es in Wahrheit keine Realität gibt? Wenn es in Wahrheit nichts gibt, in das man sich vertiefen könnte?« fragte Hozza.

»Dein ›in Wahrheit‹ bedeutet, daß es so etwas wie Wahrheit und Schein gibt. Woher weißt du, daß es so ist? Woher weißt du, daß man diese Begriffe auf die Wirklichkeit anwenden kann? Merk dir: Wir wissen nicht, was die Welt ist. Wir wissen nicht, was die Wirklichkeit ist. Alles, was wir kennen, ist unsere subjektive Wahrnehmung.«

»Was sag ich denn? Also noch einmal: wenn alles Illusion ist und es hinter der subjektiven Wahrnehmung nichts gibt?«

»Und ich sage noch einmal: Ich weiß nicht, ob es *hinter* oder ob es *vor* der Wahrnehmung etwas gibt. ›Vor‹ und ›hinter‹ sind Begriffe, die den Besonderheiten der Wahrnehmung selbst entspringen. Man kann die Wahrnehmung so verändern, daß von deinem ›vor‹ und ›hinter‹ nichts übrigbleibt. Darum weiß ich nur eines *ganz sicher – ich nehme wahr*. Das ist eine Tatsache. Alles andere ist fraglich. Da alles, was wir je über die Welt erfahren werden, nur *unsere Wahrnehmung* der Wirklichkeit ist, sollten wir auch das als Tatsache hinnehmen, okay.«

»Daraus folgt aber, daß man sich in einer solchen Welt auf nichts stützen kann«, sagte sie. »Keine Fixpunkte. Nur Phantome, Labyrinthe . . .«

»Ja. Es bleibt nur der Wille. Du verlagerst deinen Schwerpunkt von der Logik auf den Willen. Die Logik ist die Magie der Masse. Sie wirkt, solange du die Perspektive nicht wechselst. Wenn du dich jenseits des Nullpunkts befindest, wird dir bewußt: Jede deiner Handlungen war, ist und wird immer ein Willensakt sein. Solange du dir dessen nicht bewußt bist, werden die Magier der Masse deinen Willen manipulieren. Ich weiß, daß du den Nullpunkt erreicht hast. Denk daran: einen Schritt zur Seite zu machen war eine Entscheidung des Willens.«

»Woher weißt du, daß es gerade ein Willensakt war. Vielleicht war es etwas ganz anderes.«

»Ich weiß nicht, ob es ein ›Willensakt‹ war. Unter einem Willensakt verstehe ich die Anstrengung, die dich mit der Welt verbindet und dir hilft, in ihr zu wirken. Jeder Handlung liegt eine Anstrengung zugrunde. Du hast vielleicht bemerkt, daß nackte Logik und Verstehen allein nichts bewirken können, sie lenken lediglich den Willen. Wenn du willst, nennen wir ihn ›Stock‹ oder ›Fisch‹, ganz egal. Das, was ich ›Wille‹ nenne, ist ein Element der WIRKLICHKEIT. Und die WIRKLICHKEIT kennt weder Bezeichnungen noch Namen.

Je mehr du akzeptierst, daß du die Welt nicht kennst, desto seltsamer wird alles um dich herum. Die Dinge hören auf, sie selbst zu sein. Die Welt wird sozusagen weiter. Du lernst, aus voller Brust zu atmen. Du erteilst dem Verstand den Auftrag, Verbindungen zur Wirklichkeit zu finden, und zwar dort, wo dir die alten Ansichten davon erhalten geblieben sind. Mit jeder Handlung kodierst du einen Teil deiner Welt. Diese kodierten Bereiche sind Spuren deiner Willensarbeit. Der Wille trägt diesen Code, weil der Wille die Weltsicht bestimmt. Eine Weltsicht, in der kein Platz für den Willen ist, ist schlecht. Sie verwandelt sich früher oder später in ein Gefängnis. Du mußt die alten Dinge auf neue Weise betrachten, sie dekodieren.«

»Du meinst, ich ändere meine Einstellung zu bestimmten Dingen, die ich erlebt habe?«

»Richtig. Du befreist dich von den Standpunkten und Schlußfolgerungen der alten Weltsicht. Das löst deinen Willen und holt ihn ins Jetzt. Ohne den Willen hört die Vergangenheit sozusagen auf zu existieren, wird undeutlich – anders als bei Demenz, denn sie läßt viele mögliche

Varianten zu. Sie besitzt dich nicht mehr. Du bist immer hier. Das ›Dort‹ der Vergangenheit ist eine Fiktion. Eine verschlossene Möglichkeit. Das ›Hier‹ ist eine offene Möglichkeit.«

»Irgendwie ist das kompliziert. Willst du sagen, die Vergangenheit existiert nicht?«

»Ja und nein. Solange der Wille in der Zeit verstreut ist, existiert sie. Ballt sich der Wille zusammen, bleibt nur das ›Jetzt‹, sogar wenn der Verstand sagt, daß es sich um Vergangenheit oder Zukunft handelt.«

»Ich verstehe nicht.«

»Hör dir zuerst an, was ich sagen will, wir kommen dann auf deine Frage zurück«, sagte ich. »Je nachdem, wie gut du den Willen aus den Fesseln deiner alten Ansichten befreien kannst, wird dein Blick weicher. Du beginnst den Gedanken an Wunder zuzulassen. Dir sind nicht bloß die Worte dafür abhanden gekommen, sondern du weißt tatsächlich nicht mehr, was das Gedächtnis ist, was die Zeit ist, wer du selbst bist. Das Verstehen erlischt, und ein Gefühl setzt ein. Die Logik von Ursache und Wirkung fällt in sich zusammen, dafür wird der phantastische Zusammenhang zwischen dem, was innerhalb und außerhalb von dir liegt, konkreter. Als würdest du mit der WELT reden, und die WELT antwortet dir. Wenn du einen kritischen Punkt der Loslösung von der konventionellen Weltsicht erreichst, kann Unvorhergesehenes passieren. Zum Beispiel siehst du dein Gedächtnis aus der Distanz, nicht als das *eigene*, sondern einfach als GEDÄCHTNIS... als IRGEND ETWAS...«

»Wie soll ich mir das vorstellen?« fragte sie neugierig.

Ich lachte.

»Das soll man sich nicht vorstellen. Die Vorstellung lebt

von der Erfahrung, richtig? Solange du es nicht erlebt hast, liegt es jenseits deiner Vorstellungskraft. Es ist eine neue Erfahrung, eine *vollkommen* neue.«

Hozza verzog das Gesicht.

»Wenigstens ungefähr? Du erklärst doch alles so schön! Ich will es sehen!«

»Ich kann nur einen Vergleich anstellen, aber gut…«, ich dachte kurz nach, womit ich beginnen sollte. »Unsere derzeitige Perspektive läßt uns die Dinge als gesonderte Objekte wahrnehmen. Das bist du, das ist der Weg, das ist eine Allee. Ich könnte meine Perspektive so verändern, daß ich statt dessen Heilige im Himmel sehe. Oder Boten der Hölle… und so weiter. Aber es gibt nicht nur die Möglichkeit, den Blickwinkel zu ändern, sondern auch die Tiefe des Blicks. In diesem Fall hören die Dinge auf, Dinge zu sein. Ihre Dinghaftigkeit ist jetzt wie ein Sonnenstrahl im Wasser eines Sees. Du siehst Tiefe und Dunkelheit, obwohl du genausogut herrliches Licht und Blitze sehen könntest. Das spielt keine Rolle. Glaub aber nur nicht, daß Tiefe und Finsternis Satans Reich sind, Licht und Blitze hingegen Gottes Thron und Seine Würde.«

»Und was ist in dieser Dunkelheit?«

»Was in der Dunkelheit ist… Ach, wieso versuche ich es überhaupt, du wirst dir sowieso das Blaue vom Himmel vorstellen… das ist nämlich keine Dunkelheit, wie du sie kennst, und auch die Tiefe ist eine andere. All das ist nicht fürs Auge bestimmt. Es ist ein *Gefühl*, einzigartig und derart stark, daß du Visionen bekommst. Es ist nicht wichtig, was du siehst, es geht um das *Gefühl*. Das Gefühl reißt dich in Stücke, schleudert dich ins UNIVERSUM… Du kannst für einen Moment die EWIGKEIT erblicken, aber in diesem Moment existierst du nirgends. Und jetzt vergiß alles, was ich gesagt habe, und wiederhole: Ich weiß nicht, was die Welt ist. Ich weiß nicht, was ich bin.«

Hozza wiederholte artig:

»Ich weiß nicht, was die Welt ist, ich weiß nicht, was ich bin.«

»Dieses Gefühl endet blitzartig, aber vollständig verstummt es nie wieder, es hallt an der Peripherie des Bewußtseins wider. Wenn das menschliche Leben ein Augenblick der Wechselwirkung mit der EWIGKEIT ist, dann ist *das hier* eine Wechselwirkung absolut anderer Ordnung. Du erlebst mehr als normalerweise in hundert Jahren.«

»Was genau erlebt man?« fragte sie.

»Man erlebt einen *Ruck der Erkenntnis*. In diesem Augenblick existieren keine Barrieren. Ich wollte mehr über das Gedächtnis wissen und durfte erfahren, was es ist. Davon wollte ich dir übrigens auch noch erzählen.«

4.

»Über das Gedächtnis kann man auf verschiedene Weise sprechen. Das Gedächtnis ist das, was aus dem ausgewählt wurde, was hätte sein können. Der Augenblick der Entscheidung ist der subtilste Kontakt mit der Wirklichkeit, denn die Wahl ist nicht irgendeine Wahl. Sie formt die Realität. Damit sind wir wieder am Anfang: Die Welt entsteht unter unseren Blicken. Die äußere Welt. Das Innere liegt jenseits unserer Wahrnehmung. DAS MÖGLICHE.

Darum kann man das Gedächtnis verschieden klassifizieren. Man kann sagen, daß es dein Gedächtnis, mein Gedächtnis, das Gedächtnis des Volkes oder das Gedächtnis der Menschheit gibt. Aber man kann auch sagen, daß es die

WIRKLICHKEIT gibt und viele kleine Willen – meinen, deinen, den des Volkes, den der Menschheit. Dort, wo unser Wille ansetzt, beginnt unser Gedächtnis. Die WIRKLICHKEIT kennt weder Vergangenheit noch Zukunft, kein ›Hier‹ und kein ›Dort‹, auch zahllose andere Begriffe menschlicher und nichtmenschlicher Natur sind ihr fremd. Mit Hilfe unseres Willens bauen wir aus diesen Begriffen die uns bekannte Welt, mit ihren Orts- und Zeitbestimmungen, mit Vergangenheit und Zukunft.«

Ich deutete auf den sattroten Sonnenuntergang. Der Himmel kündigte Wind an.

»Alles um uns lebt. Denn es ist Teil der WIRKLICHKEIT. Daß wir uns alle hier versammelt haben – du, ich, der Himmel, die Wolken, der Wind, die Bäume – bedeutet, daß unser Wille im Einklang ist. Teils nur deswegen, weil wir unter der Willenskuppel der ERDE leben. Die ERDE hat auch ein Gedächtnis, es ist viel mächtiger als das des Menschen oder auch der Menschheit. Wir wissen weder, was die ERDE ist, noch, was der Mensch ist, aber der Unterschied ist derart eklatant, daß wir erkennen: Die ERDE ist ein Planet und der Mensch – ein Mensch. Die ERDE hütet das Gedächtnis all dessen, was je auf ihr gelebt hat oder leben wird.

Ein phänomenales Gedächtnis ist nur eine der möglichen Auswirkungen bei der Befreiung des Willens. Das sogenannte Phänogedächtnis – das deutliche Erinnern aller Ereignisse der Vergangenheit – ist nur eine Schutzhülle des Verstandes. In Wahrheit *reist du in die Vergangenheit*, und würde dein Verstand das nicht als ›Erinnerung‹ einstufen, wäre dir das Irrenhaus sicher. Mit der Zeit gewöhnt sich der Verstand an die Reisen, und eines Tages reißt die Hülle: *Du stellst fest, daß du physisch in die Vergangenheit gereist bist.*«

»Weiß man denn, woher man gekommen ist?«

»Meistens schon.«

»Was heißt: meistens schon?«

»Du fragst, was es heißt? Dann gib mir den unumstößlichen Beweis, daß du gestern Hozza Dralla warst!«

Sie erschauerte.

»Na eben«, lachte ich, und ohne zu wissen warum, erschauerte auch ich.

5.

»Von einer höheren Gedächtnisebene hat man Zugang zu den niedrigeren, wie bei Verzeichnisbäumen am Computer. Landet man beim Gedächtnis des Planeten, kann man nicht nur in das Gedächtnis jedes beliebigen Menschen schlüpfen, sondern in das Gedächtnis jedes Lebewesens, das irgendwann die ERDE berührt hat. Du kannst dich wie ein Dinosaurier fühlen, ›erinnerst‹ dich an dein Ich als Panther, kannst in einen Baum oder einen Bienenschwarm schlüpfen. Die einzige Gefahr ist, in diesem Gedächtnis steckenzubleiben, nie wieder zurückzukehren. Aber aus einer gewissen Perspektive betrachtet, ändert sich nichts. Die WIRKLICHKEIT – das sind unendlich viele Möglichkeiten dessen, was ist, war und sein wird. Es sind Varianten, die sich durch den Weltraum ziehen wie optische Fasern. Und unser Bewußtsein ist das durch sie hindurchgleitende Licht: durch manche gleitet es, durch andere nicht. In dem Moment, in dem das Licht durch sie hindurchläuft, verwandeln sich die Möglichkeiten in Wirklichkeit. Für die ERDE macht es keinen Unterschied, ob das Licht die Erinnerungen eines Ameisenbären oder die von Lesja Ukrajinka entlangläuft, schon allein deswegen, weil SIE – die ERDE – all das ist.«

Hozza schwieg, schniefte nur mit ihrer vor Kälte roten Nase. Wahrscheinlich dachte sie nach. Gut so.

Dann hob sie den Kopf.

»Und wer bestimmt, wohin das Licht fließt? Wieso bist du – du, und eine Eberesche – eine Eberesche?«

»Das bestimmt die Aufmerksamkeit, als Bestandteil des Willens bestimmt sie es. Sie ist wie ein Laserstrahl, der Informationen von der Oberfläche einer CD liest. Unter vielen Millionen von möglichen Linien wählt der Wille die aus, für die er offen ist und die er bündeln kann. Die Aufmerksamkeit funktioniert wie ein Magnet. Sie zieht an, worauf sie gerichtet wird. Der eine hat eine stärkere Aufmerksamkeit, der andere eine schwächere. Je stärker die Aufmerksamkeit, desto mehr Prozesse zieht sie an. Deine Aufmerksamkeit hat aus der Fülle des Möglichen dich und nur dich geschaffen, nicht mehr und nicht weniger. Die Kraft und Konstellation der Eberesche reichen dazu aus, eine Eberesche zu sein. Die Aufmerksamkeit der SONNE hat sich selbst geschaffen und außerdem Freunde angezogen, neun an der Zahl, plus Satelliten. Du bist auch nicht übel, du hast eine Menge Bekannte, volle zweieinhalb Tausend. Aber was sie sind und was die Planeten sind – spürst du den Unterschied?«

»Ist es wirklich die Aufmerksamkeit der Menschen, die als Anziehungskraft wirkt?«

»Na klar, du mußt es mal probieren: Denk konzentriert und leidenschaftlich an, sagen wir, Afrika und nur an Afrika. Nach einiger Zeit wirst du bemerken, wie sich plötzlich nützliche, mit deinen Gedanken im Einklang stehende Dinge ereignen. Vielleicht fällt dir ein Buch über Afrika in die Hände, oder ein Freund schenkt dir eine CD mit afrikanischer Musik, oder vielleicht triffst du einen Menschen, der vor kurzem von dort zurückgekommen ist. Und wenn deine Aufmerksamkeit stark und trainiert genug ist, wirst du sogar hinfahren. Und das beste ist, alles wird aussehen wie eine wunderbare Anhäufung von Zufällen. Zum Beispiel stellt sich heraus, daß du irgendeinen Onkel in Afrika hast, der dich zu sich einlädt.«

»Wohl kaum…«

»Du irrst dich. Denkst du, wir haben uns zufällig getroffen? Natürlich nicht, wir haben nach demselben gesucht, unsere Aufmerksamkeit hatte dieselbe Ausrichtung. Auch daß du jetzt diese Worte hörst, ist ein klares Zeichen. Ein Teil von dir will herausfinden, wie man die Grenzen des BEKANNTEN überschreitet. Etwas in dir sucht die Freiheit. Nimm sie, ich schenke sie dir!«

Wir schwiegen eine Zeitlang, und ich beschloß, einen unterhaltsameren Ton anzuschlagen.

»Weißt du, wieso sich alle auf der Erde so langweilen?« fragte ich. »Wieso sie heftige Gefühle suchen, nichts als Sex, Drogen und Alkohol im Kopf haben? Weil sich die Menschen nach NEUEM, ECHTEM sehnen. Aber ihr Wille ist so degeneriert, daß nur Scheiße daran haftenbleibt. Atombomben und Ozonlöcher beispielsweise. Die Menschheit kann aber gerettet werden – nichts ist unmöglich. Wenn nur alle ihre Aufmerksamkeit gemeinsam darauf konzentrieren würden, könnte es gelingen. Alle Menschen auf diesem Planeten müßten einander die Hände reichen und sagen: ›Wir machen so nicht weiter! Wir bauen nicht mehr unnötig Scheiße, ziehen nicht mehr in den Krieg und bringen einander nicht mehr um, wir quälen den PLANETEN nicht mehr! Wir holzen die Wälder nicht ab! Wir tun Geparden und Nashörnern nichts mehr zuleide! Wir werden harmonisch und ökologisch leben! Wir werden einander nicht beneiden! Wir werden nicht auf Kleinigkeiten herumreiten! Dafür werden wir großherzig sein! Wir werden großzügig sein! Wir werden MENSCHEN sein! Und wir sagen: Licht! – Und es wird Licht. Wir sagen: Himmel! – Und es wird Himmel auf Erden!‹«

Hozza seufzte.

»Aber das sind doch nur Träume. Die Leute würden dir nicht zuhören! Sie würden nur lachen.«

»Siehst du, nicht einmal du glaubst, daß es möglich ist. Es läuft also darauf hinaus, daß sich jeder Ertrinkende selbst retten muß. Darum rette und bewahre dich selbst, und nach deinem Vorbild werden sich Millionen retten und bewahren. Wer sich nicht rettet und nicht bewahrt, um den ist es auch nicht schade. Denn jeder kann sein Denken der Ewigkeit zuwenden. Aber er kann diese Chance auch verspielen. Sie zu nutzen bedeutet einen lebenslangen Kampf, und dennoch sind die Aussichten auf Erfolg miserabel. Wenn du dich aber weigerst zu kämpfen, hast du gleich verloren. Ist das fair? Klar.«

»Na hör mal, du bist ein harter Typ!« sagte sie.

»Es gibt nur einen Weg im Leben. Am Ende steht der Tod, der Sturz vom Wellenkamm. Außer unseren Schlittschuhen haben wir nichts zu verlieren, und mit denen kommt man auf Asphalt nicht weit.«

»Wohin willst du?«

»Du willst wissen, wohin? Weiter in die Tiefen der Unendlichkeit. Näher zur *Wirklichkeit*. Ich habe es selbst erlebt: Wenn du ins Gedächtnis der SONNE gelangst, werden dir Empfindungen zugänglich, die jenseits aller Traumvorstellungen liegen. Jeder Planet im Sonnensystem stellt eine Ansammlung von Welten dar, nicht von leblosen Wüsten, wie man sie durchs Teleskop sieht. Du wirst mit den Augen anderer Wesen sehen, ihre Welt ist lebendig und voll von Wundern. Das sind neue Energiequellen, vollkommen andere Erfahrungen, neue Ebenen der Interaktion mit der Realität. Und es kommt zur Umwandlung in eine andere Materie, die es erlaubt, sich physisch zu vergessen, die Grenzen unseres Systems ohne Angst zu verlassen. Aber in Wahrheit, Hozza, in Wahrheit ist das nicht alles. Es gibt kein Ende.«

Hozzas Gesichtsausdruck veränderte sich.

»Verstehst du, wovon du da redest?« fragte sie ungläubig. »Du redest von physischen Reisen in den Kosmos.«

»Natürlich. Wenn du deine Aufmerksamkeit zum Beispiel auf andere Sektoren des SONNENgedächtnisses lenkst, erfassen dich diese früher oder später. Zuerst nur deine Aufmerksamkeit, die obersten Zipfel davon. Dann verlagert sich dein Sehen dorthin, dann dein Gehör und dann, eines Tages, du als Ganzes, mit allen Eingeweiden und was darin ist. Als Ergebnis trittst du von der ERDE in eine andere Dimension über. Da ist nichts Komisches daran.«

Hozza schwieg. Entweder hatte es ihr die Sprache verschlagen, oder sie verdaute das Gehörte.

6.

»Könntest du«, sagte sie schließlich, »könntest du das demonstrieren? Jetzt sofort irgendwo hinreisen?«

›Upps‹, dachte ich, antwortete aber unternehmungslustig: »Ich kann's versuchen. Aber ich muß mich erst darauf einstimmen.«

Meine Reise mußte ja nicht weit sein. Ein Ort auf unserem Breitengrad genügte vollkommen.

Die Sonne war jetzt fast untergegangen und das Feld hinter der Allee in eisiges Zwielicht getaucht, cremefarben vom Leuchten der Wolken und braun vom trockenen Unkraut. Dort gingen wir hin. Hozza blieb hinter der Absperrung, ich lief zwanzig Schritte weiter auf das Feld. Rundherum war menschenleere Ödnis, die mich schmerzhaft an

(*Omas*)

heimatliche Gefilde in

(*Chobotne*)

Midni Buky erinnerte. Um meine Verstörtheit zu verbergen, blickte ich zum Horizont und überlegte fieberhaft, was ich tun sollte. Die vertrockneten Pflanzen beobachteten mich mit Interesse – na, zeig schon, was du drauf hast.

Ich konzentriere mich. Stelle mir den Platz vor, wo ich als Kind meine Freizeit verbracht habe – den Platz bei den Felsen. Er kommt mir blaß und uninteressant vor. Dafür drängt sich *genau in diesem Moment* etwas außergewöhnlich Wichtiges in mein Gedächtnis.

Ein weißes Zimmer. Ein leeres weißes Zimmer mit Bretterboden, nackte Wände, Fenster ohne Gardinen, einfache nackte Fenster mit weiß gestrichenen Rahmen. Der Geruch von trockenen Zwiebeln und Dachboden. Wo ist dieses weiße Zimmer? Es liegt viel Ungelöstes, Unerinnertes darin, ganz in der Nähe –

Die weiß gekalkten Stämme der Apfelbäume betrachten mich mit Gleichgültigkeit. Woher kommt das? Hinter dieser Erinnerung verbirgt sich wie hinter einer Wand meine ganze Kraft –

Und umgekehrt – ich verberge mich hier, hinter der Rennbahn, vor diesem Wissen . . .

Plötzlich kommt die Kraft, *kommt schnell und ohne Vor-warnung, ein Gefühl wie in der Kindheit, wenn du auf ei-nem Tor schwingst, vor – und zurück.*
zurück

Ich stehe unter dem betäubend blauen Himmel. Unter mei-nen Füßen ist etwas Weißes, Salz oder Schnee. Ich spüre Kälte. Brennende Kälte und langsam herankriechende Pa-nik. Ich blicke mich um. Zu meinen Füßen liegt mein Schatten wie ein Fettfleck auf Reispapier.

Alles, was ich sehe, ist endloser weißer Sand und ... Pfützen aus etwas Schwarzem. Inmitten dieser blau-weiß leuchten-den Wüste erkenne ich runde Öffnungen, zwei oder drei Meter breit, gefüllt mit schwarz glänzendem Masut. Ich senke den Blick auf meine Füße. Ich habe schwere Schuhe mit Stahlkappen an. Ich hebe die Hände, an den Händen habe ich schwere Handschuhe wie ein Stahlgießer. Ich fühle mich sperrig und ungelenk.

Ich stehe am Rand eines dieser »Eislöcher«. Die schwarze Flüssigkeit ist zäh und bewegungslos, der Kontrast zur un-irdischen Bläue des Himmels und der griechischen Mil-chigkeit des Sandes überwältigt mich.

Plötzlich springt aus der schwarzen Pfütze ... *mein Gott, was ist da herausgesprungen?* Ich kann mich nicht orientie-ren, weil ich ein paar ungelenke Schritte rückwärts machen muß, weg von diesem ... *was ist es denn?* Es füllt sich mit schwarzem Öl, wächst und verwandelt sich im Nu in ein menschenähnliches Wesen. Jetzt ist es eine alte Frau mit schwarzem, fleischigem Gesicht, von Kopf bis Fuß ein-gehüllt in etwas Glänzendes, etwas Organisches, das an gi-gantische, aufgeblasene Gedärme erinnert. Das Ende ihrer glitschigen, erdölfarbenen Gedärm-Chlamys verschwindet in dem Masutloch. Das einzige Auge in ihrem entstellten Gesicht leuchtet bösartig gelb.

Die Kreatur gibt unverständliche Laute von sich, schrecklich und langgezogen. Ich muß an etwas Fernöstliches denken. Sie verströmt Ekel und Grauen. Ihr Gesicht glitzert, da bewegt sich etwas. *Bleib nicht am Glitzern hängen, schau hoch...*

Ich habe Angst.

Die Erdölfrau bewegt sich ruckartig auf mich zu, bewegt den Arm. Eine Mißgeburt von Blasinstrument saugt die Luft ab und erfüllt alles mit einem jenseitigen, verzögerten Ton. Ich bin unruhig und verstehe absolut nicht, was vor sich geht, mir ist kalt. Sie fixiert mich mit ihrem übelleuchtenden Auge. Ich muß sofort weg von hier

7.

hopp – ich fühle einen Schlag auf den Hinterkopf und beuge mich vor. Jeder Übertritt zwischen den Welten bedeutet Streß für den Organismus und einen schweren Schock für den Verstand. Ich erhebe mich und erkenne (leicht verzögert) das kahle Feld, das mir jetzt, nach dem Übertritt, sonderbar deformiert erscheint. Ein völlig anderes Dämmerungslicht. Ich spüre ein elektrisches Kribbeln, das meinen Körper hinauf und hinunter läuft. Um dieses Gefühl zu vertreiben, reibe ich mir Hände und Gesicht. Hozza mischt sich nicht ein. Sie verfolgt das Geschehen von da, wo ich sie zurückgelassen habe.

Schließlich gehe ich zu ihr.

»Was hast du gesehen?«

»Nichts«, antwortete sie. »War denn etwas?«

Ich schilderte ihr die furchterregende schwarze Erdölfrau, aber Hozza klimperte nur mit den Augen und sah mich mit einer Miene an, aus der ich nicht schlau wurde. War das der Wunsch, zu verstehen? Vielleicht... hatte sie Mitleid? Aber nein, was fasel ich da.

Hozza hörte mir geduldig zu. Alles, was sie gesehen hatte, war, daß ich ein bißchen herumstand, mir die Arme rieb und zurückkehrte. Vielleicht...

»Na ja... eine Sekunde...«

»Bin ich verschwunden?!«

»Nein, nein...«

»Bin ich durchsichtig geworden?!«

»Aber nein, das meine ich nicht! In der Bar dort ist eine Fete, die haben laut aufgedreht, östliche Musik. Ich hab mich gewundert. Wußte nicht, daß im Café jemand ist.«

Ich fragte sofort, was für ein Beat das war, und wieso wir jetzt nichts mehr hörten. Hozza zuckte mit den Schultern. Na ja, die haben die Musik lauter gedreht, die Kassette hat sich verheddert, und sie haben gleich wieder abgeschaltet. Ich wollte zum Café, fragen, was mit ihrem Kassettenrecorder los ist, aber Hozza gefiel es nun endgültig nicht mehr an diesem Ort. Sie blickte mißtrauisch zum Himmel, der bereits von grauen Schäfchenwolken überzogen war. Während ich nicht auf dieser Welt gewesen war, hatte sich in Hozza etwas verändert. Leichter Kummer lag auf ihren Lippen.

»Laß uns endlich nach Hause fahren«, bat sie. Ich spürte, daß uns etwas Dünnes, Undurchsichtiges trennte. Ich öffnete demonstrativ die Arme, wartete darauf, daß sie hineinfallen würde. Sie gab nach und schmiegte sich an mich. Ich fragte, ob sie mich liebe, sie antwortete, ja, natürlich liebe sie ihren kleinen Phantasten. »Ich liebe dich

auch«, fügte ich hinzu und küßte sie auf den Scheitel,
»meine kleine Hozza, ich liebe dich sehr.«
Und im Grunde war alles gut, alles war fast so wie vorher.

8.

Wir machten es so, wie ich es geplant hatte: Im Supermarkt
kauften wir Pollackfilets, Brot mit Sesam, Milch und eine
Packung Paniermehl. Das war alles, was wir für den Abend
brauchten, die restlichen Leckereien standen schon in ihrem Kühlschrank bereit.
Ich benahm mich wie der zuvorkommendste Kavalier und
versuchte, ihr jeden Wunsch von den Lippen abzulesen – so
sehr wollte ich das Unbehagen, das von der Episode auf
dem Feld geblieben war, aus der Welt schaffen. Wie eine offene Fensterluke klaffte in mir die Enttäuschung, daß das
Kunststück zwar gelungen, für Hozza aber unbemerkbar
gewesen war.
Wir gingen zu unserem Donnerstagsritual über und zogen
uns neben der heißen Badewanne aus. Da kam mir ein ge-
nialer Einfall:
»Ich weiß, wieso du nichts bemerkt hast!« rief ich. »Ich bin
genau in dem Moment wieder in die Zeit zurückgekehrt, in
dem ich aus ihr herausgefallen bin! Deshalb hat es wie eine
Einheit auf dich gewirkt, ist doch klar. Wieso bin ich nicht
früher darauf gekommen!«
Beruhigt sprang ich als erster ins heiße Wasser. Ich öffnete
den Hahn, um kaltes Wasser nachzulassen. Auch Hozza
hatte sich ausgezogen, beeilte sich aber nicht, in die Wanne
zu klettern. Kam es mir nur so vor, oder war sie wirklich
schon den ganzen Abend ein wenig nachdenklich? Kein

Wunder eigentlich, sie hat einiges an Informationen zu verdauen! Das hab ich gut hingekriegt, fürs erste hat sie genug Futter.

Hozza stemmte die Hände in die Seiten, streckte den Bauch heraus.

»Hör zu, Kleiner«, sie liebte es, mich so zu nennen, und wußte, daß es mich ärgert. »Ist es dir nicht in den Sinn gekommen, daß du dich selbst hypnotisiert haben könntest? Du bist in Trance verfallen und hast eine Erscheinung gehabt. Bei Künstlern kommt das vor, das weiß ich. Sogar ich hab schon ähnliches erlebt. Du hattest vielleicht den Eindruck, eine Erdölfrau zu treffen, die irgendwas zu dir sagt, aber in Wirklichkeit hast du gehört, wie der Kassettenrecorder im Café ein Tonband gefressen hat. Und der Rest ist das Werk deiner Phantasie. Du siehst ja, deine Vorstellungskraft ist stürmisch...«

»Was soll das heißen?!« hätte ich sie fast angefahren. Aber ich konnte den Verlauf des Gesprächs vorausahnen, es wäre in einen Streit ausgeartet und hätte damit geendet, daß ich mitten in der Nacht aus dem Bett springe, meine Sachen zusammenraffe und mich tief verletzt davonmache. Ich betrachtete dieses Gespräch *als Möglichkeit*, die man in das Licht der Wirklichkeit holen oder vermeiden konnte.

Ich entschloß mich, sie zu vermeiden. Hozza stieg zu mir in die Wanne. Die Wanne war groß und lang. Hozza legte sich auf mich – warm, lebensfroh und unsagbar liebevoll. Ich umarmte sie. Soll doch fürs erste alles so bleiben, wie es ist.

Später bereitete ich den Fisch zu. Während er briet und Hozza auf der Küchencouch vor dem Laptop saß, ging ich ins Atelier, machte das Licht an und studierte ein paar Minuten lang das gelb-blaue Bild. Ich erinnerte mich, Hozza hatte es als mißglücktes Experiment mit der ukrainischen Flagge bezeichnet. Auf dem Bild sah man einen Sandstrand und einen leuchtend blauen Himmel, aber so, als blickte man durch fließendes Wasser. Das Bild hatte nichts Positives mehr an sich wie früher. Es strahlte jetzt eisige Wüstenkälte aus, übergossen mit gleißendem Licht.

Ist das möglich?

Ist es möglich, daß auch Hozza in der Welt des bodenlos blauen Himmels und der Erdöllöcher gewesen war und sich an nichts erinnern kann?

Später aßen wir Pollackfisch, tranken gezuckerten Tee und tollten herum wie Kinder.

Nachdem ich den letzten Punkt meines Plans – meiner liebsten Hozza eine Freude zu bereiten – umgesetzt hatte, lag ich auf dem weißen, mit schwarzen Hieroglyphen beschriebenen Laken, in Wärme und Geborgenheit. Es lief leise Musik, wir hatten den »Sleep«-Modus auf zwanzig Minuten programmiert. Ich lauschte der Musik, und wie in meiner Kindheit stellte ich mir dazu Bilder vor. Ein Skihotel in den Schweizer Alpen, Wärme, Kiefernduft, lauter fröhliche, hübsche Leute. Ich bin auch dabei, und Hozza sitzt auf meinem Schoß. Es läuft Minimal House, angenehm und unaufdringlich, Musik zum Ausruhen, die man gerne nach einem Tag auf den Skiern an der frischen Luft hört. Wir bekommen Kakao, das Buffet ist schon eröffnet, auch unsere Freunde aus Schweden sind da, und die deutschen Freunde und unsere französischen Freunde, und das hier sind die Kanadier, Fotografen und DJs, auch sie sind den ganzen Tag mit uns Ski gelaufen. Es herrscht eine kameradschaftliche, familiäre Atmosphäre, eine Flirt-Atmosphäre, aber Hozza und ich wollen mit niemand anderem flirten, und bevor wir aufs Zimmer gehen, um Sex zu haben, halte ich sie fest auf meinem Schoß, rieche an ihrem Hals und stelle mir vor, schon woanders zu sein ...

Muß ich mich wirklich zur Disziplin zwingen, nur um eine unlogische, außerirdische Realität zu bezeugen, in der Kälte und Schrecken herrschen? Kann ich nicht lieben und genießen wie diese jungen Leute in den Alpen?
Habe ich bereits endgültig entschieden, daß ich diese Art von Glück nicht brauche?
Mann ist mir übel, Mann geht es mir schlecht.

9.

Nachdem ich meine Trümpfe ausgespielt hatte, erwähnte ich den Perspektivwechsel bei jeder Gelegenheit. An Hozzas Rückkehr nach Kanada wollte ich nicht denken. So gut es ging, versuchte ich, diese Tatsache zu vergessen und mir vorzumachen, ihre Abreise ginge mich absolut nichts an. Noch war Zeit, mehr als ein Monat.
Trotzdem mußte ich, um vorwärts zu kommen, zwei wichtige Entscheidungen treffen.
Die erste Entscheidung war, Hozza nicht loszulassen. Keine Frage, so lange ich lebe, werde ich ihr erzählen, was ich weiß, bis sie irgendwann selbst beginnt, sich ihr Wissen direkt aus dem NICHTS zu holen.
Die zweite Entscheidung – ich wollte ein Ding drehen, was für eins, bleibt noch ein Geheimnis, um den Willen nicht zu zerstreuen. Es sollte dazu dienen, Hozza aus dem Blickfeld ihrer sogenannten Freunde zu entführen; diese hatten sie mit ihrer klebrigen Aufmerksamkeit eingesponnen, die

man später in langen schlaflosen Nächten mit den Fingernägeln von ihrer Haut lösen mußte.
(dann werden wir schon zusammen sein, zusammen)

»Das ist die einzige Sache, mit der zu beschäftigen sich
lohnt«, erklärte ich Hozza, ich hatte aber noch nicht *alle*
Karten aufgedeckt. »Die WELT für sich entdecken, wie sie
ist, mit ihrer Vielfalt an Erfahrungen. Sich nicht in einem
Winkel verstecken«, ich deutete mit der Hand in den Raum
des Cafés, in dem wir saßen, doch ich hatte viel mehr im
Sinn, »sich nicht in einem Winkel verstecken, sondern in
den offenen Raum hinausgehen. In andere Welten, große,
unerforschte. Neue Gesetzmäßigkeiten, andere Formen
des Zusammenlebens als auf der Erde. Für einen kreati-
ven Menschen gibt es nichts Tolleres, als *Neues* zu entdek-
ken!«
Selbst mir verschlug es den Atem, als ich mir vorstellte, wie
weit man gehen könnte. Wenn man der Logik der Dinge
folgt, will man irgendwann nicht mehr zurück... Dieses
endlose Geheimnis, vor dessen Hintergrund alles, was ich
gewußt und vorausgeahnt hatte, eine nichtige Winzigkeit
war.
Kraft! Welche Horizonte, welche Distanzen zu überwinden sind!

10.

Hozza reagierte nicht ganz so enthusiastisch. Sie behielt
ihre Gedanken lieber für sich, Mädchen sind Neuem gegenüber immer mißtrauisch. Nachher dafür – o là là, halt
sie gut fest, sonst hauen sie ab.

An ein paar eingängigen Beispielen zeigte ich ihr den irrationalen Aspekt der Welt. Am wichtigsten schien es mir, ihr den Gedanken näherzubringen, daß Ursache und Wirkung zwei voneinander *unabhängige* Ereignisse sind, die nur von unserem Verstand in Beziehung gesetzt werden. Oft saßen wir im Café und beobachteten Leute.

»Oh, super!« rief ich einmal, als die Kellnerin Julia beinahe kopfüber die Treppe hinuntergesegelt wäre. Ich lief zu ihr und fragte, ob sie sich verletzt habe.

Mit Siegermiene kehrte ich zu Hozza zurück, die an einem Tisch beim Fenster saß.

»Da haben wir ein schönes Beispiel. Es wäre doch logisch, anzunehmen, daß die Kellnerin mit ihrem Fuß hängengeblieben ist und deshalb das Gleichgewicht verloren hat, nicht wahr?«

Hozza stimmte zu, ja, alles sei überaus einfach und logisch.

»Das«, fuhr ich fort, »hätte vom Standpunkt des gegenständlichen Materialismus aus jedem und überall passieren können. Aber vom Standpunkt des *zeitlichen* Materialismus wird ersichtlich: Julia gibt schon drei Tage lang drei Löffel Zucker in ihren Kaffee, statt einen wie üblich. Übrigens tut sie das, seit sie sich mit ihrem Freund gestritten hat. Jeder, dem es an Liebesenergie mangelt, ißt viel Süßes.«

Ich kaute Hozza vor, daß der zusätzliche Zucker im metabolischen System einen gewissen Druck auf die Gesamtheit des Gedächtnisses, das wir »Julia« nennen, erzeugt hat, dieser wurde so groß, daß er das System zum Kippen brachte. Um den einseitigen Druck auszugleichen, bog sich das System zur anderen Seite, was sich schließlich auf der Ebene der Gegenständlichkeit als Gleichgewichtsverlust auf der Treppe äußerte. Und da Julia unausgeschlafen war – ihr mangelte es an Bewußtseinsbrennstoff –, hätte sie sich fast den Hals gebrochen. Wäre sie achtsamer gewesen, hätte das nicht passieren können.

»Ist es nicht einfacher zu sagen, Julia ist gestolpert, weil sie unausgeschlafen ist?«

»Nein, das ist nicht richtig. Julia selbst hat die Wahrscheinlichkeit geschaffen, zu stolpern, weil sie zuviel Zucker in ihren Kaffee getan hat. Das heißt, sie hat den Faktor Instabilität eingeführt, und in einem konkreten Augenblick wurde das Prozeßsystem ›Julia‹ vor die Wahl gestellt – stolpern oder nicht stolpern. Das Schlafdefizit schluckte die Energie, die unerläßlich gewesen wäre, um die Variante ›nicht stolpern‹ zu verwirklichen. Die konkrete Zeit und der konkrete Ort der Instabilität wurden von anderen Faktoren bestimmt.«

»Und wenn man nur feststellt: Wäre sie achtsamer gewesen, wäre sie nicht gestolpert?«

»Hm, was habe ich denn gesagt? Die Aufmerksamkeit muß man sich ja erst erkämpfen. Sie ist auf zahllose Prozesse verteilt! Deine erste Hausaufgabe: Finde heraus, womit du einen Tag lang deine Zeit verbringst. Bestimme, welche Dinge unverzichtbar sind und welche nicht, und befreie dich von allem Überflüssigen. Spar Zeit – sie ist das Schmieröl, das die Welt am Laufen hält.«

»Übrigens«, legte ich nach. »Du denkst doch nicht, daß Julia einfach so Streit hatte, ohne Grund?«

11.

Wir hätten unseren Lehrdialog noch lange und sorglos weiterführen können. Ich wußte, meine Aufrichtigkeit verpflichtete Hozza zu nichts. Und das war ein Riesenmanko. Denn ich wollte, daß sie sofort mitmacht, aktiv wird.

»Schön langsam. Nicht alles auf einmal«, redete ich mir zu. Ein Jammer – unsere gemeinsame Zeit ging zur Neige, und Hozza machte keinerlei Anstalten, mit der eigentlichen Arbeit zu beginnen. Das einzige was sie tat: Sie lauschte mir mit offenem Mund (entschuldige, Liebling, daß ich das sage). Es war meine Schuld, ich selbst hatte meine Agitation in unproduktive Bahnen gelenkt.

Gegen meinen Willen bekam ich langsam Panik. Ich war gezwungen, auf radikalere Methoden der Initiation zurückzugreifen.

Um in eine andere Welt – wenigstens in die Welt des Roten – zu gelangen, mußte man seinen Willensspeicher aufladen wie während vierzig, fünfundvierzig Jahren absoluter Isolation an einem einsamen Ort – mit klar formulierten Zielen und einem bedingungslosen Streben nach Fortschritt. Aber diese Methode ist langwierig und garantiert keinen Erfolg.

(Andererseits braucht ein Mensch, der sich auf ein zweifelhaftes Experiment von vierzigjähriger Dauer einläßt, keine Garantien, nicht wahr?)

Der Knackpunkt ist folgender: Die gesamte Aufmerksamkeit eines Menschen muß für einen Augenblick auf einen einzigen Punkt in Zeit und Raum konzentriert werden. Diesen Zustand kann man als vollkommenen Willen bezeichnen. Erreicht man den vollkommenen Willen, werden alle Wunder, von denen ich Hozza erzählt habe, zugänglich. Im Zustand der völligen Konzentration genügt es, sagen wir, an Afrika zu denken, und schon befindet man sich physisch dort. Es muß nicht unbedingt Afrika sein. Vielleicht die Welt der Pysankas. Auch kein schlechter Kick. Probiert es. Ohne Erfolg?

Dann habt ihr gerade zu spüren bekommen, wie euch der Wille der anderen Menschen festhält. Um sich aus diesem Netz zu befreien, braucht man einen guten Teil des oben genannten Zeitraums.

Jahrzehnte vergehen... Niemand will etwas von euch in eurer Einöde. Man vergißt euch, erwartet schon lange nichts mehr, verlangt nichts, erhofft sich nichts mehr. Darum wird es niemandem weh tun, wenn ihr euch eines Tages ans Ende der Welt teleportiert.

Aber nicht jeder kann sich vierzig Jahre Einöde erlauben. Hozza und ich können es nicht.

Es gibt verschiedene Wege – lange, kurze, ganz kurze. Alle sind sie mit den Körpern der Ungeduldigen gesät. Je direkter der Weg, desto schwieriger ist er. Der kürzeste erinnert an einen überhängenden Fels ohne den kleinsten Halt.

Es gibt Situationen, die uns mit Gewalt aus dem Spinnennetz des Alltäglichen reißen. Eine reale Lebensgefahr zum Beispiel. Solche Situationen verändern den Lauf der Zeit und schaffen einen Durchschlupf, im wahrsten Sinne des Wortes. Der Durchschlupf erlaubt es, über den Geltungsbereich von Ursache und Wirkung hinauszugehen, sich eine Zeitlang außerhalb davon aufzuhalten. Bei entsprechender Ausrichtung funktioniert der dabei frei werdende Wille wie ein Katapult. Hozza und ich werden unseren Tod imitieren, und das verleiht uns eine derartige Beschleunigung, daß wir augenblicklich in die Nachbarwelt übertreten.

Klasse Sache, das wird ein geniales Kunststück. Und Hozza wird sofort alles begreifen.

Das Verlangen nach dem Körper eines anderen: ihn in sich aufnehmen, eindringen bis in sein Innerstes, sich in ihm auflösen. *Ihn zu einem Teil seiner selbst machen.* Ich frage mich – barg meine Leidenschaft wirklich so viel Energie? Immense Ressourcen, und trotzdem habe ich friedliche Absichten!

Ich hatte meinen Einsatz gemacht. Es blieb immer weniger Zeit. Wenn nur alles gut geht.

Aber dann geschah etwas Seltsames. An einem Donnerstag kam sie nicht. Und am Freitag kam sie auch nicht. Ich ließ absichtlich nichts von mir hören, ich wußte, Frauen brauchen manchmal Freiraum.

Sie kam erst am Samstag. Wir verbrachten drei Stunden im Café, plauderten, als wäre nichts gewesen. Beiläufig schlug ich vor, daß wir uns nicht auf das Testgelände des menschlichen Gedächtnisses beschränken sollten. Ich erklärte ihr, daß die dem menschlichen Bewußtsein zugänglichen Erfahrungen von den menschlichen Möglichkeiten begrenzt würden. Jenseits dieser Begrenzung beginne das Potenzial des Nicht-Menschlichen. Und es sei das würdige Ziel des Menschen, sich von diesen Grenzen zu befreien.

Die Worte zeigten Wirkung, aber leider die falsche. Hozza wurde hektisch und sagte, sie fahre noch heute nacht nach Kiew. Ich begriff, daß wichtige Prozesse an mir vorübergingen und ich zurückblieb. Seltsam bekümmert (Hozza hatte mich davon abgebracht, sie zum Zug zu begleiten) saß ich bis spät in der Nacht im Café und spielte mit Danylo, Kosmas Sohn, Schach.

Verdammt, wenn ich versuche, mich mit Schach abzulenken, läuft etwas nicht nach Plan.

13.

Im Grunde war alles gut, aber bildet euch lieber selbst eine Meinung.

Hozza kehrte in Gesellschaft eines älteren Fotografen aus Kiew zurück, er war Feuer und Flamme, mit ihr ein paar Fotosessions in der Stadt zu machen. Ihre ganze Zauberhaftigkeit schenkte Hozza diesem verlotterten Typen, für mich blieben davon nur noch Krümel. Gerade als ich am wenigsten dazu fähig war, adäquat zu reagieren, brachte sie ihren Fotografen mit ins Café. Sie saßen an Hozzas und meinem (an Hozzas und meinem!) Tisch, und ich bediente sie – brachte mal Bier, mal Sandwiches, mal zwei Espresso »Lavazza«.

Als der Mann auf die Toilette ging, setzte ich mich zu ihr und forderte eine Erklärung. Sie machte große Augen und appellierte an mein Gewissen, sagte, wach auf, Junge, der Mann ist verheiratet, hat zwei Kinder, es steht dir jungem Hüpfer nicht, eifersüchtig zu sein. Wir küßten uns, und der Druck löste sich ein bißchen.

Als ich jedoch wieder auf den Balkon kam, waren sie nicht mehr da, nur ein Geldschein lag unter dem Aschenbecher. Das tat weh. Am Abend ging ich zu Hozza, aber sie war nicht da. Ich dachte daran, vor der Tür zu warten, bis sie kommt. Aber ich wollte weder sie noch mich erniedrigen – unsere Beziehung war schließlich »freie Wahl«.

Ein paar Nächte schlief ich schlecht. Hartnäckige Phantasien quälten mich. Ständig träumte ich, Hozza und ich hätten unsere Explosionsnummer abgezogen, und während uns alle beweinen, verlassen wir dieses Babylon. Die Träume endeten damit, daß ich mitten in der Nacht aufwachte und mich an Hozzas Reaktion erinnerte. Dann setzte ich mich im Bett auf und holte unseren symbolischen Tod aus der Dunkelheit.

Wegen des Schlafdefizits begann ich zu stolpern. Vielleicht auch deswegen, weil ich begann, einen zusätzlichen Löffel Zucker in den Tee zu geben.

14.

Endlich. Endlich tauchte sie eines Morgens auf, eine ganze Woche, fast eineinhalb Wochen hatten wir praktisch in Trennung gelebt, wegen Kiew und dem Fotografen. Hozza flatterte ins Café wie der Sommer, wie der jüngste Enkel des Gottes Ra. Wir umarmten uns fest, und ich wußte, daß sich die Wolken verzogen hatten.

Um diese Zeit waren keine Besucher im Café. Wir gingen zu unserem Platz über dem Eingang und quatschten eine Stunde lang gut gelaunt und ohne Atem zu holen – über alles und nichts.

Nichts konnte mich bremsen. Während sie in ihr Kiew gefahren war, hatte ich mir etwas überlegt, das unmöglich aufgeschoben werden konnte. Ich mußte ihr meinen Plan vorlegen und die Sache gemeinsam mit ihr ausarbeiten. Ihr wißt schon, das mit dem imitierten Tod.

Als wir im Gespräch auf eine hübsche, für einen Rhythmuswechsel geeignete Pause stießen, warf ich es beiläufig ein. Ich fragte sie schön vorsichtig, als führte ich nichts Konkretes im Schilde. Ließ alle Türen offen, um es als Scherz ausgeben zu können.

»Hättest du den Mut, dein bisheriges Leben vollständig aufzugeben?«

»Was meinst du?« fragte sie verständnislos. »Geht's wieder um ›Altes und Neues‹?«

»Nein. Überhaupt, dein ganzes altes ›Ich‹ aufzugeben. Deinen Lebensstil von Grund auf zu verändern. Das Image zu wechseln, die Freunde zu wechseln, alles? Vielleicht den Namen ändern, die Lebensgeschichte? Bist du artistisch und experimentell genug?«

Sie blickte mich wachsam an. Künstler sind visuelle Typen, sie hören mit den Augen. Wir saßen im ersten Stock des Cafés, es war elf Uhr vormittags, und Besucher waren nicht zu erwarten. Aus den Lautsprechern tönte Pjatnizza: *Ich bin nicht der, den du brauchst, ich bin nicht der, den du wirklich brauchst,* und diese Worte jagten mir abergläubische Angst ein. Ich bat den Buchverkäufer, etwas Fröhlicheres einzulegen. Er wählte eine CD aus der Serie »Romantic Collection«: Frank Sinatra, Louis Armstrong, Paul Mauriat, The Platters, Nino Rota und das London Symphony Orchestra, das *Yesterday* spielte – so sah also die neue Musikpolitik des Cafés aus, eine Umorientierung auf über Dreißigjährige. Die Phase des Niedergangs begann, das Café brauchte eine wohlhabendere Klientel als Minderjährige und Studenten.

Im Café war es menschenleer und frisch gelüftet, uns fröstelte. Zitterte ich vor Aufregung?

»Zum Beispiel«, fuhr ich fort und unterdrückte meinen unregelmäßigen Atem, »alles von vorne beginnen. *Absolut al-*

les, ein ganz neues Leben beginnen. Nicht wie man das so sagt, sondern tatsächlich ein neues Leben. Hättest du den Mut dazu?«

Mir schien, als weiteten sich ihre Augen vom Adrenalin, als hätte Hozza denselben Horizont der Zukunft erhascht, an den auch ich mich klammerte.

»Du traust mir das wohl nicht zu, oder? Denkst, ich hab den Arsch zu weit unten?« fragte sie (hoffentlich) herausfordernd.

»Keine Ahnung. Aber ich denk drüber nach: Ist er zu weit unten oder nicht?« Eine spontane Provokation.

Sie lachte.

»Bring uns Pfefferwodka.«

»Um elf?« fragte ich ungläubig, kehrte aber kurz darauf mit Schnapsgläsern zu ihr zurück. Der Security-Mann verbarg sein Grinsen. Gut, daß Ljusja uns nicht sah.

15.

Wir tranken. Ich gebe es ehrlich zu – den meisten Alkohol in meinem Leben habe ich mit Hozza getrunken. Wodka zum Beispiel probierte ich zum drittenmal. Wir kippten ihn gleichzeitig und schnell wie Schwertschlucker.

Wir begannen zu rauchen. Ich hatte das Gefühl, daß Hozza nicht meiner Provokation wegen zu so früher Stunde trinken wollte, der Grund war ein mysteriöser Antrieb. Diese nicht ganz adäquaten Bewegungen ihrer Augen.

Ich spürte, daß wir das Thema mit diesem absurden Squaw-und-Macho-Spiel abschließen konnten, und erzählte einen Witz:

»Ein Mann springt aus dem zehnten Stockwerk. Während

er zwischen dem siebten und fünften Stock durch die Luft saust, sagt er: ›Bis jetzt läuft alles bestens.‹«

Hozza grinste. Noch lief alles bestens.

»Weißt du«, sagte ich. »Wir haben viel über Spontaneität gesprochen. Echte Spontaneität verändert das Leben, bist du einverstanden?«

Sie nickte und zog so heftig an ihrer Zigarette, daß sie knisterte.

»Weißt du«, antwortete sie in demselben Ton. »Ich hab keine Ahnung, was du dir ausgedacht hast, aber ich will schon lange was Abgefahrenes tun.«

Wir beugten uns vor und küßten uns, bis unsere Lippen wund waren.

»Du bist ein Provokateur. Hab ich dir das schon gesagt?«

Ich nickte ungläubig. Warum glaubte ich ihr nicht?

»Und wie stellst du dir das konkret vor?« fragte sie. »Mir nichts dir nichts alles verändern?«

Ich weiß nicht, wieso, aber ich zitterte wie am Tag unseres ersten Treffens. Hozza beobachtete mit Schrecken, wie es mich schüttelte, und (das ist jetzt Einbildung) rückte ein wenig von mir ab. Eine Sekunde lang (auch Einbildung) erblickte ich Ekel in ihrem Gesicht (Einbildung! Einbildung!). Genau in diesem Moment wurde mir bewußt, daß ich auf einer hoffnungslos schiefen Ebene abrutschte und keine Kraft hatte, mich festzuhalten.

»Du willst es wissen? Okay. Wir imitieren unseren Tod. Ein Unfall, bei dem wir offiziell umkommen. Ich habe schon alles durchdacht, wir können es sogar hier im Café abziehen. Du wolltest doch eine Performance im Café machen. Unter diesem Vorwand können wir alle bitten, für ein paar Stunden das Café zu verlassen. Wenn niemand mehr da ist, sprengen wir es in die Luft. Und verstecken uns im

Keller. Das Haus ist alt, es wird einstürzen. Alle werden der Meinung sein, unsere Körper seien zerfetzt worden. Werden denken, es war ein Unfall. Der gesammelte Wille der Leute, uns für tot zu halten, verleiht uns eine solche Beschleunigung, daß wir genügend Energie haben werden, um in den benachbarten Weltengürtel überzutreten. Von dort kehren wir auf die ERDE zurück, wohin du auch willst. Wir können jeden beliebigen Ort wählen. Oder uns gleich nach Kanada teleportieren. Weit weg von allen Menschen, wir nehmen neue Namen an, denken uns eine Lebensgeschichte aus. Du wirst an deinem Gedächtnis arbeiten, wirst lernen, selbst Wunder zu vollbringen. Und dann, eines wunderschönen Tages befreien wir uns von der Erdanziehung und gehen ein in die Ewigkeit... für immer... Du bist schon so nah am Durchbruch, mein Liebling! Du bist in kurzer Zeit weit gekommen, ich bin begeistert. Ich sehe, wie deine Augen von Tag zu Tag stärker leuchten. Ich glaube, das kommt vom Kontakt mit mir. Du beginnst zu sehen, ich weiß es!«

Hozza schwieg.

»Meinst du das... ernst?« fragte sie bedrückt.

»Na klar! Wir brauchen nur einen Anstoß, mächtigen emotionalen Streß, der uns leichter und weicher macht. Deshalb bin ich für eine radikale Methode. Im Stil von Kung-Fu: drei Schläge – und du betrittst neue Erde. Du veränderst dich augenblicklich, das verspreche ich dir. Zwei Tage – und du siehst das Leuchten der Augen. Ein paar Wochen – und du spürst, wie die Zeit direkt unter deinen Nägeln hervorsprießt. Du spürst die Stelle, die dich mit der Ewigkeit verbindet.« Ich klopfte mir auf den Hinterkopf, zeigte ihr, wo genau.

Sie sog jede meiner Gesten mit den Augen auf. Ihre konzentrierte Aufmerksamkeit gab mir das Gefühl, nackt zu sein.

»Hozza, mein Herz, ich meine das alles vollkommen ernst. Ich trage die Verantwortung für jedes Wort«, sagte ich mit Nachdruck. »Ein Monat wird dir genügen, um am eigenen Körper zu erfahren, WIE UNGLAUBLICH TIEF DIE WIRKLICHKEIT IST. Und was unseren Tod betrifft ... ist das für einen wahren Künstler nicht eine geniale Performance? Es ist sogar mehr als Kunst. Es ist eine *GESTE des Lebens*, spontan und befreiend! Eine menschliche Geste, die nicht den Menschen, sondern der Welt gilt. Meintest du denn nicht das, als du vor allen flüchten wolltest? Etwas Neues beginnen wolltest?«

»Doch«, sie schluckte schwer und legte eine Haarsträhne hinters Ohr.

Was für ein ausdrucksstarkes Gesicht. Was für frische Lippen. Wie sehr ich sie wollte. Ich brannte innerlich. Ich konnte mich nicht zurückhalten und nahm Hozzas Hand, aber Hozza zog sie zurück und rutschte etwas weiter weg, automatisch, unbewußt.

Sie war erschrocken.

Ich verstand, daß ich meine Mission verbockt hatte. Sie war erschrocken, ich spürte es.

Um ihren Schock zu überspielen, steckte sich Hozza eine Zigarette an. Die Zigarette in ihrer Hand bewirkte eine Metamorphose. Sie war jetzt gesammelt und hatte es eilig. »Ich komme in vier Tagen zu dir. Ich bereite das Wichtigste vor. Ich mache einen Plan«, sagte sie und starrte mir dabei auf die Nasenwurzel. Ihre Stimme zitterte leicht. Um ihre Augen ballte sich grünlich-goldener Qualm.

»Ich muß jetzt los. Okay, Küßchen«, sie stand hastig auf, stieß die leeren Gläser um, verstreute Zigarettenstummel über den ganzen Tisch. Ich drückte ihre Hand – zu fest, ich klammerte mich in stummer Verzweiflung an sie... jetzt erwiderte sie meine Geste. Sie legte alle Wärme, die sie mir noch schenken konnte, in diesen kurzen Händedruck. Dieser Händedruck war der Abschied. Der schmerzhafte, wortlose Abschied von einem Sterbenden – sie hatte Mitleid mit mir, konnte mir aus der Distanz aber nicht helfen.

Auf einmal waren wir unglaublich weit voneinander entfernt. Unsere Hände lösten sich und mich überrollte, ich weiß selbst nicht woher, eine Woge der Emotionen.
Ich spürte: Das Spiel ist aus. Alles ist dahin. Alles dahin.

16.

Der Mediaplayer am Computer wechselte von Armstrongs *Let my people go* auf Paul Mauriats *El Condor Pasa*. Schon bei den ersten Akkorden verzerrte sich mein Gesicht vor Schmerz.
El Condor Pasa. Der Flug des Kondors. Ich drehte mich auf dem Hocker zur Wand und begann leise zu weinen. Ab heute sind all meine Tränen nur Regenwasser.
Der Flug des Kondors. Strömender Regen wäscht die grünen Hügel. Ein großer, grauer, offener Himmel
Etwas in mir hält nicht stand und meine Tränen fließen – und ich bete
   gebt mir, gebt mir düsteren Himmel
   gebt mir Musik zwischen den Düften, damit ich fliegen kann

zwischen den Strähnen des Regens
                              wie ein Kondor
                    wie das Spiel der Flojara-Flöte
Gebt mir den GEIST, den GEIST gebt mir,
er soll mich nicht verlassen

                              weder am Tag
                    noch in der Nacht
gebt mir Sehnen für einen Riemen
damit meine Brust vor Verzweiflung nicht birst
gebt mir Kraft, diesen schmerzhaften Flug zu ertragen
                    bis zur letzten Note
                    ich bitte euch –
um Kraft bis zur letzten Note
die klingen wird fern im kalten Himmel
von wo der Regen kommt
der strömt
nicht für uns

Neuntes Kapitel

Hozza für immer. Erinnerungsschnipsel

1.

Ohne es zu wollen, waren wir Figuren im Spiel von etwas geworden, das größer war als wir – in einem Spiel, das uns vollkommen andere Horizonte eröffnete, als wir es erwartet hatten. Bis zur Bewußtlosigkeit beunruhigende Horizonte. Weil sie real waren und nicht erfunden.
Wenn du mit deinem Leben derart Weitreichendes vorhast, und noch dazu aus dem Bauch heraus entscheidest, lenkst du die Aufmerksamkeit jener Kräfte auf dich, denen du die Arbeit streitig machst, – aber sie sind für ihre Arbeit selbst verantwortlich, nur daß du's weißt.

2.

Hozza kam nicht. Ich begann, mir Sorgen zu machen, ob etwas passiert sei. Das Handy hatte sie auch früher ab und zu ausgeschaltet, aus Angst vor bösen Anrufen. Dreimal ging ich zu ihrem Atelier, aber niemand öffnete. Trotzdem hatte ich den Eindruck, daß hinter der Tür jemand war.

3.

Vier Tage vergingen, qualvoll wie schwärende Wunden. Am fünften Tag, am Montag, schickte mich Mychas, unser

Koch, wegen eines Käsekuchens zur Firma von W. P. Sajez in die Huzulska Straße. Nachdem ich den Marktplatz voller Schneehaufen hinter mir gelassen hatte, schien mir, als schlüpfte eine mir bekannte Gestalt in das Tor neben der Kneipe »Zur Blauen Flasche«. Scheinbar hatte auch Hozza mich bemerkt.

Ich rannte zum Tor, aber da war niemand.

Ich ging durch den Innenhof bis zum Kaffeehaus – nichts. Also doch Einbildung. Oder ...

Ich spähte ins Treppenhaus neben der Kneipe. Hozza hockte hinter der Treppe, zusammengekauert, an die Wand gedrückt. Sie versteckte sich vor mir.

Eine stumme Szene.

»Ich habe dich gefunden.«

Sie begann zu weinen. Ich wußte nicht, was los war, und wollte sie umarmen – sie stieß mich weg. Ich versuchte es noch einmal, diesmal trat sie mir in den Bauch, und ich stürzte zu Boden. Hozza rannte zur Treppe. Ich hinterher. Unsere Verfolgungsjagd ging fast bis auf den Dachboden. Hozza preschte nach oben zu einer Tür, aber sie war verschlossen, genau wie damals, am Tag unseres Kennenlernens.

Ich versuchte wieder, mich ihr zu nähern, und bekam dafür einen Hieb mit den Fingernägeln über die Wange. Den zweiten Schlag wehrte ich ab. Ich verlor die Kontrolle über mich und drehte ihr den Arm auf den Rücken. Hozza stolperte und fiel fast von der Stufe, hielt sich an der auf den Rücken gedrehten Hand. Ich sah ihr schmerzverzerrtes Gesicht und ließ sofort los. Sie warf sich wieder auf mich – ein wildes Tier, keine Frau –, und wieder schnappte ich sie. Ich drückte sie fest an mich, umschlang sie mit meinen Armen wie mit Seilen. Sie atmete schwer.

»Fick mich, fick mich endlich!« stöhnte sie.
Ich riß ihr die Hose zusammen mit dem Slip vom Leib. Knöpfte meine Hose auf und stieß, nachdem ich sie nach vorne gebeugt hatte, scharf und hart von hinten in sie hinein. Hozza schrie vor Schmerz, kam mir aber entgegen. Die Tauben, die uns vom Balkon aus beobachtet hatten, flogen unter lautem Geflatter auf. Sie war heiß und trocken, und die drei Bewegungen, die wir zueinander machten, waren schmerzhaft wie die Nägel in Jesu Wunden. Ich ging aus ihr heraus und spürte, wie sich all meine Kraft, die uns in diese Lage gebracht hatte, auf ihren Slip ergoß. Der Saft des Märtyrers wie Tau auf ihrem Körper.

4.

Wir zogen uns hektisch an, Hozza stopfte den nassen Slip in ihr Schminktäschchen. Wir liefen ein Stockwerk tiefer, sahen uns um, ob uns auch niemand bemerkt hatte. Wir ließen uns auf die Holztreppe fallen. Sie atmete schwer, krümmte sich vor Schmerz. Von mir ganz zu schweigen, das Blut hämmerte in meiner Eichel. Hozza zog ein Päckchen blaue »Winston« hervor und bot mir eine an.
Wir rauchten. Unsere Körper glühten vor Hitze.
»Ich kann so nicht weiter«, sagte sie und ließ ihren Kopf hängen. »Du bist ein wunderbarer Mensch, Pjatotschkin, aber du bist nicht normal. Ich kann mit dir nicht so zusammensein, wie du es willst.«
»Wieso?!«
»Du bist krank. Überleg doch mal, womit dein Kopf vollgemüllt ist. Denk darüber nach, und du bekommst es selbst mit der Angst zu tun.«

Ich verstummte. *So ein* Verrat war das Letzte, was ich erwartet hatte.

»Du hast mir nicht geglaubt?! Das mit dem Gedächtnis, dem Teleportieren?«

»Was für ein Teleportieren, Junge? Was für ›Menschen mit Augen‹? Sitzt da und zeigt auch noch – ›bei dem leuchten sie, bei dem leuchten sie nicht. Und bei dem nur ein bißchen‹. Ich… ich war total schockiert. Die Kellnerin ist gestolpert, weil sie vergessen hat, ihr Höschen zu waschen.«

»Weil sie zuviel Zucker nimmt, mach dich nicht lustig. Von Ungläubigkeit kriegt man übrigens Diabetes und von Haß Krebs. Und Eifersüchtige haben Pickel im Gesicht! Und wenn man einen Ast abbricht, bekommt man Allergien. Und wenn man viel Süßes ißt, wird dem Körper Kalzium entzogen, und wenn man dazu Cognac trinkt, bekommt man Scheidenpilz! Ist deiner schon weg?«

»Ich habe ihn von der Pille und nicht vom Cognac. Darüber spricht man nicht.«

»Über *die Tiefe* spricht man auch nicht. Und ich Idiot habe gedacht, du würdest mir glauben. Es stimmt, man darf niemandem davon erzählen. Man kann es nur selbst erfahren…«

›Von außen betrachtet‹, dachte ich irgendwie teilnahmslos, ›könnte es den Anschein erwecken, als faselte der Junge Unsinn und habe null Ahnung, was Realität und was Phantasie ist.‹

»Weißt du«, sagte ich zornig, »ich habe vielleicht mehr Ahnung als alle anderen, was Realität und was Phantasie ist!«

»Ich habe gedacht, du machst Spaß… Habe gedacht, du bist eben ein Phantast, oder daß es so ein Spiel ist. Aber du bist total übergeschnappt ... Egal, ich hätte es weiter ertragen, wenn du nur nicht damit angefangen hättest.« Sie seufzte bitter. »Du wolltest das Café in die Luft jagen. Großer Gott, als du das gesagt hast, hab ich richtig Angst um dich gekriegt ...«

Sie verstummt. Schnieft mit der Nase. Wischt sich vorsichtig die Wimpern trocken.

»Wenn du wüßtest, wie schlecht es mir geht! Ich schlafe nicht wegen dir. Ich will nicht mehr leben, und du verstehst das nicht mal ... Mein Gott, wieso habe ich's so schwer mit dir? Wenn du nicht begonnen hättest, über all diese Dinge zu reden, wären wir ein perfektes Paar geworden. Wir haben richtig Spaß gehabt! Es ist so perfekt gelaufen zwischen uns! Hast du nicht bemerkt, wie gut wir zusammengepaßt haben?«

Wieder eine Pause. Zusammengekniffene Augen. Sie öffnet die zitternden Lider und fährt fort:

»Weißt du, wieso ich nach Kiew gefahren bin? Ich wollte dir eine Einladung nach Kanada besorgen! Ich dachte, wir könnten im Frühling zu mir fahren ... Aber du hast alles versaut. Warum, Petro? Warum hast du begonnen, über dieses Gedächtnis zu reden? Du wolltest cool wirken, nicht wahr? Du wolltest, daß ich mit offenem Mund zuhöre und mehr will.«

»Nein, das stimmt nicht!« Ich weigerte mich, meinen Ohren zu trauen. »Das stimmt nicht! Stimmt nicht! Ich habe dir von meinem Geheimnis erzählt, weil es Teil meines Lebens ist! Weil ich es dir einfach erzählen mußte, wenn wir hätten zusammenleben wollen. Wenn du mir nur geglaubt hättest ... du hast doch gesehen ... Ach nein, nichts hast du gesehen. Vielleicht das Gedächtnis, ja.«

Sie zerstrubbelte mir das Haar.

»Das Gedächtnis – ist bloß das Gedächtnis, Kleiner.«
›Nenn mich nicht *Kleiner*!‹ herrschte ich sie in Gedanken
an. Und wenn Hozza doch recht hat, ist es dann vielleicht
ihre Schuld? Ich bin der, der ich bin, und nicht der, der ich
gern sein möchte, oder der, als der ich mich ausgebe. Da ist
nichts zu machen. Hozza sah sich als meine ältere Schwester, die sich bereits an der Welt satt gesehen hat und mit
beiden Beinen fest auf dem Boden steht. Und ich bin ein
hilfloser Kleiner für sie, jage Gespenstern nach. Für sie ist
das *useless*. Ich jedoch hatte den Eindruck, es sei umgekehrt. Denn *ich – ICH!* – weiß *alles* über das Leben und sogar mehr. Ich kenne die *Tiefe*.
»Das Gedächtnis allein ist zu wenig, als daß ich dir glauben
könnte.«
Pause.
Ganz leise flüstert sie:
»Halt mich. *Es ist so schwer.*«
Wir umarmten uns wie zwei Waisenkinder.

5.

Nach einiger Zeit fragte sie fast lautlos:
»Aber wir können doch zusammen sein, oder nicht?«
»Nicht ohne das Gedächtnis.«
»Dann mach, daß ich alles vergesse.«

6.

Wir saßen noch eine Weile schweigend da, hielten uns an
den Händen. Sie suchte nach Worten, um mich nicht zu

verletzen, aber das machte mich wilder als ein direkter Angriff.

»Liebster«, sagte sie sanft. »Ist es für dich denn so wichtig, ständig an die leuchtenden Augen zu denken? An das Gedächtnis? Es gibt eine Menge irdischer Dinge, mit denen man glücklich werden kann. Du hast einen guten Blick für Bilder. Du könntest selbst versuchen zu malen...«

»Malen?! Verarsch mich ruhig! Und – sprich – nicht – mit – mir – wie – mit – einem – Kranken!« Ich schlug mir mit der Faust aufs Knie, Hozza zuckte zusammen. Vor mich auf den Boden starrend, preßte ich hervor:

»Du – mußt – mir – glauben – daß – es – etwas – GRÖSSERES – gibt. Das ist das Wichtigste. Du mußt mir glauben, daß ich es weiß! Vertrau mir, vertrau mir einfach und glaub daran, daß auch du es entdecken kannst. Jeder kann sich davon überzeugen, daß das DASEIN ein GEHEIMNIS ist. Du mußt mir glauben, jedes Wort, das ich dir gesagt habe, ist wahr!«

»Aber das sind doch Phantasien«, flüsterte sie. »All das existiert nicht...«

»DAS SIND KEINE PHANTASIEN, WIE OFT MUSS ICH ES NOCH SAGEN! ICH LÜGE NICHT, DU HÖRST MICH SPRECHEN, ABER DU HÖRST MIR NICHT ZU, DU DUMME ZIEGE! DU MUSST MIR GLAUBEN!«

Ich konnte mich nicht mehr beherrschen und explodierte. KONNTE MICH NICHT MEHR BEHERRSCHEN.

Wie kompliziert mit einemmal alles war! Was für eine groteske und heikle Maskerade ich angezettelt hatte. Zum Heulen.

Wenn wir nur einen Augenblick hätten aufhören können, uns zu verstellen, den Allwissenden zu spielen. Wenn wir in diesem Augenblick die angestammten Rollen hätten verlassen können. Uns von der Seite betrachtet und die Absurdheit unserer Forderungen wahrgenommen hätten.

Wäre es mir möglich gewesen, ich hätte angefangen zu weinen – das zog bei Frauen immer.

7.

Ich erklärte ihr, daß ich sie nicht beschimpfen wollte, *verzeih mir, verzeih mir bitte*, bat ich sie. *Komm, mein Kätzchen, sei nicht böse, vergessen wir's einfach.*

Aber dadurch zogen sich die unsichtbaren Schlingen nur noch fester. Hozza Dralla spürte, daß sie es war, die sie zerreißen mußte.

»Verstehst du?« fragte sie mich mit gebrochener Stimme, fast flüsternd, zum letztenmal. »Deinetwegen will ich nicht mehr leben. Und du reitest weiter darauf herum. Du siehst nicht mal, daß ich da bin, neben dir, ganz in der Nähe, und daß ich dich brauche, hier und jetzt.«

Sie küßte mich auf den Kopf – ein Hauch von Tabak und Kirschen streifte mich – und stand auf. Vollkommen ruhig. Im Gegensatz zu mir.

»Ich gehe«, flüsterte sie und blieb, wo sie war.

Ich schwieg. Meine Augen brannten. Sie holte Luft, um etwas hinzuzufügen, überlegte es sich aber anders und lief trampelnd die Treppen hinunter. Trap-tra-rap-tra-rap – erster Stock. Trap-tra-rap-tra-rap – Erdgeschoß. Ihre Absätze klapperten über die Pflastersteine, Hozza lief, ohne stehenzubleiben, auf die Straße.

Das war's.

8.

Im nächsten Moment hörte ich ein Knirschen, das Klirren von zersplitterndem Glas, einen durchdringenden Schrei, das Krachen eines berstenden Kotflügels und das Stimmengewirr der Passanten. Ich rannte mit Karacho nach unten, stolperte, fing mich mit den Händen ab. Und lief hinaus auf die Straße.

Mir wurde schwarz vor den Augen, die Kugel der Ohnmacht rollte auf mein Sonnengeflecht zu. Schwarz vor den Augen. Mit einem Zischen entfernte sich die Kugel, und die Welt wurde wieder hell.

Meine Beine gaben nach, ich sank bleiern zu Boden. Meine Augen wollten nicht sehen, und wieder verschwand alles in schwerer, erdrückender Dunkelheit.

Eins-zwei, trap-trap über den Sand.

VERGESSEN. DIESEN TEIL VERGESSEN WIR.

Nachdem ich mich von Hozza verabschiedet hatte, ging ich ins Café, sofort kam Wika, unsere neue Kellnerin, zu mir gelaufen. Sie sagte, ein Mann hätte mich gesucht. Ich setzte mich an die Bar, um zu Mittag zu essen. Ein paar Minuten später kam ein massiger Typ in dicker Militärjacke vom Buchladen herüber. Es war mein Bruder Wasyl. Er hatte sich verändert. War erwachsen geworden. Er hatte nun einen Schnurrbart wie Vater.

Wasyl war gekommen, um mich abzuholen. Unsere twisted sister Nelja würde am Samstag heiraten. Ich freute mich, meinen Bruder zu sehen, noch mehr freute ich mich, für ein paar Tage wegzukommen.

Unterwegs nach Midni Buky. Alles im Nebel.

Mein Bruder schlief, den Kopf an das beschlagene Fenster gelehnt. Auch ich versuchte einzuschlafen, ich fühlte mich wie ein verwundetes Tier.

Eins-zwei, trap-trap über den Sand.

Ein Armenier in teurem Mantel hilft mir auf. Ich lehne neben dem Tor der »Blauen Flasche«. Diesen Teil sollte ich doch vergessen! Wieder wälzt sich eine schreckliche Finsternis heran, fast stürze ich auf den Asphalt. Eisige Kälte überkommt mich. Ich sterbe.

»Bruder, was ist?« fragt er mich. Ein schräger Armenier, so einer mit Kappe, wie in den Witzen. Er kaut an einer im Mundwinkel hängenden Zigarette.

»Gib mir einen Zug, Kumpel«, keuchte ich.

»Hier, Freund, nimm ruhig«, lachte er. Ein schräger Armenier, so einer mit massenhaft Metall im Mund. Er hilft mir auf die Beine. »Was Schreckliches ist passiert. Ein Mädchen hat sich vor die Straßenbahn geworfen. Geh nicht hin, so viel Blut da. Aj-ja-jei! Nicht hinschauen, mein Freund, im Namen Gottes! Wo willst du hin?!«

Wieder verschwindet alles im Nebel.

9.

Ich werde mich erinnern, koste es, was es wolle.

Ich werde mich erinnern.

Der Armenier brachte mich zu sich nach Hause. Alles im Nebel. Wie bin ich in diese fremde Stadt gekommen? Ich erinnere mich nicht.

Die Wohnung kam mir bekannt vor, wenigstens fand ich im Klo auf Anhieb den Lichtschalter. Im Wohnzimmer stieß ich auf meinen Rucksack. All das glich einem verworrenen Traum. Wie war mein Rucksack hierhergekommen? Ich erkannte meine Hose, es waren also wirklich meine Sachen.

Alles im Nebel. Benommenheit.

Der Armenier hieß Akop, und ich verstand nicht, wieso er mich mitgenommen hatte. Er fragte, wie ich heiße. Ich antwortete, daß ich Zprmzhr heiße, hatte aber keinerlei Grund, mir selbst zu glauben. Er fragte mich, wo ich wohne, ich wußte es nicht. Ich konnte nicht mal meinen Namen wiederholen, alles entglitt mir, alles verschwand im Nebel. WER BIN ICH? Mein Gedächtnis zerbröselte wie Blätterteig. Ich wußte nicht, woher ich kam, war nur dankbar für die Großmut dieses Fremden.

Akop versuchte, mich mit Cognac auf die Beine zu bringen, aber ich beförderte die Flüssigkeit augenblicklich ins Waschbecken. Meine Gedärme verknoteten sich.

In meiner Birne Schnipsel von Erinnerungen

erinnerungsschnipsel
ein Dorf, ich lebe in einem Dorf. Ich mache die Hausarbeit, jäte das Gemüsebeet. Am Abend muß ich zu den Schelepylychs, um mir Kerzen zu leihen, wir haben wieder Probleme mit dem Strom. Ich habe eine Oma, und ich kümmere mich um sie. Oma hat mich gebeten, morgen in der

Stadt eine Zeitung zu kaufen. Ich lese ihr aus der Zeitung vor, denn für Oma ist die Schrift zu klein

erinnerungsschnipsel
ich gehe in die Dorfdisko. Möglich, daß ich hier der jüngste Typ bin, der an Mädels rankommt. Und obwohl sie alle älter sind als ich, gefällt mir das. Wir sind auf einem Niveau. Nur Papa darf nichts davon wissen, alles andere ist ein Klacks.
Außerdem habe ich einen komischen Pickel bekommen, gerade war ich vor dem Klub pissen, wollte ihn mir angukken, aber es war zu dunkel. Scheiße, irgendwie juckt es mich so komisch. Wahrscheinlich brauch ich eine Braut. Werd also doch erwachsen

erinnerungsschnipsel
schon vierzig, verdammt, und ich schufte noch immer als Filmvorführer. Scheiße, nein, ich hab eben erst hier angefangen, weil beim letzten Job haben mich die Wichser gefeuert. Schon vierzig, verdammt, wie die Zeit verfliegt, gerade war ich noch ein Hosenscheißer, bin vor den Klub gerannt, Tussies ficken, Fotzen, verdammte, und was ist dabei rausgekommen, verflixt noch mal. Einen verfickt alten Gürtel trag ich, ihn wegwerfen, Hurerei, wär schade, und er löst sich schon ganz auf. Scheiße, muß mir auch wieder mal die Nägel schneiden, seh ja sonst aus wie ein Penner. Hab mich diesen Monat irgendwie ziemlich hängen lassen, fuck, die Haare fettig, die Fresse aufgedunsen, morgen, verdammt, steh ich um sechs auf, geh ins Stadion joggen

erinnerungsschnipsel **erinnerungsschnipsel** **erinnerungs-**
schnipsel erinnerungsschnipsel erinnerungsschnipsel

alles dreht sich, mir ist übel, alles dreht sich, wenn ich es nur
auskotzen, herausscheißen könnte, dann wäre alles vorbei,
aber es dreht sich und dreht sich, keine Chance, anzuhalten, verdammte Wichser, mir ist so schlecht, die Nazis haben mich fertiggemacht, verdammt, mir ist so übel
weder wer noch wo ich bin
wenn nur diese Übelkeit endlich vorbei wäre ich rinne aus
durch ein gigantisches Loch durch das ich kotze durch das
ich mich übergebe die Schläfen werden taub werden immer
enger
wo bin ich

standbild
»Du kannst sie nicht mitnehmen«, sagt Gagarin. Seine
Stimme ist trocken und rauh.
»Ich kann mich wieder an dich erinnern!« rufe ich freudig.
Jura, ich kann mich wieder an dich erinnern.
Gagarin reagiert nicht, er guckt nur durch seine Augen,
dunkel wie Schlaf. In der Herbstluft kann man den Atem
sehen. Tiefste Nacht. Nur aus der Seitengasse dringt Licht.
»Jura, ich kann mich an dich erinnern! Wir arbeiten ge-
meinsam in einer Bar, stimmt's?«
»Bleib ruhig und hör zu. Du vergißt es ohnehin sofort wie-
der. Hör einfach zu. Es betrifft dich und deine Freundin.«
»Sag schon, ich höre dir zu.«
»Du hast nicht genug Kraft für zwei. Wenn du sie mitnehmen willst, mußt du die Kraft haben, sie davon zu überzeugen. Sie hinreißen, mitreißen. Aber deine Kraft reicht nur,
sie mit Gewalt mitzuzerren.«

»Wieso?« frage ich aufgebracht. »Vielleicht paßt alles? Vielleicht reicht sie gerade?«

»Du wirst nicht mit einem Menschen kämpfen, sondern mit Naturgewalten. Alles muß von selbst passieren oder gar nicht. Du kannst sie nicht mitnehmen«, flüstert er. »Du hast nicht genug Kraft für zwei. Verstehst du, Brüderchen? Bruder!« flüstert er, »Bruderok, merk dir das! Ich weiß, du wirst vergessen wollen, brother, hörst du? Wir sind Brüder wie die Warner Brothers, Blutsbrüder, Brüder im Suff und auch im Puff, erinnere dich«

ein Geschmack...

erinnere dich
ich befehle mir
ERINNERE DICH!

11.

DIE SCHWÄCHE VERGEHT. Durch die beschlagenen Fenster des Regionalzuges sehe ich die Skoler Beskiden, sie dampfen. Ein Geschmack.
Ich versuche, mehr zu erkennen, als mir klar wird, daß ich vor dem undurchsichtigen Fenster
(*des »Offenen Cafés«*)
(*von Akops Wohnung!*)
(*unseres Hauses in Midni Buky!*)
(*des Restaurantwagens im Zug nach Uschgorod!!!*)
meines Zimmers in Chobotne stehe.
Die Welt erscheint mir substanzlos, unzuverlässig. Statt meiner ist ein leeres Gespenst in dieser Welt unterwegs,

eine Vogelscheuche im Herbstwind, einfach bemitleidenswert.

Mir ist eingefallen, ist alles eingefallen, was wirklich mit Hozza Dralla passiert ist, und mit mir, und mit Jura, Spitzname »Gagarin«. Ein schwerer Stein rollte von meiner Brust, denn Wissen ist besser als Hilflosigkeit.

Ich war durchgefroren. Auf der Straße wurde es hell, ich stand nur in Unterhose am Fenster und bibberte vor Kälte.

12.

Ich zog mich an, ging in die Küche und machte im Ofen Feuer. Das Haus war erfüllt von hellblauem Dämmerlicht und dem Geruch eines alten Menschen. Ich setzte Wasser auf, brühte mir einen Kaffee aus Zichorie. Dann setzte ich mich hin und versank in Gedanken.

Wie hatte ich früher leben können, ohne mich an Hozza Dralla zu erinnern? Ohne mich an das Café zu erinnern, an mich selbst – wie war das möglich gewesen? Ich habe wie ein Zombie gelebt, ohne das Bewußtsein, *wo* ich bin und *wann* ich bin.

Was gab es in meinem Leben, das wichtig, authentisch war? Genausogut hätte ich tot sein können.

Jede Minute.

Jede Minute war jetzt ein Geschenk.

Aus voller Kraft leben, aus vollem Saft leben. Im GEIST leben, aus dem GEIST heraus handeln. Jede Sekunde, mit aller Kraft, bis zum letzten Atemzug die Absicht haben, die Unendlichkeit zurückzubringen, die sich *hier, ganz in der Nähe*, in Reichweite befindet.

Von allen Kräften kommt nur das SEIN gegen die kalte, stumme Finsternis an, die uns alle früher oder später verschluckt.

Zehntes Kapitel

Leben heißt am Leben bleiben

1.

Man muß alles sofort tun, oder man tut es nie. Ich hatte mich daran erinnert, wie ich mit vierzig aussehen würde, wenn ich jetzt nichts änderte. Bei einem ganz »normalen« Lebensstil ist der Mensch mit vierzig eine Ruine, redet sich aber ein, mehr oder weniger fit zu sein. Jeden Tag tut was anderes weh, aber morgen – ja, morgen steht er um sechs auf, geht joggen, Klimmzüge machen, nimmt eine kalte Dusche.
Man muß alles sofort tun. Oder man tut es nie.

2.

Ich klammerte mich an diesen Gedanken, und mein Verstand klarte auf. Das erste, was ich tat: Ich gewöhnte mir an, bei Sonnenaufgang aufzustehen, wie alle in Chobotne. Ich zwang mich dazu, mich mit Brunnenwasser zu übergießen. Ich weiß nicht, ob sich das wirklich positiv auswirkt, aber ich bin mir sicher: Macht man es konsequent, verändert es das Leben.

3.

Was ich brauchte, war Arbeit. Viel körperliche Arbeit, um mich von den hartnäckigen Gedanken an die Erinnerungsschnipsel abzulenken.

Ende März war das Wetter trocken, und ich grub das Beet neben dem Stall um. Es war klein, vielleicht ein halbes Ar. Im Vergleich dazu war der Obstgarten richtig groß. Ich grub die alten Johannisbeersträucher aus. Sie hatten schon fünf Jahre nicht geblüht. Auch die alte Stachelbeere grub ich aus, legte die Sträucher hinter das Haus und verbrannte sie zwei Wochen später mit dem Gerümpel aus der Garage. Ich ging ins Dorf zu den Hankewytschs und kaufte fünf Schubkarren Dung. Den verteilte ich auf dem Beet und grub noch einmal um.

4.

Ich betrachtete mich von außen. In mir gab es zwei »Ichs«. Das eine lebte bei Oma, das andere arbeitete in Lemberg. Ich war an einen Punkt gelangt, an dem sich die Wege teilten. Damals im März, als ich nach Chobotne kam. Ich wiederholte bereits erledigte Arbeiten. Dachte schon einmal Gedachtes. Und bemerkte, daß schon damals in meinen Gedanken das Wissen über meine andere Hälfte gesteckt hatte.

Es war, als befände ich mich auf einem parallel verlaufenden Pfad und beobachtete mich von der Seite. Ich ertappte mich sogar dabei, daß ich über das Beobachten nachdachte.

Mit dem Obstgarten plagte ich mich ab, schließlich hatte ich vorher noch nie Obstbäume beschnitten. Aber unser Nachbar Jurowytsch, der alte Bulle, zeigte mir, wie es geht. Er verkaufte mir Kalk und lieh mir seine Bürste.

Ich kalkte die Bäume. Im Garten gab es sieben alte Apfelbäume, zwei Birnen, zwei Kirschen – eine alte und eine junge – und eine gelbe Kirsche. Gleich neben dem Hauseingang wuchs noch ein ausladender Mirabellenbaum. Und am anderen Ende des Gartens ein dicker Nußbaum.

Ich beschnitt die Himbeersträucher, lichtete sie ein wenig aus. In den Jahren, als Oma von ihren Töchtern versorgt worden war, hatte sich niemand für den Garten interessiert. Kein Wunder, das eigene Beet war auch noch nicht umgegraben, Arbeit bis zum Umfallen.

Ich legte Pflanzreihen im Beet an. Rechnete mir aus, daß es sich nicht rentieren würde, Kartoffeln zu pflanzen. Kaufen war billiger. Ich säte Karotten, Petersilie. Etwas später, als es wärmer, pflanzte ich Zucchini – ich freute mich riesig darauf, sie mit Rahm zu dünsten.

Außerdem säte ich Dill, Liebstöckel, Basilikum, Estragon. Nur das Basilikum ging nicht auf, vielleicht hatte ich es zu tief gesät. Ich setzte Knoblauch, Zwiebeln. Und frühe Radieschen – »Weiße Eiszapfen« und »Rubin«. Wie man es mir zu Hause beigebracht hatte, säte ich beim Trampelpfad Salat, gekräuselten und normalen.

Lange dachte ich nach, welches wichtige Gemüse ich vergessen haben könnte. Vielleicht Gurken? Aber mit den Gurken ist es immer ein Kreuz. Zuerst muß man sie mit Folie bedecken, dann brauchen sie ein Glashaus, und versuch mal zu unterscheiden, was Unkraut ist und was junge

Triebe, zum Teufel mit ihnen, ich kann das nicht. Es ist wie mit dem Buddhismus, man muß es beigebracht bekommen. Ich hätte Mama öfter helfen sollen.

6.

Ich sägte die trockenen Äste ab, wie es mir Jurowytsch gezeigt hatte. Auch von einem Apfelbaum, gutes Brennholz, aber wozu brauche ich das – Schinken werde ich nicht räuchern, und Schaschlik esse ich auch nicht. Deshalb verbrannte ich einfach alles. Ein schönes Feuer an einem kalten Aprilabend. Als ich von Kopf bis Fuß in Rauch gehüllt am Feuer stand, begriff ich, daß ich endlich *geheilt war*. Ich war wieder ich selbst, *war ein Ganzes, eine Einheit*. Aber es war jetzt ein vollkommen anderes »Ich«. Wissen schafft Kummer, Kummer schafft Erkenntnis. Und so geht es immer weiter, von nirgendwo nach nirgendwo.
Mir fiel ein, daß es gut wäre, noch weitere Pflanzen zu haben. Mais und Bohnen. Die Indianer der Great Plains haben Mais und Bohnen immer zusammen angebaut, die Pflanzen ergänzen einander.
Außerdem ist es gut, wenn man grüne Bohnen bei der Hand hat, gedünstet und gesalzen schmecken sie super. Und sie passen gut zu Gemüseragout.
Ich ging in die Stadt auf den Markt und kaufte Erdbeersetzlinge. Der Mann sagte mir, daß sie aus Holland und genetisch verändert seien, aber irgendwie fiel es mir schwer, ihm zu glauben. Egal, sie wuchsen an, blühten und bildeten Fruchtknoten, und später aß ich meine eigenen Erdbeeren. Mit Zucker und Sauerrahm, wie früher.

7.

Im Gemüsegarten gibt es immer Arbeit. Im Morgengrauen ein paar Meter Beet zu jäten ist die beste Freizeitbeschäftigung in Chobotne. Klar, nicht nur ich bin so ein Freak. Das war ein regionales Hobby, vielleicht sogar ein gesamtukrainisches, wie Golf bei den Engländern und Wettsaufen bei den Russen.

Die körperliche Arbeit kostete fast meine gesamten jugendlichen Kräfte, was übrig blieb, nutzte ich für das Kung-Fu-Training. Ich kümmerte mich nicht mehr darum, was sich in meinem kranken Kopf, meinem zerfetzten Gedächtnis tat.

Gut, daß ich die alten Wunden nicht wieder aufriß – alles verging von selbst. Und nach einiger Zeit trocknete die Kruste und fiel ab.

Ich setzte auch Minze und Kamille. Und Blumen – Levkojen, um genau zu sein. Ich spielte mit dem Gedanken, Tabak anzubauen, um an den langen Winterabenden rauchen zu können, wie mit Gagarin im Café. Die Indianer am Äquator zum Beispiel rauchten, um in prophetischen Träumen das Gedeihen der Pflanzen und das Wohl des Viehs vorauszusagen. Aber ich hatte schon seit drei Wochen nicht mehr geraucht und beschloß, es dabei zu belassen.

8.

Die Pflanzen sprachen mit mir und ich sprach mit ihnen. Irgendwie verstanden wir uns ganz gut. Egal, wie oft noch solche Schwierigkeiten wie mit Hozza auf mich zukommen würden, egal, wie weise ich sein und wieviel Mist ich bauen würde, es besteht immer die Möglichkeit, von neuem zu beginnen.

Wozu lebt man denn sonst?

9.

Manchmal fühlte sich Oma besser, und ich führte sie hinaus in den Garten. Sie machte es sich auf einer alten Waschtrommel bequem und erzählte immer dasselbe über Jugend und Alter.

Es war Mai. Der Garten duftete.

10.

Alles, was man für das innere Gleichgewicht braucht, ist die Abwesenheit von Wünschen.

Still, ohne Pomp feierte ich im Juli meinen Geburtstag, genau zu Peter und Paul. Es war seltsam, sich in Erinnerung zu rufen, daß noch jemand auf dieser Welt die Sommer zählte. Mir schien, als wäre ich immer schon bei Oma gewesen. Als existierte die Zeit nicht, als gäbe es nur die vier Jahreszeiten, die einander endlos abwechselten.

Eines Abends – es war ein Samstag Mitte Juli – lud mich der alte Jurowytsch zu sich ein. Ich weiß nicht, wie es dazu kam, früher hatten wir uns auf der Straße gerade mal gegrüßt. Jeden Morgen sah ich Jurowytsch von der Weide kommen, mit einem Laken voll Gras für die Kaninchen. Soviel ich weiß, war Jurowytsch ein Freund meines Opas gewesen. Und so grüßte ich ihn immer.

Eines Morgens kam er wieder mit seinem Bündel nach

Hause, die Sonne brannte vom Himmel. Ich jätete die Zucchini. Wir grüßten uns. Jurowytsch blieb am Zaun stehen, ließ das Bündel fallen und begann zu rauchen. Dann wollte er wissen, ob ich Schach spiele, denn mein Opa sei ein seltenes Schachgenie gewesen. Ich bejahte seine Frage. Jurowytsch nickte, als hätte er es erwartet. Dann lud er mich ein, am Abend auf eine Partie zu ihm zu kommen.

Ich war einverstanden.

Jurowytsch war ein pensionierter Polizeioberst. Sein Name: Petro Pantelejowytsch. Von seinem Polizeidienst war ihm – zumindest auf den ersten Blick – nur ein graues Uniformhemd geblieben, das er anscheinend nie ablegte, und der leichte Akzent eines Umsiedlers aus Altschewsk. Mein Vater kam auch aus dieser Gegend. Sogar die berühmte militärische Körperhaltung war unter den täglichen Bündeln mit Gras für die Kaninchen weich geworden. Er hatte einen Hund, einen kleinen Köter namens Bimka, den ich oft auf der Müllhalde hinter dem Dorf sah.

Ich kam zu Jurowytsch, als die Sonne schon untergegangen war. Ich war noch nie auf seinem Hof gewesen, überall wucherte Gras, am Zaun wuchsen Stachelbeeren, und vor der Haustür stand ein Tisch mit einem von der Sonne ausgeblichenen Wachstuch. Bimka kam aus der Hütte und lief an mir vorbei zum Tisch.

Pantelejowytsch beugte sich hinunter, um Bimka hinter den Ohren zu kraulen. Vor dem Alten stand ein Schachbrett, die weißen Figuren mir zugewandt. Er lud mich mit einer Geste ein, ihm gegenüber Platz zu nehmen.

Ich setzte mich, betrachtete die Figuren. Und zog mit dem linken Pferd. Pantelejowytsch ächzte: »Wie dein Großvater.«

Die erste Partie verlor ich. Gut, daß ich ohne kindisches Schachmatt davonkam. Auch die zweite Partie gewann Pantelejowytsch, aber er war mir nicht mehr so hoch überlegen, möglicherweise gefiel ihm das sogar.

Als es schon ganz dunkel war, brachte Pantelejowytsch einen tiefen Teller mit etwas Schimmerndem darauf und stellte ihn so hin, daß ich mich bedienen konnte. Auf dem Teller waren kleingeschnittene Waben, aus denen Honig floß. Ich nahm mir ein Stück und kaute lange darauf herum. Pantelejowytsch tat dasselbe. Aus irgendeinem Grund machte er das Licht nicht an. Nach den zwei Partien Schach saßen wir in der Dunkelheit und kauten schweigend Bienenwachs. Das war alles.

»Ich hab drei Bienenstöcke«, sagte er irgendwann.

Ich brummte.

»Kann dir Honig geben, wenn du willst.«

»Wieviel wollen Sie dafür?«

»Ach, gar nichts. Bekommst ihn umsonst.«

»Na gut«, sagte ich.

Nun umgab uns vollkommene Dunkelheit. Das Dorf schlief. Weit weg, aus einer Bar in Ternopil, war leise Musik zu hören. Das Haus von Pantelejowytsch war das letzte im Dorf. Außer dem Alten lebte niemand hier.

Er begann zu rauchen, in der Dunkelheit konnte ich trotz der glühenden Zigarette nur ein paar schwarz-rote Falten von ihm erkennen.

»Ich hab deinen Opa gekannt«, sagte er. »Er war mein *Freund*, könnte man sagen.«

Ich schwieg.

»Er hat gut Schach gespielt«, fügte er hinzu. »Ein komischer Kauz. Ganz anders als du.«

Wieder wußte ich nicht, was ich sagen sollte.

Jurowytsch erhob sich und ging ins Haus. Zurück kam er mit einem klebrigen Dreiliterglas voll Honig.

»Dein Opa hat Gedichte übersetzt«, erzählte Jurowytsch. »Nicht irgendwelche. Spanische waren das. Ich habe ihn seinerzeit beobachtet, zu staatlichen Zwecken sozusagen.«

Ich nickte.

»Ich konnte Gedichte nie leiden. Aber dein Opa hat von Poesie viel gehalten. Ich würde nicht sagen, daß er einen Dachschaden hatte, wie einige meinen.«

Wieder nickte ich.

»Manchmal hat er sie mir vorgelesen, die Gedichte. Eins hat mir gefallen. Er hat es mir auf ein Blatt Papier geschrieben, damit ich es immer wieder lesen kann. Nimm, das ist für dich, als Andenken an deinen Opa.«

Jurowytsch reichte mir eine uralte, karierte Heftseite, zusammengefaltet und abgegriffen. Behutsam, damit sie nicht in meinen Fingern zerfiel, steckte ich sie in meine Brusttasche.

Ich bedankte mich so vorsichtig ich konnte, um den feinen Draht zu ihm, der beim Schachspiel zwischen uns entstanden war, nicht zu kappen. So endete unser Treffen. Ich wußte nicht, was es zu bedeuten hatte. Vielleicht gar nichts.

11.

Der Sommer ging zu Ende – mit blauem Himmel. Mit dem Geruch von gemähtem Gras und frischem Heu. Mit bauschigen Schäfchenwolken, beige-hellblau in den Strahlen der untergehenden SONNE.

Kann man den Blumen dafür danken, daß sie duften?

Einmal pro Woche – so hatte es sich zwischen uns einge-
bürgert – trafen wir uns bei Jurowytsch zum Schach. Ich
hatte Angst, ein Gespräch zu beginnen, konnte den Alten
nicht einschätzen. Was sollte ich ihm auch erzählen? Er war
noch schweigsamer, als ich es gedacht hatte. Manchmal
hatte ich das Gefühl, das alles hätte es schon einmal gegeben: Ich spiele mit dem alten Bullen gemütlich eine Partie
Schach und mache schweigend meine Züge. Eine gute Re-
habilitation nach all dem, was im Frühling gewesen war –
Hozza, Gagarin ... das Café.

Manchmal kam es mir so vor, als würde auch dieser alte
Mann in seinem Schweigen ahnen, daß ein Doppelgänger
ganz in der Nähe die letzten Tage seines *anderen* Lebens
lebte.

Ab und zu betrachtete ich, wie über uns und unseren
Schachpartien die Julisterne leuchteten. Damals verstand
ich, was der Kosmos ist: eine Vorahnung.

›Wir sehen die Sterne‹, dachte ich, ›und was sehen die
Sterne?‹

Immer wieder las ich das Gedicht, das mein Großvater für
seinen Freund, der keine Poesie mochte, auf ein loses Blatt
Papier geschrieben hatte. Es war die Übersetzung einer
Gedichtstrophe von einem katholischen Heiligen aus dem
Mittelalter – Johannes vom Kreuz. Oben auf dem Blatt
stand: »Für Petro von Iwan zum guten Andenken«, und
der Titel: »Worte von Licht und Liebe«.

»Für Petro von Iwan ...« Die Widmung rief ein seltsames
Gefühl in mir hervor. Bei jedem Lesen mußte ich mir ins
Gedächtnis rufen, daß Petro Pantelejowytsch gemeint war
und nicht ich.

fünf Bedingungen für einen einsamen Vogel:
eins – er fliegt bis zum höchsten Punkt,
zwei – verlangt nicht nach Gesellschaft, nicht einmal
   von Vögeln wie ihm selbst,
drei – sein Schnabel zeigt in den Himmel,
vier – seine Farbe ist ohne Merkmal,
fünf – er singt leise, ganz leise.

12.

August – Veränderungen. Wer bin ich, wo bin ich. Ein
neuer Impuls für meine Suche. Ein neuer Schub Neugier.
Das einzige in dieser Welt, was mir gehörte, war die Neugier, sonst nichts. Darum erwachte meine Neugier auf Ent-
deckungen. Wieder spürte ich den Puls der Lebenskraft
und der Begeisterung. Den Wunsch, bei null zu beginnen.
Den Wunsch zu wissen, was sich dort hinter dem Wäldchen verbirgt.
Da waren andere Welten. Gefährliche, voller Fremdheit
und Einsamkeit. Ich holte mir Kraft in ihnen und transpor-
tierte diese in meinen Venen auf die ERDE. Ihre Kraft veränderte mich.

13.

Ruhig, ohne Anspannung und Hektik ging der Sommer
vorüber. Mit verheißungsvoller Regelmäßigkeit wechselte
meine ruhige Stimmung von Quantität zu Qualität. Und
Hokuspokus! – meine Augen trafen auf eine neue Welt.
Manchmal kam die rote Welt in meine Nähe. Ich wußte,

daß es gut sein würde, sie vorbeiziehen zu lassen wie einen ungemütlichen Bus, denn ich würde an viel zärtlichere Orte gelangen. Verglichen mit anderen Welten (wie etwa: die Welt des bissigen Spinnennetzes, die Welt der hängenden Würfel, die Welt der lebendigen Flamme), war dieser Ort in vielen Dingen genauso beschaffen wie unsere Realität. Außerdem traf ich dort am häufigsten auf Lebewesen.

die Welt des purpurnen Himmels

Unter diesem Himmel gab es wahrlich phantastische Wesen. Einige von ihnen erinnerten an lange LKWs mit futuristischen aerodynamischen Ladeflächen. Die »LKWs« waren wie aus Kristall, sie hatten eine spiegelglatte fliederfarbene Oberfläche. Einmal sah ich einen von ihnen mit erstaunlicher Geschwindigkeit dahinjagen. Als wir auf gleicher Höhe waren, »blickte« der »LKW« mich mit seiner Windschutzscheibe an. Seine »Kopfbewegung« ließ mich einen Augenblick an etwas Irdisches denken. Aber das verringerte den außerirdischen Gesamteindruck des Wesens kein bißchen. Statt dessen spürte ich, wie begrenzt meine Vorstellung von den Prinzipien anderer Lebensformen war. Dieser »LKW« war für den Menschen absolut fremd und fern. Im fliederfarbenen Rechteck der Frontscheibe spiegelten sich meine Gestalt, der lila Himmel und die blassen Felsen hinter meinem Rücken. Ich spürte den unsagbar fernen Intellekt dieses Wesens, und zweifellos spürte es meine fremdartige Anwesenheit. Aber abgesehen davon, daß wir einander bemerkten, fanden wir keinerlei Gemeinsamkeiten, und der »LKW« machte sich davon.

Ich vermute, daß diese »LKWs« in den Dunst ihrer Zeit gehüllt sind. Oder sie verursachen durch ihre Anwesenheit Deformationen in meiner, der menschlichen Zeit. Jede un-

serer kurzen Begegnungen hinterließ den Eindruck, als
würde sich die Zeit in zwei Ströme teilen: Einerseits dauerte der Blickkontakt nur wenige Sekunden, die »LKWs«
flitzten umher und ließen sich selten von ihrer Arbeit ablenken. Andererseits verbrachten wir, wenn wir einander
bemerkten, nicht weniger als fünf Minuten mit dem intensiven (aber durch nichts formalisierten) Austausch von
Empfindungen über unsere gemeinsame Existenz auf dieser Welt.

14.

Ich beobachtete, welchen Einfluß meine »Reisen« auf mich
hatten, wie sie die Beschaffenheit von Zeit und Ort beein-
flußten. Im Zimmer etwa, in dem ich schlief und von wo ich
die meisten Reisen antrat, floß die Zeit anders als im Erdgeschoß bei Oma: Die Zeit besaß eine Plastizität, die sen-
sibel auf meine Bedürfnisse reagierte. Auch Oma konnte
die Qualitäten von Zeit und Raum beeinflussen, denn auch
sie befand sich auf einer »langsamen Reise in die EWIG-
KEIT«. Nur umgab sie der Beigeschmack von Asche. Mein
Zimmer hingegen war manchmal von einem starken
Aroma erfüllt, etwas zwischen Ozon und Minze. Von dem
Geruch der Unendlichkeit.
Auch mein Körper veränderte sich.
Schaut euch bei Gelegenheit mal den Körper eines Wande-
rers an, sein Körper wird euch alles mögliche verraten.

Wir sind, was wir essen. Und was wir trinken, atmen, wo
wir wohnen. Es findet ein permanenter Stoffwechsel statt.
Das Material für den Aufbau seines Körpers erhält der

Mensch aus der Umwelt, auf Atomebene tauschen wir ständig Energie und Materie mit ihr aus. Auf indirekte Weise ist der menschliche Körper eine Produktionsfunktion des Wohnortes:

$$T = f(M),$$

T ist der Körper, M alle Einflüsse des Lebensraums (geographische Lage, Ökologie, Nahrungsmittel etc.), und f die Umwandlungsfunktion von M in T, die Wechselbeziehungen mit der Umwelt, das Leben. Für den bäuerlichen Verstand klingt das so: Ein Mensch, der an einem bestimmten Ort wohnt, *ist auf die eine oder andere Weise dieser Ort*. Mein Fall ist analog. Ich habe meinen Körper aus dem Material der Welten gebaut, in denen ich Zeit verbracht habe. Auch wenn ich aussah wie eh und je – zwei Beine, zwei Arme, ein Kopf, zwei Ohren – mein Blut hatte sich verändert. Zwischen der Welt der Menschen und mir waren rein biochemische Differenzen entstanden.

15.

Ich war in Chobotne, weit draußen auf den Feldern. Die Sonne ging unter. Eine sanfte Sommersonne, es wurde schon Herbst. Ich sah, wie die Störche von den Feldern aufflogen, sich klappernd einer nach dem anderen in die Luft erhoben. Sie schlugen mit den Flügeln, zogen ihre ulkigen langen Beine an und kreisten über den Feldern.
Die Sonne versank und tauchte den Himmel in grenzenloses Bernstein und Blau. Wie immer im August war der Himmel klar und tief. Weit in der Ferne sah man die dunk-

len Silhouetten der alten Bäume, und die trockenen Halme an meinen Beinen bewegten sich leicht in der Abendluft. Die Feldvögel stimmten ihren Gesang an, zuerst einer, dann ein anderer, und dann lange nur das kleine Vögelchen, das hoch hinauffliegt und allein für sich singt, leise, ganz leise.

Ich blickte zur SONNE, zur weichen, rosa ErdenSONNE, und vielleicht begannen meine Augen von ihrem Licht zu tränen. Vielleicht war es nur die SONNE.

Ich dankte und weinte.

Elftes Kapitel

Grundlagen des Raketenbaus.
Die schwarzen Tage

1.

Früher wußte ich nicht, daß es Dinge gibt, die man nicht erklären kann. Und trotzdem geht das abstrakte Gefasel weiter.

2.

Konnte ich mich weiterhin für den halten, der ich einmal war? War ich immer noch Petro Pjatotschkin?
Petro Pjatotschkin war nur eine der Möglichkeiten, die Wirklichkeit geworden war. Der Typ aus dem »Offenen Café«, ebenfalls ich, hieß vollkommen anders. Aber ich begriff bis zum Moment des Übergangs nicht, daß ich mit einem fremden Namen angesprochen wurde. Ich war ein anderer Mensch mit einer anderen Lebensgeschichte.
Da stellt sich die Frage – wer bin ich jetzt gerade? Keine Ahnung. Ich bin der, der manchmal die Möglichkeit hat, zu wählen. Und ich bin nicht mal sicher, ob wirklich ich es bin, der die Wahl trifft. Ich weiß nicht, wer ich bin. Vielleicht bin ich nur ein Lichtstrahl, der die eine oder andere Lebensvariante entzündet? Vielleicht ist es wirklich bloß ein raffiniertes Spiel von Licht und Schatten.
Manchmal fragte ich mich: Was, wenn es gar kein Café gegeben hat? Was, wenn es sich in Wahrheit um eine schwere

Form von Persönlichkeitsspaltung handelt? Zu ungewöhnlich und künstlich klingen die Namen: Hozza Dralla, Jura Gagarin... Vielleicht hatte ich sie mir nur ausgedacht? Es war, als machten sich Namen und Orte über mich lustig, indem sie einander widerspiegelten. Eine Frau, älter als ich, wie eine große Schwester irgendwie, mit einem Namen, der Lust auf Sex macht. Gagarin im Café und das Porträt des Kosmonauten Gagarin in Opas Zimmer. Opas Freund Jurko und Jurowytsch Petro Pantelejowytsch... Die Widmung »Für Petro von Iwan«. Ich konnte die Verbindungen nicht fassen, aber ich spürte sie. Als wären alle Dinge und Ereignisse von dort im *Hier und Jetzt* vorhanden, und es genügte, die Perspektive zu wechseln, um sie zu sehen.

»Kleinere« Erinnerungen an mich selbst kamen mir vor, als wären sie erfunden, als wären es Traumgestalten. Verglichen mit höheren Gedächtnissen war auch ich nur ein »Spiel von Licht und Schatten«. Würde es mir gelingen, diese Verhältnisse unter Kontrolle zu halten, hätte ich die Chance zu leben und während des Sterbens... nichts zu bereuen.

Es macht dich frei, aber nicht immer ist dir davon leicht ums Herz.

3.

Während Oma ihre letzten Tage lebte, gingen meine Gedächtnisreisen weiter.

Ich kehrte aus fernen Welten ins warme Chobotne zurück, zwängte mich in den menschlichen Zeitstrom und lebte, als wäre nichts gewesen. Ich hielt mich für Petro Pjatotschkin, der ich wahrscheinlich gar nicht war. Solange ich lebe, bin ich frei, und es ist mir egal, wie ich heiße und woher ich komme. Hemingway meinte, man könne einen Menschen umbringen, aber besiegen könne man ihn nicht. Ich brauche keinen Namen und keine Form, aber solange ich lebe, bin ich. Das genügt.

4.

Wenn ich aus den »Welten« auf die ERDE, nach Chobotne, zurückkehrte, bildete sich – besonders am Anfang – oft ein »Pseudogedächtnis« bei mir aus. Das waren Phantasien einer besonderen Art, die ich hatte, wenn ich versuchte, Ordnung in die Chronologie der Ereignisse zu bringen. Denn was der Körper versteht, kann für den Verstand unbegreiflich sein. Der Verstand glaubt lieber an etwas Erfundenes, als die unglaubliche Wahrheit zu akzeptieren.

In meinen Phantasien sah ich, welche Ereignisse (die ich *in Wahrheit nicht erlebt hatte*) *vor* meinem Verschwinden von der ERDE und *nach meiner Rückkehr* dorthin stattgefunden hatten, so daß debits und credits übereinstimmten, Ursache und Wirkung einander entsprachen. Einfacher gesagt: Das Pseudogedächtnis versuchte, mich hoffnungslos zu verwirren, indem es ohne Ende Banalitäten erfand.

An Erfundenes zu glauben ist einfach, es verpflichtet zu nichts. Die Wirklichkeit bedeutet Verantwortung, Verantwortung für das, was du dort entdeckst. Je tiefer ich zur Wirklichkeit vordrang, desto größer wurde meine Verantwortung. Wer darauf besteht zu sein, muß die Verantwortung dafür tragen.

Was das Pseudogedächtnis betrifft, man konnte sofort sehen, an welchen Stellen gepfuscht worden war.

Mein Verstand glaubte nur mäßig an meine Reisen, er war der Meinung, es seien Träume, Visionen oder so. Aber mein Körper, der alle »Reize« des Teleportierens am eigenen Leib erfahren hatte, pfiff auf den Verstand. Er machte sein Ding und ließ den Verstand mit all den Widersprüchen und Ungereimtheiten allein. Zum Beispiel brauchte der Verstand eine Erklärung dafür, wie ich nach »dem Traum über die Felsenwelt« mitten in der Nacht in den Wald von Chobotne gelangt war. Und er kommt zu dem Schluß: »Na, der Junge ist in einen Dämmerzustand verfallen, hat sich im Schlaf brav angezogen und ist hierher marschiert.«

»Warum hat der Junge dann«, frage ich den Schlaumeier, »frisch geputzte Stiefel an?«

»Na, er ist auf den Händen gegangen, der Junge . . . ein richtiger Schlafwandler also . . .«

Und so weiter. Der Verstand kann sich nur schwer damit abfinden, daß die alltägliche Art der Gedächtnisdekodierung nicht die einzig mögliche ist. Beim Dekodieren können Risse entstehen. Andere Geschwindigkeiten erzeugen neue Objekte, neue Verbindungen.

5.

Ich bemerkte: noch ein bißchen, und die Anziehungskraft unseres PLANETEN ist nicht mehr stärker als die Anziehungskraft anderer Übungsfelder meines Gedächtnisses. Bildlich gesprochen: ich meldete meinen heimatlichen Wohnsitz ab.

Im Arbeitszimmer von Professor Haluschka stieß ich auf

ein interessantes Buch, ein Astronomielehrbuch. Ich erfuhr eine Menge beunruhigender Dinge über die Raumfahrt. Soll ein Satellit beispielsweise auf seiner Umlaufbahn das Gravitationsfeld der ERDE verlassen, muß er die zweite kosmische Geschwindigkeit erreichen. Und das ist wissenschaftlichen Berechnungen zufolge etwas mehr als elf Kilometer in der Sekunde.

INFORMATION FÜR NEUGIERIGE: Die dritte kosmische Geschwindigkeit erlaubt einem Körper, die Gravitationskraft des Sonnensystems zu überwinden. Erreicht ein Körper die vierte kosmische Geschwindigkeit, kann er die Gravitationskraft unserer Galaxie überwinden. Unsere Galaxie ist übrigens die Milchstraße.

Ich mußte mich gehörig anstrengen, um die notwendige Geschwindigkeit zu erreichen. Nehmen wir an, ich habe die erste kosmische Geschwindigkeit schon erreicht. Das heißt, meine Geschwindigkeit reicht aus, um auf eine Umlaufbahn um die Erde zu gelangen, umliegende Gedächtnisse zu besuchen, oder vielleicht sogar das Planetengedächtnis der nächstgelegenen Planeten zu erreichen – von Mond, Mars plus Satelliten und der Venus.

Physiker wissen, daß jedes zusätzliche Kilo Ladegewicht, das ins Weltall geschickt werden soll, zusätzliche Tonnen an Treibstoff bedeutet. Im Raketenbau gibt es dafür folgende Lösungen:

a) mehr Treibstoff mitnehmen;

b) die Masse verringern, die in den Weltraum geschossen werden soll;

c) Motoren mit höherem Wirkungsgrad einbauen.

Am schlausten wäre natürlich, das erste und das zweite mit dem dritten zu verbinden.

Mein Treibstoff ist die Gedächtnisenergie. Die Sache ähnelt

einer Kernfusion. Die Erinnerung ist ein Molekül, zuerst wird sie in Atome gespalten (sich alles bis ins kleinste Detail ins Gedächtnis rufen), um sie dann wieder aufleben zu lassen (zu einem Ganzen verschmelzen, synthetisieren, als Einheit bewußt machen). Dabei wird eine bestimmte Menge an Energie frei.

KONSEQUENZ: durch das Einprägen verschiedener Details methodisch Energie in mir anhäufen.

Den ganzen Winter hindurch, als die Schneeverwehungen nicht erlaubten hinauszugehen, legte ich Alltagsgegenstände vor mich hin und versuchte sie mir so ideal wie möglich einzuprägen. Wenn mir meine Absicht, mich von der Umlaufbahn um die Erde loszureißen, wirklich ernst war, müßte ich lernen, Berge zu versetzen.

6.

Andererseits war es genauso leicht, die angehäufte Energie wieder zu verschleudern. In kleinen Portionen – ein bißchen hier, ein bißchen dort. Ausgelaufen wie Wasser durch ein Sieb.

KONSEQUENZ 2: Wachsamkeit rund um die Uhr, nur so und nicht anders.

Über eine Verbrauchsanalyse machte ich die Löcher, durch die der meiste »Treibstoff« entwich, ausfindig. Stopfte sie und beobachtete fünfundzwanzig Stunden am Tag, ob es nicht irgendwo leckte. Während sich das »Reservoir« füllte, warf ich unnötiges Zeug über Bord, das mir auf der Umlaufbahn keinerlei Vorteile bringen würde.

Unnötiges Zeug sind für mich fremde Erinnerungsfetzen. Denn jeder Kontakt hinterläßt eine Erinnerung. Und zwar meine – bei mir, und deine – bei dir. Wäre es umgekehrt, würdest du dich an dich und ich mich an mich erinnern, klar?

AUFGABE: anderen die Erinnerungen an mich abknöpfen und ihnen die an sie zurückgeben. Dann wird ersichtlich, wer wir wirklich sind, wir »erinnern« uns an uns selbst.

Das klingt einfach, aber in Wirklichkeit bedeutet es massenhaft Arbeit. Denn es betrifft absolut alle Leute, mit denen ich jemals zu tun hatte. Wißt ihr noch, Hozza Drallas Berechnungen zufolge häuft ein durchschnittlicher Mensch bis zur Hälfte seines Lebens ungefähr tausend Bekannte an, aber der Großteil der Erinnerungsfetzen befindet sich bei maximal hundert davon.

Schon in den ersten Wochen des Reinigungsprozesses zeigte sich, wie viel mehr Platz nun in der Kajüte war. Ich spürte, wie mir ein Stein vom Herzen fiel, dabei hatte ich erst zwanzig Leute abgearbeitet.

Auch in der Welt hinterließ meine Purifikation Spuren. Einmal ging ich zur Schelepylycha Milch holen, aber die bekam einen Riesenschreck, weil sie dachte, ein Verbrecher hätte sich ins Haus geschlichen. Die Nachbarin konnte lange nicht glauben, daß ich schon ein halbes Jahr bei Oma Wira wohnte und daß ich der Enkel des verehrten Professors Haluschka sei, ruhe er in Frieden. Nachdem ich sie beruhigt hatte, tat Schelepylycha so, als würde sie mir glauben. Aber in Wahrheit glaubte sie mir nicht.

Ich hatte die Nachbarin einfach aus meinem Gedächtnis gelöscht, ihr alles, was ich von ihr wußte, zurückgegeben, und mir selbst alles genommen, was sie von mir wußte. Daraufhin ist ihr komplett entfallen, daß ich zweimal pro Woche bei ihr Milch gekauft hatte. Schelepylycha hatte ich als eine der ersten abgearbeitet, und die Tatsache, daß sie mich vergessen hatte, bereitete mir große Freude. Es war also nicht umsonst.

Gagarin wandte eine ähnliche Methode an, bevor er »Licht« ging. Er machte es so sorgfältig, daß man ihn völlig vergaß. Wer, wenn nicht ich, weiß, wie spielend das Pseudogedächtnis Ereignisse erfindet, die nie stattgefunden haben, um Ungereimtheiten zu verdecken. Gagarin hat man vergessen, also vergißt man auch mich. An dem Ort und in der Zeit, wo das »Offene Café« existiert hat, existiert und weiter existieren wird, wird sich niemand jemals daran erinnern, daß es Kollegen wie uns gegeben hat. In der Geschichte des Cafés ist schlicht kein Platz mehr für uns: Ich habe mich ihrem Gedächtnis entzogen. Das Pseudogedächtnis der Angestellten füllt alle vom logischen Denken entdeckten Ritzen wie Fugenmasse.

Und so geht es Mensch für Mensch, Einatmen und Ausatmen, Einatmen und Ausatmen.

Es blieb eine – vielleicht die letzte – Variable, die aus der Klammer geholt werden mußte. Und zwar mußte ich irgendwie den abschließenden Schritt machen. Den eigenen Staub von den Dingen der Welt fegen. Ich mußte es so deichseln, daß mich die Welt von selbst aus ihrem Gedächtnis strich. Daß ich für niemanden und nichts mehr existierte, als wäre ich einfach gestorben. Als hätte mich die Erde verschluckt.

Als wäre ich in den Kosmos geflogen.

Je weniger Erinnerungen an Fremdes unter meiner Haut zurückblieben, desto problemloser öffneten sich die Wege »in die Welten«. Und desto besser verstand ich, was unser

PLANET war, und wieso er für den MENSCHEN ALLES ist, in der tiefsten Bedeutung dieses Wortes. Ich beendete meinen ewigen Krieg mit der NATUR, und schließlich fanden wir uns auf derselben Seite der Barrikade wieder.

Es kam mir plötzlich lächerlich vor, daß die Menschen über den PLANETEN herfielen wie Fliegen über einen Elefanten und dabei ihre dreckige und stinkende Ignoranz verbreiteten. Aber das läßt sich unmöglich erklären.

Früher wußte ich nicht, daß es Dinge gibt, die man nicht erklären kann.

7.

Die Tage im Herbst, wenn die Wege schwarz erscheinen, sind eine besondere Zeit, die letzten zwei Wochen vor dem Schnee. Sie sind eine außergewöhnliche Zeit, diese schwarzen Tage. Eine magische Zeit. So wie die späte Dämmerung die intensivste Zeit des Tages ist, sind die schwarzen Tage die intensivste Zeit des Jahres, besonders in unseren Breiten.

Die schwarzen Tage sind die Zeit, in der das Licht grau ist, wie in den Träumen, bevor der Schnee kommt. In den Träumen scheint es bereits zu schneien, aber in Wahrheit dauert es noch eine Weile. Zehn, vielleicht zwanzig Tage bis zum ersten Schnee. Die Natur schweigt, sie erstarrt in Erwartung des endgültigen Winterschlafs. In dieser ungemütlichen Zeit ist die Natur friedlich, ja fast komatös, wie ein Mensch, der zwischen Schlaf und Wirklichkeit balanciert und den süßen Zustand des zarten Dösens so lange wie möglich erhalten möchte. Es ist ein Schwanken an der Küstenlinie des Schlafs, das die Wirklichkeit verschwimmen läßt – man fühlt sich wie eine Seeanemone, die dazu verdammt ist, dem Herbst auf einem kalten Stein in schrecklichen Tiefen zu begegnen, wo es für sie nur Grau und Schwarz gibt. Grau und Schwarz, und manchmal einen goldenen Widerschein.

Die Felder wogen in der Brandung der Dämmerung. Es dämmert früh, gegen fünf wird es dunkel. Der Himmel hängt tief und gebieterisch. Die Felder und die Bäume am Waldrand drücken ein einziges Gefühl aus – stille Verzweiflung vor dem Winterschlaf. Zu keiner Jahreszeit fühlt sich ein Baum einsamer als in den schwarzen Tagen. Er erlebt die schwarzen Tage ebenso heftig wie der Mensch.

Magische Kräfte entstehen immer in Zeiten der Einsamkeit.

8.

In den schwarzen Tagen verspürte ich ein starkes Verlangen nach ausgedehnten Spaziergängen.

Nicht nur einmal bemerkte ich den Wunsch in mir, mich richtig zu verirren, so, daß ich nicht mehr zurückfinde. Keine schwarzen Pfade mehr suchen, sondern aufs Geratewohl über die Felder streifen, bis die Kraft des Gedächtnisses mich mit ihren Minzeflammen verbrennt. Bis meine Augen nichts mehr erkennen, und die Füße den Boden anderer Welten berühren.

Ich fuhr voll darauf ab.

9.

Ende November entdeckte ich die Welt der Berge und der Musik. Hinter den Bergen verbarg sich eine enorme STADT.

10.

Auf den Kolchosfeldern fand ich mich mit Hilfe der Bewässerungskanäle zurecht. Sie teilten das endlose Ackerland in strenge Quadrate zu je 1 km^2.
Die Kanäle versumpften, wurden von Schilf überwachsen. Kurz vor dem Winter konnte man sie nur schwer überqueren. Das dünne Eis trug mich nicht, ständig brach ich bis zu den Knien ein, wenn ich auf ein scheinbar zuverlässiges Graspolster im Moor trat. Aber das verlieh meinen Spaziergängen die gewisse Würze – Kanäle überwinden, über sumpfige Stellen springen, sich durchs Schilf schlagen und dann wieder durch das trockene Gras der nackten, nackten Felder streifen.

11.

Immer öfter wünschte ich mir, den Weg nach Hause nicht mehr zu finden.

Zwölftes Kapitel

Die Spiegel des Todes.
Intent!

1.

Oma und ich haben den Winter überstanden. Es war eine sehr schwere Zeit für uns beide. Ich spürte, wie der Tod, mal als Frost, mal als Tauwetter maskiert, ums Haus kreiste, sich auf die abbröckelnden Mauern stützte, im Kamin heulte und durch die nackten Scheiben spähte. Vielleicht sind Gardinen ja dafür da, daß man nachts nicht ein Paar Leuchtkäfer vor den Fenstern erblickt.

Ich bereitete mich auf den Frühling vor. Der Frühlingsbeginn ist doppelt so hart wie der Winter. Er ist tückisch, verdreht dir erst mit seinem klaren Himmel den Kopf, und schlägt dann mit Schneewolken zu.

Alle Leitungen im Haus brannten durch. Sie waren sowieso schon schwach gewesen, und dann diese Spannungsschwankungen. Ich bügelte gerade die Bettwäsche. Draußen grollte der Donner, in der Wand zischte es, und aus dem Sicherungskasten im Flur stoben weiße Funken. Der Kühlschrank verstummte, im ganzen Dorf ging das Licht aus. Zwei Stunden später gab es wieder Strom, aber nur bei den Nachbarn. Bei uns war was durchgebrannt – und wie! Von Elektrik hatte ich absolut keinen Schimmer.

Ich nahm die Situation zum Anlaß, den Kühlschrank abzutauen. Unsere Vorräte trug ich in die Speisekammer, dort war die Temperatur fast wie draußen. Oma lag im Bett und stöhnte. In den letzten Tagen litt sie immer wieder unter

Wahnvorstellungen. Ich hörte sie im Nebenzimmer vor sich hinmurmeln, ging zu ihr und fragte, was sie denn sehe. Ob ihr vielleicht jemand erschienen sei. Aber sie gab keine Antwort. Gegen Abend wurde Oma für ein paar Stunden klarer im Kopf, aber später, bereits in der Nacht, verfiel sie wieder in ihr Wahngestammel.

Die klaren Minuten nutzten wir meistens für unser »Wettgucken«. Wir nannten es »Wettgucken«, weil man dafür dem anderen nur in die Augen gucken mußte. Unserer selbst erfundenen Legende zufolge, haben die Menschen einander früher so lange in die Augen gesehen, bis einer von ihnen das Bewußtsein verlor, und der andere auf Wanderschaft ging, um die fremde Seele zu holen. Ich half Oma, sich im Bett aufzusetzen, schob ihr ein gigantisches Kissen in den Rücken und setzte mich ihr gegenüber. Unsere Blicke verkeilten sich ineinander, und wir wetteiferten, wer den anderen länger fixieren konnte.

Mehr ist dazu nicht zu sagen, es ist ein Spiel der Augen, nicht der Worte. Ich habe keine Ahnung, wie man das tiefe Einverständnis beschreiben kann, das sich nach dem »Wettgucken« einstellt. Es ist, als könntest du nie wieder etwas in deiner Seele verbergen. Wenn ich in die Augen der Alten blickte, sah ich nicht ihre Seele, sondern meine – in all ihrer Durchtriebenheit und Verschwiegenheit, die ich früher nicht einmal mir selbst eingestanden hätte.

Oma suchte in meinem Blick das Leben, suchte Stabilität, bevor das Dunkel kam. Ich wollte in ihren Augen ein Aufflackern dessen erhaschen, was Geheimnisse lüftet. Ein Aufflackern dessen, wie alles zu Ende geht.

Wir saßen und starrten einander so lange in die Augen, bis sie brannten wie Pfeffer. Wir waren riesige »Wettguck«-Fanatiker. Das Spiel hatte was.

In diesen Märztagen klammerte sich Oma an das »Wettgucken«, als wäre es ihre letzte Chance, am Leben zu bleiben. Es schien, als würden die Tränen auf unserer Hornhaut verdampfen wie in einer aufgeheizten Kastenform. Nach solchen Sessions war mein Kopf taub. Meine Augen leuchteten noch lange, ich konnte die übermäßige Wärme unter den Lidern spüren.

Am Abend kehrte ich wie gewöhnlich zum Ausmisten fremder Erinnerungsfetzen zurück.

2.

Oma war kurz davor abzukratzen, das konnte man sehen, ich mußte mich also um die Elektrik kümmern. Die Arme entschläft, und wir haben kein Licht, wie sollen wir da die Totenmesse feiern?

Ich zog mich warm an und ging in die Stadt. Im Winter mußte man die Straße nehmen – die Felder versanken in matschigem Schnee. Zuerst zum Elektriker, ich mußte einen Handwerker nach Hause bestellen.

Dann zur Post, um zu Hause in Midni Buky Bescheid zu sagen. Es war niemand da.

Es begann zu schneien, zuerst feiner, nasser Schnee, später in immer dickeren Flocken. Zufällig kam ich bei einem Bestattungsbüro vorbei. Ich ging hinein und redete mit dem dickbäuchigen Opa mit Brille, der eher wie ein Schneider aussah, vielleicht, weil er ein Maßband um den Hals trug. Ich erklärte ihm, ich bräuchte einen Sarg. Der Opa führte mich ins Nebenzimmer. Ich entschied mich für ein sorgfältig gearbeitetes Modell aus Kiefer. Der Meister notierte die Körpermaße auf einem Karton. Ich gab an, daß Oma einen

Meter sechzig groß sei, in Wahrheit war sie wohl kleiner, dafür breit im Becken. Er wollte wissen, *für wann ich das bräuchte*. Und sagte, daß, *wenn es eilig sei, es auch heute noch ginge*. Aber ich beruhigte ihn, und wir vereinbarten Donnerstag, für alle Fälle.

Er verlangte vierzig Hryvnja Anzahlung und gab mir telepathisch zu verstehen, daß ich einen halben Liter zu bringen hätte. Auf dieselbe Art und Weise antwortete ich ihm, daß ich daran denken würde. Ich trat in den Schnee hinaus, die weiße Pracht zerschmolz zu schwarzem Wasser.

Wieder ging ich zur Post. Ich wählte die Vorwahl des Bezirks Wowtschuchiw, aber die Verbindung riß pausenlos ab. Probleme mit der Leitung. In den Bergen fiel also Schnee.

Schließlich nahm Mama ab. Drei Minuten lang erzählte sie mir, was für einen schrecklichen Ausschlag meine neugeborene Nichte bekommen hatte, alle waren erschrocken, die Nachbarin, eine ehemalige Krankenschwester, wurde gerufen, und das blöde Weib hatte flapsig gemeint, es sei der Grind. Alle – Papa, Mama, Nelja mit der Kleinen und Myroslaw und die Nachbarin, der Schlag soll sie treffen – alle zwängten sie sich ins Auto und fuhren eiligst zum Kinderarzt. Und da der nächste normale Kinderarzt in Sole wohnte, mußten sie bis dorthin tuckern, und das bei diesem Schnee. Mama beendete ihre Erzählung ziemlich optimistisch, sagte, daß sie die Nachbarin im Krankenhaus »vergessen« hätten; sie hatte sich mit einer Bekannten, einer Krankenschwester, verplaudert und war irgendwo verschwunden.

Ich verkündete mit Grabesstimme, daß Mama wohl nach Chobotne kommen müsse, um Abschied von Oma zu nehmen. Schon bald wäre es soweit. Mama stockte: *schon bald*? Ich wiederholte es. Mama wechselte sofort den Tonfall und riet mir, einen Sarg zu bestellen. Ich sagte: »Schon erledigt« und bat sie, keine Zeit zu verlieren. Darauf antwortete sie scharf, daß Papa und sie übermorgen kämen, früher ginge es nicht.

3.

Als ich nach Hause kam (es war grau und feucht, draußen wirbelte der Schnee), schlief Oma. Ich betrachtete sie jetzt immer sehr aufmerksam, stellte mich darauf ein, daß ihr Schlaf ewig sein könnte. Oma röchelte beim Atmen. Sie hatte schreckliche Polypen. Auch als Oma noch jung war, hatte Mama erzählt, war es eine Geduldprobe, mit ihr unter einem Dach zu schlafen. Jetzt hatte Oma nicht einmal mehr die Kraft zu schnarchen. Meine Augen konnten spüren, wie das Leben in einem dünnen Rinnsal aus ihrem Bauch rann. Der Geist des traurigen alten Körpers erfüllte das Zimmer.

Im Haus wurde es düster, ich zündete wie immer die Petroleumlampe an. Auch früher hatte ich nie das Licht angemacht, ständige Dämmerstimmung.

Ich hatte schon lange eine Theorie aufgestellt. An der Neurosenpandemie des 20. Jahrhunderts sind meiner Meinung nach drei Dinge schuld. Erstens die Wecker. Der Mensch sollte auf natürliche Weise aufwachen. Deshalb ist eine Gesellschaft, die den Menschen zwingt, entgegen der individuellen Bedürfnisse seines Körpers zu handeln, eine kranke Gesellschaft. Wenn der Mensch von einem schrillen

Klingeln aus dem Schlaf gerissen wird, brennt sich ein und dasselbe Panikmuster in sein Unterbewußtsein ein.

Die zweite Ursache ist das elektrische Licht. Durch die Überdosis an roter Strahlung (und Glühbirnen geben genau diese ab), befindet sich die Netzhaut in permanenter Anspannung, dieser Krampfzustand hat einen direkten Einfluß auf unser Wohlbefinden. Ein Mensch, der die Morgendämmerung erlebt, verspürt einen Zuwachs an Kraft und Optimismus. Ein Mensch, der ins künstliche Licht flüchtet, erfährt dumpfe Irritation.

Über die dritte Kraft, mit der der moderne Mensch seine Seele ruiniert, kann ich nichts sagen. Aber es muß sie geben, denn aller guten Dinge sind drei. Überlegen wir zusammen ... vielleicht hat es mit Sex zu tun? Oder mit den unterschiedlichen Auffassungen von Geistlichkeit? Oder es ist so simpel, daß es uns nicht einfällt? Ich habe den Verdacht, es liegt an den engen Schuhen.

Zumindest die ersten beiden Dinge, die eine Gefahr für die gesunde Psyche darstellen, vermied ich bereits ein Jahr lang – seit ich bei Oma wohnte. Das Ergebnis war in höchstem Maß zufriedenstellend.

Deshalb bereitete es mir kein Unbehagen, ohne Strom zu leben. Und wenn die Alten kommen (sie haben es nicht so gern dunkel wie ich), wird wieder alles in Ordnung sein.

Die Scheiben klirrten im Wind, er kam von Norden. Die Wolken – geformt wie gigantische Ambosse – kündigten einen Schneesturm an. Das Haus verschwand im Schatten, nur meine Petroleumlampe in der Küche warf einen roten Schein auf das Messer, das Brettchen und den krümeligen Rest eines frischen Laibes Brot. Ich kochte Haferbrei für

Oma. In den letzten Tagen hatte sie Probleme mit der Verdauung.

Ich nahm ein wenig vom Haferbrei auf den Teller und aß ihn mit Kirschmarmelade und Brot. Omas Vorratskammer war gefüllt mit Eingemachtem: Marinaden und Kompotte in Dreilitergläsern, Marmelade in Einlitergläsern, Adschika in Halblitergläsern. Oma war scheinbar, was den Haushalt betraf, sehr sorgfältig gewesen: Jedes Glas war beschriftet. Ich stieß auf Marmelade aus den Jahren '92 und '90. Es gab eine Rarität von 1988, marinierte Hallimasch. Ich überlegte, welches bedeutsame Ereignis achtundachtzig gewesen sei? Tausend Jahre Christentum in der Rus? Bei Gelegenheit trage ich das Glas ins Museum für Kirchengeschichte.

Ich beendete mein Abendessen, weckte Oma (den ganzen Tag über hatte sie geschlafen, nun würde sie in der Nacht rufen). Sie sah mich an und schlief, ohne mich erkannt zu haben, wieder ein. Ich trug ihre Portion zurück in die Küche und stellte sie zugedeckt auf die Anrichte.

Die Finsternis umhüllte mich, als wäre ich ihr Kind. Ich löschte die Petroleumlampe und ging hinauf. Im Haus war es kalt, nur unten bei Oma brannte der Ofen. In meinem Zimmer heizte ich nicht. Meine Ohren glühten von der Hitze. Im Kalten fühlte ich mich viel wohler – der Kopf ist klarer, das Atmen fällt leichter.

Ich tastete mich mit den Füßen zum Schlafsack vor, zog Pantoffeln und Hose aus, schlüpfte hinein und zog ihn mir bis über die Ohren. Das T-Shirt behielt ich in der Nacht an, um mich nicht zu erkälten. Mit aufgesperrten Augen lag ich in vollkommener Stille und Dunkelheit da und lauschte, wie vor dem Fenster das schwarze Wasser floß – zähflüssig und kalt. Ich war ganz ruhig, denn ich spürte, daß alles geschah, wie es geschehen sollte. Dieser besondere Zustand tiefen Wassers ist das Wesen schmelzenden Eises. Die Luft ist mit Feuchtigkeit gesättigt, sie strotzt vor negativ geladenen Wasserstoffteilchen. Natürliche Hydrolyse. Sauerstoff wird frei, und die für den Menschen überaus positiven Wasserstoffanionen rufen in ihm das Gefühl ruhiger Finsternis hervor, das tiefe Erinnerungen aufkommen läßt, wie wenn das Eis aufbricht.

Ich stellte mir eine schmelzende Eisscholle vor, den Fluß Opir im Frühling – am Ufer türmt sich das Packeis. Der Fluß ist schwarz und ölig. Der graue Himmel – tief hängend und dicht. Er verstärkt das hypnotische Gefühl des Schmelzens. Ich verwandle mich in schweres, dichtes Wasser, das frei strömt, die kalten Steine am Grund umspült, ich bin absolut friedlich. Konflikte sind dem Wasser fremd, es plätschert dahin, kennt keinen Kampf, nur den ruhigen Kreislauf der Aggregatzustände – Eis, Wasser, Dampf... Wasser... Eis... Wasser... Dampf... Wasser... Eis... Wasser...

Ich bin eine schmelzende Scholle, die langsam zu Wasser wird. Frühlingslaute in der Finsternis. Ich denke nicht nach, ob ich Eis oder Wasser bin, ich habe vollkommenes Vertrauen, mir kann nichts passieren. Was kann in diesem Kreislauf schon passieren? Eine langsame, rauschende Dunkelheit, umgeben von eisiger Kälte und Nebel.

Ich fließe, laufe dorthin, wohin mich der leicht geneigte Flußlauf führt, münde in die kalte stehende Finsternis, still und unbewegt.

Das ist der Ozean.

Ich sinke langsam auf den Grund, wo es weder Licht, noch Bewegung, noch Geräusche gibt – ich erkalte in einer wundersamen Enge, in absoluter Geborgenheit

die ungesunde Hitze der Oberfläche entweicht aus mir
ich erkalte in Bewegungslosigkeit
halte an ohne einen einzigen Gedanken
und werde zu einer einheitlichen
zähflüssigen
Stille

4.

Ich erwachte ohne einen Gedanken im Kopf. Vollkommen
leer und leicht, stumme Finsternis hinter meinen Augen.
Draußen war es grau. Ich öffnete das Fenster. Morgens
lüfte ich immer.
Ich ging hinunter. Oma schnaufte. Anscheinend hatte sie
sich in der Nacht herumgewälzt, denn das Laken war halb
auf den Boden gerutscht. Im Zimmer war es drückend heiß,
der Ofen war die ganze Nacht an gewesen. Ich drehte den
Gashahn zu und ließ die Tür zu Omas Zimmer offen, es
sollte ruhig durchlüften. Ich öffnete das Küchenfenster, angenehme Feuchtigkeit strömte herein. Draußen regnete es,
aber der Schnee machte keine Anstalten zu schmelzen.
Der Regen peitschte. Die Feuchtigkeit ließ die Dinge un-
scharf erscheinen, leicht aus dem Fokus geraten. Ich konnte
mir gut vorstellen, wie schlammig die Straßen heute waren.
Auf den Elektriker brauchte ich nicht zu hoffen.
In der morgendlichen Stille kochte ich mir Kakao und
spülte damit den in der Kälte gestockten Haferbrei hinunter. Dann schälte ich ein paar Kartoffeln und stellte sie aufs
Feuer. Als sie köchelten, beschlugen die Fenster. Ich legte
ein paar Kartoffeln auf einen Teller und wollte Oma auf-
wecken.

Oma war bei vollem Bewußtsein. Ich fragte sie, ob sie sich daran erinnere, daß ich sie gestern geweckt hatte. Oma konnte sich nicht erinnern, meinte, sie *hätte den ganzen langen Tag geschlafen, aber ihr war, als hätte sie nicht geschlafen, sondern über alles mögliche nachgedacht.* Sie erzählte mir begeistert, was sie gestern alles beschäftigt hatte, in der Zwischenzeit fütterte ich sie mit kleinen Kartoffelstückchen. Als hätte sie eben erst bemerkt, daß sie nur Kartoffeln bekam, begann Oma, mir Vorwürfe zu machen, ich würde ihr wie einer Sau nur Brei und Erdäpfel vorsetzen, sie würde auch mal Borschtsch essen, Butterbrot …

Sie sagte das so gutgelaunt, daß Freude in mir aufkam. Als sei ein guter Freund endlich genesen. Ich fragte, was ihr Magen mache. Noch vorgestern war es ihr so dreckig gegangen, daß sie meinte, einen Igel verschluckt zu haben. Und heute Borschtsch?

Oma machte eine energische Handbewegung und sagte: »Das Leben ist kurz.«

Ich ging in die Küche, um Borschtsch zu kochen. Borschtsch ohne Fleisch ist Kacke: Aber was soll's, dann wird's eben ein vegetarischer. Ich nahm das, was ich zu Hause hatte. Irgendwie wollte ich nicht hinaus. Aber dann überlegte ich es mir doch anders. Ich warf mir die Jacke über und ging zum Dorfladen, um frisches Brot zu holen, das alte hatte ich schon zum Trocknen aufgeschnitten. Mir kam die Idee, in der Stadt ein Huhn zu kaufen und für morgen Brühe mit Eierstich zu kochen. Trockenes Brot mit Knoblauch paßt einfach herrlich zu Hühnerbrühe. Die Alten kommen, und vielleicht steht Oma sogar auf. Wir könnten alle gemeinsam zu Mittag essen.

Ich schlenderte die Straße entlang, zog mit den Füßen Spuren im Eismatsch. Begeistert betrachtete ich den Himmel.

Er war grau, mit verschiedenen Nebelschichten. Irgendwo in der Ferne war der einsame Schrei eines Raben zu hören. Keine Autos – weder ins Dorf, noch von dort.

Ich ging in den ersten Laden am Stadtrand, er wurde Alaska genannt, und kaufte ein Huhn mit gelben Krallen. Sollte ich etwas Süßes nehmen? Aber brachten nicht üblicherweise die Eltern etwas Süßes auf Besuch mit? Als ich den Laden verließ, fiel mir ein, daß ich für den Opa aus dem Bestattungsbüro Wodka kaufen wollte. Ich habe keine Ahnung, deshalb traf ich meine Wahl intuitiv. Ich nahm »Weizenwodka«: ohne Schnickschnack, dafür mit Qualitätsgarantie.

Es war bereits halb elf, als ich den Laden verließ. Ich hatte die Eingebung, daß der Elektrofachhandel, bei dem ich gestern erfolglos versucht hatte, einen Elektriker zu arrangieren, ganz in der Nähe war. Ich ging Richtung Laden. Mir kam ein Mann entgegen – an seinem leichten Gang konnte man erkennen, daß er erfahrener Alkoholiker war. Ein leichter Gang, weil das Karma leicht ist.

»Entschuldigen Sie bitte«, sprach ich ihn an. »Könnten Sie mir sagen, wo ich den Elektriker finde?«

Der Herr in wattierter Jacke begann den Weg zu erklären, blickte dann aber mit klaren Augen unter seiner Kapuze hervor und fragte, ob es ums Licht gehe.

»Arbeiten Sie dort?«

Der Typ sagte, daß er heute frei habe, aber prinzipiell ja, er arbeite dort. Sogar den Werkzeugkoffer zeigte er zur Bestätigung. Irgendwie gefiel er mir, und ich schlug ihm vor, mit mir nach Chobotne zu kommen, um sich die Sache anzusehen. Dabei zeigte ich ihm die Flasche. Offensichtlich hatte er schon Pläne, aber die kamen gegen das Angebot, sich die Mandeln zu wärmen, nicht an. Als letztes erkundigte sich der Herr Elektriker noch, ob ich nicht eine Zigarette für ihn hätte. Ich versprach, gleich beim nächsten Kiosk »Pryluky« zu kaufen, und wir schlugen ein.

»Tymko«, stellte sich der Elektriker vor.

»Petro«, antwortete ich, und wir schlugen zur Bekräftigung unserer Freundschaft noch einmal ein.

5.

Wie versprochen kaufte ich beim Kiosk eine Packung roter »Pryluky«, Tymko nahm grunzend einen Zug und blies den Rauch genüßlich aus.

»Am besten ist es, in der Früh oder draußen in der Kälte zu rauchen«, versicherte er.

»Und außerdem nachts und im Warmen«, teilte ich meine Erfahrungen mit ihm. »Nach der Arbeit.«

»Genau. Vielleicht nimmst du auch eine?«

»Nein, danke. Ich rauche nicht mehr.«

Zu meinem Erstaunen erwies sich Tymko als angenehmer Kerl, mit ihm zu sprechen war die reinste Freude. Obwohl sich unser Gespräch, während wir ins Dorf wanderten, um absolut nichts drehte, plätscherte es stetig dahin. Kleiner als ich, mit kurzen Bartstoppeln im Gesicht, sah Tymko in der Kälte ziemlich frisch aus, nur der rötliche Grundton seines Gesichts erinnerte nicht an gesunde Rotwangigkeit, sondern an Säuferröte.

»Die haben mich heute gefeuert«, gestand Tymko mit kindlicher Aufrichtigkeit.

»Wieso das?«

»Na jaaaa ich ... bin, du weißt schon. Bin nich hingegangen. Hab schwarz gearbeitet. Und mit den Kollegen ein bißchen, du weißt schon, ein bißchen.«

»Gesoffen«, helfe ich ihm.

»Na klar. Hin und wieder, aber nicht viel. Wie's bei uns auf der Arbeit halt so ist. Du nimmst Urlaub – gibst zum Abschied einen aus. Kommst aus dem Urlaub – gibst wieder einen aus. Am Monatsende wird zusammengelegt. Na ja, freitags immer, ist ja klar, weil die Arbeitswoche zu Ende ist. Donnerstag kommt auch mal vor. Mittwoch nie, weil das ist Fastentag. Wenn, dann noch am Montag, wenn's nach dem Sonntag gar nicht ohne geht.«

»Und was ist am Sonntag?«

»Ha! Sonntag ist Feiertag!«

»Und am Dienstag?«

»Am Dienstag, da kann nur Josko Prozyk. Ich würd das nicht durchziehen.«

»Und deine Frau, schimpft die nicht?«

»Ach was«, winkte er ab. »Ich hab keine Frau. Schlaf allein, feier allein. Du weißt ja, wie das is.«

»Und wo wohnen Sie, Herr Meister?« Auf Tymko wirkte eine derart höfliche Anrede magisch. Er lebte auf und erzählte mit sichtlichem Vergnügen:

»Ich hab nichts mehr zum Wohnen. Hab bei Josko gepennt, aber mit dem hab ich gebrochen. Gestritten haben wir uns. Wegen einer dummen Sache eigentlich, aber ich hab trotzdem recht!«

»Worum ging es denn?«

»Da sitzen wir mal, Josko und ich, na ja, kippen einen, klar, reden über dies und das. Er ist aus dem Süden, ist immer interessant, mit ihm zu reden, weil, er läßt manchmal so Sachen raus, daß ich vor Lachen fast krepier. Zum Beispiel sagt er aus heiterem Himmel, daß es das Wort ›Erdäpfel‹

nicht gibt, und, wie er sie nennt, ›Erdbirnen‹ gibt's auch nicht, auf wissenschaftlich heißt es einzig und allein Kartoffel. Und Topinambur – das ist überhaupt was Komisches.«

»Ja und?«

Tymko winkte ab. Vielleicht wollte er die alte Wunde nicht aufreißen.

»Wir haben uns halt gestritten. Und jetzt geh ich nicht mehr hin zu ihm.«

»Und wo schlafen Sie?«

»Na wo schon . . . auf der Arbeit hab ich geschlafen, hab im Keller mein Eckchen gehabt. Als der Chef dahintergekommen ist, hat er rumgeschrien, daß ich ihm das Geschäft abfackel und er mich rauswirft. Und ich sag ihm, Sie brauch ich ja in hundert Jahren nicht, bin raus und hab die Tür zugeknallt.«

»Und weiter?«

»Heute komm ich zur Arbeit, hab gedacht, der Chef ist wieder runtergekommen. Aber da kommt Mykola, der Laufbursche vom Chef, gibt mir vierzig Hrywnja und sagt, daß wir quitt sind. Und dann bin ich einfach gegangen.«

»Und was werden Sie jetzt tun?«

Tymko nahm seine Kappe ab, drehte sie in den Händen hin und her und setzte sie wieder auf, dann machte er eine wegwerfende Handbewegung, genau wie Oma. Ich mußte beinahe schmunzeln.

»Ach! Mich bringt so leicht nix um! Was ich machen werd? Heute noch setz ich mich in den Zug, fahr nach Odessa, ans Meer. Zwanzig Jahre nicht am Meer gewesen!«

Wir gingen bergab, ins Dorf. Hinter dem Bergrücken, der das Dorf verdeckte, wenn man von den Dächern in Ternopil aus danach suchte, hing Nebel. Ich bat Tymko zu warten. Lief schnell zur Schelepylycha hinein und kaufte einen halben Liter Sauerrahm zum Borschtsch.

Wieder begann es zu nieseln, und wir beeilten uns, ins Haus zu kommen.

6.

»Alt«, bemerkte Tymko voller Respekt, während er die von Rissen durchzogene Decke über der Veranda studierte. »Ja, alt«, stimmte ich zu.

Er schlüpfte aus seinen Gummischuhen, hängte die wattierte Jacke an die Garderobe und ging sofort ins Haus.

Tymko ließ offenbar nichts anbrennen. In kaum nachvollziehbaren Manövern hielt er sich geschickt vom Sicherungskasten fern. Ich arrangierte alles so, daß er endlich zur Tat schreiten würde, hatte aber nicht bemerkt, daß Tymko bereits in die Küche geschlüpft war.

»Herr Meister«, rief ich, »vielleicht werfen Sie zuerst einen Blick auf die Elektrik, und dann schenken wir uns hundert ein?«

»Null Problemo«, vermeldete er aus der Küche. »Aber zuerst braucht der Meister was zu futtern, kann den Phasenprüfer schon nicht mehr halten. Oh, frische Kartöffelchen...«

Etwas Metallenes flog auf den Boden, und das Scheppern hallte durchs ganze Haus.

»Oh, das wollte ich nicht!« hörte ich aus der Küche.

Durch den Lärm drang Omas Stimme zu mir:

»Petru-usja! Oj Petru-u-usja!«

Ich stürzte zu Oma. Sie saß in einer Pißlache am Boden und

weine. Einen Meter von ihr entfernt stand der Nachttopf, ich Tölpel hatte vergessen, ihn näher zu schieben.

»O-o-o-j-ohhh-oj...«, heulte Oma und verschmierte sich die Tränen im Gesicht. »Ohohoho-o-o-j...«

Ich hob Oma hoch und trug sie ins Badezimmer. Sie klammerte sich mit einer Hand an den Kragen meines Hemdes, mit der anderen faßte sie nach meinem Hinterkopf. Ich half ihr, den Arm um meinen Hals zu legen. So trug ich sie ins Badezimmer (vorsichtig durch die Tür, um nicht ihren Kopf anzustoßen). Ich stellte Oma auf alle viere in die Wanne und befahl ihr, so zu bleiben und nicht zu weinen, bis ich warmes Wasser brächte.

In der Küche kroch Tymko am Boden herum und schob mit dem Spülschwamm Borschtsch in einen Topf.

Er hob den Kopf: »Ein halber Topf ist noch da«, beruhigte er mich.

Ich versuchte, den Kessel von der Platte über dem Ofen zu nehmen. Immer hatte ich einen Kessel mit heißem Wasser bereit, denn Oma passierte so was nicht zum erstenmal. Der Topf war heiß, mit den Augen suchte ich nach einem Geschirrtuch, mit dem ich ihn anfassen konnte. Das gewaffelte, rotrübig und zwiebelig, lag im Spülbecken. Ich griff mir ein sauberes aus dem obersten Fach der Anrichte, aus dem Bad vernahm ich wieder ein Heulen. Schnell trug ich den dampfenden Kessel dorthin. Oma stand noch immer auf allen Vieren. Sie brüllte.

»Mein Bauch. Mein Bauch tut weh, ich sterb!«

Ich beugte mich hinunter, betastete ihren Bauch. Er war hart und aufgebläht.

»Tut das weh?« fragte ich und drückte auf ihre Leber. Oma brüllte.

Da ich keinen anderen Ausweg wußte, drückte ich mit beiden Händen auf ihren Bauch. Ich drückte fester, und aus Omas Hinterausgang fiel ein trockener, einem Zapfen ähnlicher Stuhlknödel. Auf den Knödel folgte eine demoralisierende Roulade.

Oma seufzte erleichtert und furzte noch einmal.

»Wirst wahrscheinlich ein Doktir«, sagte sie. Sie schnupperte und rümpfte die Nase. »Was stehst du rum? Wasch mich, ist schließlich kalt, oder was meinst du?«

7.

Ich wusch Oma, zog ihr trockene Wäsche an und brachte sie ins Bett. Oma sagte, daß es feucht sei. Ich hob sie wieder heraus und stellte sie auf alle viere in die Mitte des Zimmers. Eine andere Position schaffte Oma nicht mehr. Nur selten konnte sie noch sitzen. Heute war keiner von diesen Tagen.

Aus ihrer Sprinterposition gab Oma genaue Anweisungen, wie ich das Bett zu machen habe. Sie warf einen Blick über die Schulter und schrie:

»Ein Teufel! Mein Gott, ein Teufel im Haus! Petro, verjag ihn!«

Durch die leicht geöffnete Tür schaute Tymkos zerzauster Kopf ins Zimmer. Er ließ seinen Blick flink über das Interieur gleiten (ein Bild von Jesus mit seinen Jüngern über dem Bett, rechts ein Radiola, in der Mitte eine alte Oma in Hundeposition, die ihm den Hintern zeigt) und sagte:

»Chef, Essen ist fertig!«

Oma drehte ihren Kopf zu mir:

»Rette und behüte mich! Er ißt mit dem Teufel zu Mittag!«

Ich erklärte Oma, daß er nur der Elektriker sei. Oma glaubte mir anscheinend und beruhigte sich. Ich legte sie zurück ins Bett, deckte sie mit der Daunendecke zu und steckte diese seitlich gut fest.

8.

In der Küche stand ein Teller mit Kartoffeln. Besser gesagt: die Kartoffeln versanken im Sauerrahm, wahrscheinlich in dem halben Liter, den ich bei der Schelepylycha gekauft hatte.

»Ist was?« fragte Tymko beunruhigt und setzte sich. »Ich habe den Boden aufgewischt.«

Der Boden, rutschig und naß, war mit einer dünnen Collage aus Zwiebeln bedeckt. Ich pfiff auf alles und setzte mich an den Tisch.

»Vielleicht stoßen wir an?« schlug Tymko verunsichert vor. Ich griff nach der Tasche, in der die Flasche war. Interessant, daß der Meister nicht selbst danach gesucht hat, wunderte ich mich laut.

»Das geht doch nicht! Bin doch hier zu Gast!«

Ich goß Tymko hundertfünfzig in ein Schnapsglas. Mit diesem Schnapsglas hatte Oma immer Kreise für Warenyky ausgestochen. Die Flasche verschloß ich sofort wieder und verstaute sie in der Anrichte.

»Du willst keinen?«

»Nein. Ich muß mich um Oma kümmern.«

Tymko hob eine Augenbraue und kippte den Wodka, genau so, wie es sich gehörte. Er atmete durch die Nase ein, ächzte und begann, seine Kartoffeln zu verdrücken.

Ich war nicht hungrig, aß aber trotzdem ein bißchen.

Tymko wartete schon auf die nächsten hundert. Ich aber sagte kategorisch, wir könnten den Rest stemmen, nachdem wir uns um die Elektrik gekümmert hätten. Tymko machte einen auf sauer. Begann wie ein bockiges Kind mit dem Löffel im Sauerrahm zu stochern.

Schließlich schob er den Teller von sich (er hatte nicht mal die Hälfte seiner Portion gegessen) und stand energisch auf.

»Es muß also sein.«

»Was?« Ich verstand nicht.

»Du hast recht, Chef. Erst die Arbeit, dann das Vergnügen«, und mit festem Schritt steuerte er auf die Veranda zu, wo seine Werkzeugtasche stand. Mit übertriebener Heftigkeit öffnete er sie und kramte lange darin herum, bis er ein kugelschreiberähnliches Ding herausholte.

Ich verfolgte sein Tun mit Interesse. Tymko ging zum Sicherungskasten, steckte sein Instrument in irgendeine Buchse und bekam sofort einen Schlag. Er zuckte und wurde einen Meter nach hinten geschleudert, wo er wie ein Sack Zwiebeln mit dem Rücken auf den Boden knallte. Auch sein Kopf schlug auf.

Diese Pantomime wirkte unglaublich komisch und entsprach zu 100 Prozent dem Stil eines solchen Mannes, wieder mußte ich grinsen. Ich beugte mich über ihn:

»Haben Sie sich weh getan, Herr Meister?«

Tymko lag starr am Boden, nicht einmal den Anflug eines Grinsens hatte er im Gesicht. Ich hätte mich an seiner Stelle bestimmt schon bewegt.

Ich beugte mich weiter hinunter, unterdrückte mein Lachen. Suchte nach der Spur eines Grinsens auf seinem Gesicht. Mit der Hand berührte ich Tymkos Kopf (das dichte, zerzauste Haar stand in alle Richtungen), sein Kopf rollte leicht zur Seite. Die Oberlippe rutschte nach oben, gab Zahnfleisch und Zungenspitze frei. Seine Augen waren geöffnet, aber es war nur gelbliches Weiß zu sehen. Ich erschauderte.

Schnell zog ich eines seiner Lider hoch. Die Iris verschwand unter dem Knochen. Automatisch schlug ich ihm drei-, viermal ins Gesicht und drückte panisch mein Ohr an seine Brust. Das gefütterte Sakko erstickte jegliches Geräusch, aber mir war, als hörte ich etwas. Ich zerrte die Jacke am Aufschlag auseinander, riß ihm das Hemd herunter und drückte das Ohr an die vertrockneten Rippen. Irgend etwas lärmte und pulsierte da, irgend etwas schlug dort sicher noch... da begriff ich plötzlich, daß es in meinen Ohren pochte, vor Aufregung. Mit einem schweren Schlag fuhr mir das Blut in den Kopf, die Schläge dröhnten bis in Schläfen, Augen und Trommelfell. Sein Brustkorb bewegte sich nicht.

»Scheiße, was soll ich tun?«

Wie ein Pygmäe in Maske umkreiste mich Panik, mit schwingenden Armen und wildem Gekreische. Verschlang all meine Aufmerksamkeit, lenkte mich vollkommen von der Situation ab. Mir wurde schwarz vor den Augen, und ich spürte, ich könnte jeden Moment ohnmächtig werden. Mit voller Wucht klatschte ich mir ein paarmal auf die Wangen. Aber die Panik nahm bloß zu. Wieder preßte ich das Ohr gegen Tymkos Brust. Nichts.

Ich tat das einzig Falsche, das man in einer solchen Situation tun konnte. So fest ich konnte, drosch ich mit der Faust auf Tymkos Brustkorb. Dann schlug ich mit verschränkten Händen noch einmal zu. Und noch einmal. Beim viertenmal stellte ich mit Entsetzen fest, daß meine

Fäuste eine Mulde in seiner Brust hinterlassen hatten. Ich ließ das Schlagen sein und betastete die Mulde. Sie war ekelerregend weich. Überall Blutergüsse. Mein Kopf drehte sich, irgendwo festhalten.

»Scheiße! Scheiße!« preßte ich hervor, während ich das Gleichgewicht verlor. Ich kippte aus der Hocke auf den Hintern. »Verdammte Scheiße!«

Ich hatte Tymko den Brustkorb zertrümmert, ihn in einen blutgetränkten Sack Knochen verwandelt. Hämatome, Brüche, Pneumothorax. Tymko war tot, und es ist sehr wahrscheinlich, daß ich ihm die letzte Überlebenschance genommen hatte.

»Petro!« rief Oma verzweifelt. »Komm schnell!«

»Was?! Was willst du denn?!«

»Komm her! Ich sterb!«

Ich stürmte in Omas Zimmer. Sie schnappte nach Luft, aber mit jedem Mal wurden ihre Atemzüge kürzer.

»Diesmal sicher... Joj, ich fürcht mich... Joj, Petrusja, Goldstück... joj, mein Schatz...«

Mit jedem »Joj« entwich ihr mehr Kraft. Mit jedem »Joj« flog ein schwarzer Vogel in sie hinein. Ich sah mit eigenen Augen, wie diese drosselähnlichen Vögel in ihrem Bauch verschwanden.

Ich setzte mich neben Oma. Das Herz schlug mir bis zum Hals.

»Jetzt... Wenn ich noch a wenig... Wenn ich noch a wenig leben könnt...«

Augen. Ich brauche ihre Augen. Aber Oma vergrub sich, versteckte ihren Kopf unter der Daunendecke. Mit Gewalt löste ich ihre Hände von der Decke, damit sie sich nicht weiter verkriechen konnte.

»Ruhig! Ruhig, erinnerst du dich, wie wir uns in die Augen

geschaut haben? Genau jetzt müssen wir das tun. Jetzt ist der Moment dafür.«

Oma warf den Kopf hin und her, sie stöhnte. Draußen kam Wind auf und rüttelte mit aller Kraft an den Scheiben. Ich konnte den Tod deutlich spüren. Wo zwei sterben, ist der dritte halb tot.

Oma wälzte sich in den Kissen, aber ich hielt ihren Kopf fest zwischen meinen Händen. Mein Blick heftete sich auf ihre Augen.

Ich fing ihn.

Ich fing ihren Blick. Oma fing meinen. Wir sahen einander an. Ich lockerte den Griff, und Oma blieb still liegen. Wir blickten ineinander *hinein*.

Plötzlich spürte ich, wie mein Blut stillstand. Das Blut machte »zisch«, und gab alle Hitze, alle Panik von sich. So wie flüssiges Metall beim Eintauchen in Wasser der Kälte unterliegt.

Mein Blut kühlte ab und verwandelte sich in das massige, schwarze Wasser eines schmelzenden Flusses. In meinem Kopf breitete sich Leere aus. Ich wandte das Gesicht der Zukunft entgegen und sah, wie die ZEIT auf Oma und mich zurollte. Sie rollt heran und stößt uns an. Rollt heran und stößt uns mit großen Ohnmachtsknäueln an.

Ich reiße den Blick von ihr los. Mir ist übel, an meinen Augen ziehen Flecken vorbei. Ich atmete ein paarmal tief durch und blickte wieder in Omas Pupillen.

Oma zitterte nicht. Sie schaute in mich hinein, sah aber nichts. Unsere Augen sind ein System halbdurchlässiger Spiegel.

In meinen Augen spiegelt sich Omas Blick, und in Omas Blick – jener des Todes.

So wollte ich den Blick des Todes erspähen und dabei am Leben bleiben.

Ich atmete langsam und tief, auf Oma hatte das eine hypno-tisierende Wirkung. Auch sie beruhigte sich und stürzte in meine Augen wie in tiefe bodenlose Brunnen. Ich blickte in sie hinein und bemerkte, daß sich etwas in ihr löste, daß sie der Welt jetzt ohne Angst begegnete. Und in diesem Au-genblick –

– dieser Augenblick ist kürzer als alles, was man sich vor-stellen kann, denn er gehört niemandem. Eine ruckartige Bewegung tief in den Augen und schon sehe ich einen Schatten, der sich – meine Oma wie ein Schäfchen unter dem Arm – entfernt. Ich schicke dem Schatten meinen Blick hinterher, und er dreht sich einen Moment lang um... wirft mir über die Schulter einen Blick zu... ich stehe unter doppeltem Zugzwang, Schach und matt. Ich blicke in Omas Augen, sie sieht, wie sich der Tod, der sie unter dem Arm trägt, umdreht, um einen Blick auf mich zu erhaschen. Und ich sehe mich mit den Augen des Todes, und einen winzigen Augenblick lang verstehe ich *absolut alles*.

Oma war tot.

9.

Ich erhob mich vom Bett, überladen mit Wissen, das ich auf keinen Fall vergessen durfte. Ich wollte es sogar aufschrei-ben, nur gut, daß ich nicht anfing, einen Stift zu suchen, denn dann hätte ich mit Sicherheit alles vergessen. Außer-dem hätte ich es nicht in Worte fassen können, die Sache lag jenseits aller Worte. Die Worte sind das Schicksal der Le-benden.

Wieder und wieder verjagte ich das Gesehene aus meinem

Gedächtnis. Es war *das Wichtigste*, das ich je hatte über den Tod erfahren können, ohne zu sterben.

Ich hatte *das wahre Geheimnis des Todes* erblickt. Ich hatte gesehen, wie sich im Moment ihres Todes kleine Spiegel aus Omas Augen lösten, und die Wahrheit eröffnete sich mir: *Der Tod blendet uns mit dem Leben.*

Alles was wir sehen, sind Reflexionen an Spiegeln, die uns der Tod vor die Augen hält. Runde Spiegelchen, wie Kneifer. Der Tod blendet uns mit den hakenschlagenden Reflexionen unseres eigenen Lichts. Und dieser Glanz verzaubert uns so, daß wir unfähig sind, etwas anderes zu erkennen.

Aber immer, *immer* kommt der Augenblick, in dem der Tod die Spiegelchen vor unseren Augen entfernt, in seine Tasche steckt, und die Dinge zeigen sich uns, wie sie wirklich sind. Wir sehen:

Der Tod ist immer in unserer Nähe, er verleiht den Siegern keine Preise,

schüttelt allen nur die Hand –

dankt allen, die am Wettkampf teilgenommen haben.

Denn in den Augen des TODES sind alle gleich –

sowohl der erste

als auch der letzte –

alle sind identisch, denn alle

überqueren

am Ende

   eine magische

      Grenze;

und schließlich zeigt sich,

daß die Ziellinie keineswegs ein neuer Start ist.

Das Ziel ist das Ziel.

10.

Kalt und stumm wie eine Eisscholle gehe ich auf den Flur. Vom Flur aus sieht man die Veranda. In der Veranda liegt der Körper des Elektrikers Tymko. Ich versuche mit Gewalt, Panik in mir zu erzeugen, aber sie findet keinen Nährboden. Mein Kopf ist die Antarktis, kalt und klar. Voll von einfachen, endgültigen Entscheidungen.
Zwei Menschen sind gestorben. *Ich denke nicht, deshalb sehe ich.*
Leere. Völlige Leere und Stille.
Ich *sehe*. Ich sehe, welch makelloses Geschenk der Tod mir in diesem Haus beschert hat. Ich sehe es scharf und deutlich. Zwischen zwei Toten kann ein Dritter unerkannt entkommen. Der Tod zweier Menschen gibt dem dritten vorübergehend eine Chance.
Das ist es, was mir der Tod zeigen wollte. Entweder nehme ich dieses Geschenk an, oder ich kneife. Ich ergreife meine Chance, oder ich verfalle in Lethargie.
Die Welt einfacher Entscheidungen.

11.

Ich wäge alles ab, sehr gründlich. Und ich treffe eine Entscheidung.
Wahre Entscheidungen sind einfache Entscheidungen.
Ich treffe eine einfache Entscheidung.

12.

Ich gehe in die Küche und drehe alle Platten am Herd auf. Mit einem Zischen schießt Gas aus den Brennern.

Ich gehe in Omas Zimmer. Ihr Körper liegt auf dem Bett. Ohne Pathos. Auch an der Leitung, die zum Ofen führt, öffne ich den Hahn.

Dann gehe ich in Opas Arbeitszimmer. Die Gardinen sind zugezogen, im Zimmer herrscht Dämmerstimmung und eine behagliche Bücherstille. Ein Ofen steht hier, im Flur ein zweiter. Ich drehe das Gas im Arbeitszimmer auf.

Als nächstes gehe ich ins weiße Zimmer. Blitzschnell rolle ich meine Isomatte ein und ziehe das Gummiband darüber, damit sie sich nicht aufrollt. Den Schlafsack lege ich zusammen und stopfe ihn in die Hülle. Ich packe ihn ganz unten in den Rucksack, die Isomatte befestige ich seitlich. Ich betrachte meine Kleidung. Eine Arbeitshose in Tarnfarbe, darauf sieht man keinen Dreck. Eine Jacke und darunter ein Wollpulli mit Zipp am Kragen. Anstelle eines Schals. Über die Jacke ziehe ich noch eine zweite – sie ist weiter, hat eine Kapuze und ist aus dünnem, wasserdichtem Material. Speziell für Regen und feuchten Schnee. *Anorak* – ein indianisches Wort. Die zwei Jacken passen übereinander, als wären sie füreinander genäht. Der Rucksack ist ideal gepackt. Alles läuft bestens, alles läuft absolut einwandfrei.

Im Flur steht bereits der säuerliche Gasgeruch. Ich laufe die Treppe hinunter. In der Küche schnappe ich mir den frischen Laib Brot und die Petroleumlampe von der Anrichte. Das Brot lege ich ganz oben in den Rucksack. Ich ziehe ihn zu, *klack klack* – zwei Schnallen. Einen Träger auf die rechte Schulter, einen auf die linke. Man kann das Gas bis in die Veranda riechen. Vom Methangeruch sticht mein Herz.

Ich stelle die Petroleumlampe auf die Türschwelle zwischen Veranda und Flur, nehme den Glaskolben ab und zünde sie an. Der dicke Docht braucht lange, endlich flakkert eine feurige Zunge. Ich entferne mich vorsichtig, um sie nicht versehentlich zu löschen.

Durch die Fenster der Veranda versichere ich mich, daß keine Nachbarn in der Nähe sind. Nebel und Nieselregen. Leere.

Vorsichtig verlasse ich das Haus, will keinen Luftzug verursachen. Bevor ich die Tür schließe, überprüfe ich mit einem Blick durch den Spalt, ob die Lampe gleichmäßig brennt. Ich laufe die Stufen zur Eingangstür hinunter und gehe in den Hof. Keine Menschenseele weit und breit. Die Kraft hat sich um alles gekümmert. Die Kraft, die über die Menschen herrscht.

Ein Rabe krächzte und flog auf, schüttelte dabei den Reif von den Zweigen. Rundherum alles weiß und ruhig. Und frisch.

Ich gehe vorsichtig, trete nur dorthin, wo der Schnee geschmolzen ist, wo keine Spuren bleiben. Ich erreiche die Straße und marschiere los. Ein paar Meter über den Asphalt, schräg über die Straße und dann aufs Feld. Ich steige auf den Berg, zu dessen Füßen sich Chobotne erstreckt. Das Bergaufgehen, die zwei Jacken, die Kapuze. Plus der Rucksack. Ich schwitze.

Ich drehe mein Gesicht in die Richtung von Omas Haus. Alles ist ruhig. Niemand weit und breit. Ich knöpfe den Anorak auf, öffne den Zipp am Pulli. Trotz meines nackten Halses ist mir nicht kalt. Ich ziehe die obere Jacke aus, streiche sie glatt, lege sie sorgfältig zusammen und stecke sie in den Rucksack. Synthetik. Braucht null Platz.

Ich setze mich auf den Rucksack und beobachte das Haus.

Der Nebel wird dichter, es ist, als nehme er mich bewußt in sich auf, als absorbiere er mich und mache mich unsichtbar. Ich erkenne nur noch die Konturen der Häuserreihen vor dem Hintergrund des verschneiten Abhangs.

Plötzlich spüre ich einen dumpfen Knall, meine Ohren fallen zu. Das Dach fliegt wie eine geöffnete Mappe vom Haus, eine dichte Feuersträhne schießt in die Höhe. Das Haus steht in Flammen, schwarzer Rauch schlängelt sich ins nebelige Grau.
Der Nebel umhüllt mich, wieder die Träger auf die Schultern. Wieder unterwegs. In den Nebel.

13.

Leicht wie Nebel. Der Kopf ist kühl und leer.
Durch und durch.
Ich denke nicht. Ich weiß.
Das Wissen wird mein Haus. So wie der Tod durch sein kosmisches Sein erschreckt, erschreckt das Wissen durch seine Grenzenlosigkeit. Wahres Wissen ist weit wie der Himmel.

Manchmal denkst du, das Wissen ist der Himmel. Du steigst auf in den ersten Himmel, in den dritten, den siebten... den hundertsiebten, durchstichst sein Azur... denkst, du hast das Ende aller Enden erreicht. Aber dann wirfst du einen Blick über die Schulter und siehst, daß der Himmel, den du entdeckt hast, verglichen mit der Tiefe des kosmischen Tosens nur ein Spiel der Schatten ist.
Und die Ehrfurcht vor der Unendlichkeit des GEHEIM-NISSES erfüllt dich.

Ich bin glücklich, daß das GEHEIMNIS grenzenlos ist. Das beflügelt. Und vor dem Tod werde ich die Gewißheit erlangen, daß diese Welt das GEHEIMNIS ist, und das macht Freude.

Das ist die geniale Herausforderung für den GEIST.

    der GEIST bin ich

    ich bin der GEIST

Meine Absicht ist die ABSICHT der UNENDLICHKEIT. Ich und die ABSICHT sind EINS.

    INTENT!

P. S.

> Und wer von uns bleibt zurück,
> um unser junges Jetzt...
> vom Dachboden zu holen?
>
> *Kasimir Malewitsch,*

Fedirko Anatoli Mychajlowytsch (1958, Czernowitz, Ukraine), Künstler, Initiator und Kurator vieler internationaler und ukrainischer Kunstprojekte. Auszeichnungen und Preise:

– Erster Preis bei der Internationalen Biennale moderner Kunst »Pan Ukrajina 92«, Dnipropetrowsk, 1992.

– Erster Preis bei der International Print Triennial Krakow 2003, Krakau, Polen, 2003.

– Auszeichnung der Zeitschrift *Afischa* für das beste Art-Projekt der Jahre 2004-2005 (»Die Kinder von Prof. J. Beuys«).

– Stipendiat der österreichischen Regierung, 1998.

Lebt und arbeitet in Kiew.

»... ein 84 Jahre alter Mann sieht im Fernsehen die Enthül-
lung eines Denkmals und sagt zu seinem Sohn: Such diesen
Künstler, ich will ihm ein paar Bilder geben. Er wollte
nichts ›verkaufen‹, es war bereits alles verkauft. Der Großvater war ans Bett gefesselt, sein Zustand schlecht, und der
Sohn war gekommen, um ihn zum Sterben zu sich zu holen, übrigens ist er meines Wissens noch Ende Dezember
[2005] gestorben. Das erste Kennenlernen ging schnell, mit
leeren Händen zu kommen, wäre unangenehm gewesen,
deshalb brachte ich eine Flasche ›Chortyzja‹-Wodka. ...
Wir saßen, redeten lange und über Uninteressantes, wußten schon nicht mehr, wieso wir uns getroffen hatten, als
der Sohn vorschlug: Sehen wir uns doch jetzt mal auf dem
Dachboden um. Es war eine große leere rumänische Wohnung, gebaut Ende der zwanziger Jahre, und zwischen al-
lerlei Gerümpel, das es auf alten Dachböden immer gibt,
standen drei Porträts, die mir der Großvater geben wollte.
Es handelte sich um Porträts von Soldaten und Offizieren
Ende der vierziger Jahre, wahrscheinlich aus irgendeinem
Club. Es gab haufenweise alte Bücher und einen kaputten
Stuhl, etwas abseits stand ein von einer Metallplatte ver-
stellter Gegenstand. Ich leuchtete in diese Richtung und
sagte: ›Cool, ich nehme das hier.‹ – ›Nein, nehmen Sie doch
die.‹ Um den Mann nicht zu beleidigen und das Objekt
meines Interesses nicht in den Vordergrund zu stellen,
mußte ich auch die Porträts nehmen. Automatisch befühlte
ich die Farbe am Rand – das Metall war ein wenig gebogen,
und sie fiel ab – darunter kam entgegen aller Erwartungen
rote Farbe zum Vorschein.«

»... erst in der Werkstatt des Künstlers und Restaurators
Grzegorz Glazik in Krakau entfernten wir die Schicht

Temperafarbe. Das Bild war sehr sorgfältig und vorsichtig übermalt worden. Bei einer ölhaltigen Übermalung hätte die Restaurierung viel länger gedauert. Und es gibt noch ein Problem – es handelt sich nicht um stabiles Leinen, das gespannt ist oder durchhängt, sondern um ein Metallquadrat mit den Ausmaßen 62 × 62 Zentimeter, das sich ständig bewegt. Permanent ändert sich sein physischer Zustand, viel Farbe splittert ab. Bereits in Krakau scherzten wir: Das ist ein Malewitsch.«

(*A. Fedirko im Gespräch mit W. Klymenko*,
Zeitung Ukrajina moloda)

Auf diese Weise wurde in Czernowitz eine unbekannte Arbeit von Kasimir Malewitsch gefunden. Die Echtheit wurde von drei Experten aus Deutschland, Holland und Amerika bestätigt. Den Schätzungen von »Sotheby's« zufolge würde der Rufpreis im Falle einer Auktion zehn Millionen Euro betragen. Herr Fedirko aber hat es nicht eilig, seinen Fund zu verkaufen. Er will, daß das Bild in der Ukraine bleibt: »Mich fasziniert, daß Malewitsch in Kiew geboren wurde und obwohl seine Karriere in Moskau und St. Petersburg begonnen hat, unterrichtete er in den letzten Jahren seines Lebens am Staatlichen Kunstinstitut in Kiew.«

Malewitsch ist ein Mensch, dessen Ausführungen mir sehr aktuell erscheinen, sie stimmen mit den Ideen überein, die mich beim Schreiben des Romans *Intent!* inspiriert haben. Das gefundene Bild entspricht einem Sinnspruch, der sich aber nicht auf den Roman selbst bezieht, sondern auf die rätselhaften Seiten des LEBENS, auf die ich eure Aufmerksamkeit mit diesem Buch lenken wollte, und die zweifelsohne auch Kasimir Malewitsch beschäftigten, zum Beispiel in seinem Buch *Gott ist nicht gestürzt* (Witebsk, 1922). Darum zur Vollendung unserer Reise ein paar Zitate.

»Es ist also nichts Erstaunliches daran, daß Gott das All aus dem Nichts erbaut hat, wie auch der Mensch alles aus dem Nichts seiner Vorstellung baut, und das, was er in der Vorstellung wahrnahm, weiß nicht, daß er selbst der Schöpfer von allem ist und Gott erschaffen hat als seine eigene Vorstellung.«

»Während ich die Welt verändere, verändere ich mich selbst, und vielleicht nehme ich am letzten Tag meiner Umgestaltung eine neue Form an und lasse meine heutige Gestalt in der verlöschenden, grünen Tierwelt zurück.«

»Aber wir enthüllen etwas anderes, wir schaffen auf Erden das, was sich im Himmel nicht auftut. Christus hat den Himmel auf der Erde geöffnet, indem er dem Raum ein Ende setzte, er hat zwei Begrenzungen, zwei Pole eingerichtet, egal, wo sie sind: in sich selbst oder ›dort‹. Wir aber werden an tausend Polen vorübergehen, so wie wir über Milliarden von Sandkörnern am Meeresstrand oder am Flußufer gehen. Der Raum ist größer als der Himmel, stärker, mächtiger, und unser neues Buch ist die Lehre vom Raum der Wüste ...«

Danke für eure Aufmerksamkeit und Zeit!

L. D.
2006

Inhalt